KB260075

높이 나는 鳶연

성공하는 국민, 성공하는 국가

국립중앙도서관 출판시도서목록(CIP)

높이 나는 鳶 : 성공하는 국민, 성공하는 국가 / 지은이: 김병준. --
파주 : 한울, 2007
    p. ;   cm

참고문헌 수록
ISBN   978-89-460-3744-1 03810

331.54-KDC4
303.4-DDC21   CIP2007001583

높이 나는 鳶연

성공하는 국민, 성공하는 국가

김병준 지음

한울

바람이 분다. 변화의 바람이 분다. 정부와 시장, 그리고 시민사회의 관계가 달라지고, 생산과 소비의 패턴이 달라지고, 가족은 해체되고 고용 없는 성장은 그 기세를 더해간다. 미래는 불확실해지고, 개인과 기업은 불안해한다. 이 바람을 어떻게 맞을 것인가? 이 바람 속에 우리의 미래를 어떻게 그려갈 것인가?

연(鳶)이 떠오른다. 바람을 두려워하지 않는 연. 바람을 기다리는 연. 바람을 타고 높이 하늘로 나는 연. 우리도 이 바람을 타고 높이 날리라. 성공의 조건을 갖춘 국민, 못 하는 것이 없는 국민. 바람을 거부할 이유도, 높이 날지 못할 이유도 없다.

지난 4년 우리는 이 바람을 보며 많은 일을 했다. 이 책은 이에 대한 개인적 소회이다. 바람을 어떻게 읽을 것이며, 그 바람을 타기 위해 무엇을 해야 하고 또 무엇을 해왔는가에 대한 이야기다.

글을 쓰는 사람은 때로 쓰지 않고는 스스로 버틸 수 없을 것 같은 심정에 글을 쓰기도 한다. 이 책이 꼭 그렇다고는 할 수 없지만, 그렇지 않다고 부정하고 싶지도 않다. 쉽지 않은 환경 속에서 4년여 동안

정부 일을 해왔다. 왜 가슴속에 쌓인 말과 하고 싶은 말이 없겠는가? 책을 내는 것만으로도 만족스럽다. 해야 할 일을 조금은 했다는 생각이 든다. 잘못된 생각과 판단에 대한 비판은 겸허히 받겠다. 서로의 생각을 주고받으며 우리의 정책적 담론의 수준도 높아질 것으로 생각한다.

감사해야 할 분들이 많다. 여러 가지 생각을 정리하는 데 도움을 준 윤후덕 국무총리 비서실장, 자료를 찾고 정리하는 데 큰 도움을 준 정책기획위원회 이진 전문위원과 남병호 과장, 그리고 중앙인사위원회의 김명석 선생에게 감사드린다. 출판을 흔쾌히 수락해준 한울출판사 김종수 사장께도 큰 감사의 말씀을 드린다. 그리고 무엇보다도 지난 4년여 동안 청와대를 비롯하여 정부에서 함께 고생해온 모든 분들에게 큰 감사의 말씀을 드린다.

2007. 5.

김 병 준

차 례

Never Explain, Never Complain?

‘권부(權府)에 있는 사람이……’

청와대 정책실장 시절, 조찬 강연에 초대되어 참여정부가 하는 일을 설명한 적이 있다. 세상이 얼마나 빠르게 변하고 있는지, 그리고 그 속에서 우리는 무엇을 해야 하며 또 무슨 일을 하고 있는지를 이야기했다. ‘좌파정부’, ‘NATO(No Action, Talk Only) 정부’, ‘코드 인사’ 등 흔히 듣는 비판에 대해서도 해명 아닌 해명을 했다.

강연이 끝나자 청중석에서 질문이 들어왔다. ‘오늘 많은 것을 알게 되었는데, 결국 언론이 문제 아니냐?’ 늘 생각하던 문제라 바로 대답했다. ‘많은 부분, 그렇다고 생각한다.’ 그러면서 언론에 의해 왜곡된 사례 하나를 비교적 자세히 소개했다. 그러자 70대로 보이는 노인 한 분이 손을 높이 들며 일어섰다. 뭔가 대단히 못마땅한 표정이었다. “……나이 든 사람이라 웬만하면 그냥 넘어가려 했는데 아무래도 한마디 해야겠어요. 정부에 계신 분이 뭐가 그렇게 할 말이 많으세요. 영국의 정치가 디즈레일리는 ‘Never Explain, Never Complain’이라 했어요. 권력을 쥔 사람은 그저 자기 뜻대로 하면 돼요. 평가는 훗날 국민이 하는 거예요. 미주알고주알 설명할 필요도 없고, 언론이 어쩌고 불평할 필요도 없어요. 특히 언론을 두고 이러쿵저러쿵하는 것은 권부(權府)에 있는 사람의 도리가 아니에요. 보기 좋지 않으니 앞으로는 그러지 마세요.”

그분이 다시 자리에 앉자 바로 대답을 했다. “대단히 죄송합니다만 선생님 말씀에 대해 다시 한 번 ‘Complain’도 하고 ‘Explain’도 해야 할 것 같습니다. 제 생각은 선생님 생각과 다릅니다. 디즈레일리가 살았던 19세기에는 선생님의 생각이 옳았을지 모릅니다. 그러나 지금은 아닙니다. 지금은 국민의 동의와 협조 없이는 아무것도 할 수 없는 세상입니다. 정부는 당연히 그 정책의지와 정책의 내용을 ‘Explain’해서 국민의 동의와 협조를 얻어야 합니다. 또 이를 잘못 전달하거나 왜곡하고 있는 사람들에 대해서는 ‘Complain’을 하고 바로잡아주어야 합니다. 그렇게 하지 않으면 국민과 정부 사이의 거리가 멀어지고, 국정은 큰 혼란에 빠지게 됩니다.”

소통(communication)의 문제

그렇다. 우리에게도 ‘Complain’도 ‘Explain’도 필요 없는 시절이 있었다. 정부는 군(軍)과 검찰, 중앙정보부 같은 ‘총’과 ‘칼’을 지니고 있었다. 슬쩍 보여주기만 해도 오금이 얼어붙을 정도의 무서운 무기들이었다. 그리고 다른 한 손에는 권력자의 입맛대로 행사되던 각종 인·허가권과 관치금융 등의 수단을 쥐고 있었다. 무엇이 더 필요했겠는가? ‘Complain’을 하지 않아도 모두들 숨을 죽였고, ‘Explain’을 하지 않아도 알아서 움직여주었다.

그러나 이제 세월이 달라졌다. '총칼'은 더 이상 유효한 수단이 되지 못하고, 권력자에 의한 일방적 권력행사로서의 '통치'도 더 이상 존재할 수 없게 되었다. 같은 맥락에서 '통치'의 대상이 되던 시장(市場)과 시민사회는 더 이상 억압할 수도, 억압되어서도 안 되게 되었다. 그 역량이 크게 신장되었을 뿐만 아니라 그 역동성이 나라의 흥망을 결정짓게 되었기 때문이다.

이제 정부는 무엇으로 시장과 시민사회를 움직이게 할 것인가? 무엇으로 이들의 동의와 협조를 얻어갈 것인가? 두말할 필요 없이 가장 중요한 것은 역시 좋은 정책을 만드는 일일 것이다. 기업으로 치자면 소비자가 찾는 좋은 상품을 만드는 것인데, 이보다 더 중요한 일은 없다.

그러나 이것만으로는 안 된다. 핵심은 오히려 소통, 즉 커뮤니케이션에 있다. 기업이 상품을 소비자에게 알리듯 정부도 그 정책을 제대로 알릴 수 있어야 한다. 아무리 좋은 정책이라도 제대로 전달되지 않거나 잘못 전달되면 소기의 목적을 이룰 수 없다. 정부의 입장과 정책을 설명하는 'Explain'과, 잘못된 정보를 바로잡아주는 'Complain'이 국정의 중요한 부분이 되는 이유가 여기에 있다.

'Explain'과 'Complain'은 우리 사회에 있어, 또 참여정부에 있어 더욱 중요한 의미를 갖는다. 그 이유는 첫째, 언론환경이 좋지 않기 때문이다. 거의 매일 잘못된 정보나 왜곡된 정보가 양산되는가 하면, 잘못된 논평과 해석이 지면을 가득 채운다. 꼭 악의가 있어 일어나는 일은 아니다. 사람의 입을 따라가는 취재관행, 낮은 정보력과 분석

능력, 정부에 대한 편견 등 다양한 변수가 작용한 결과라 할 수 있다. 그러나 그 원인이 어디에 있건 우리의 언론은 정부에 대한 올바른 정보를 주지 못한다.

둘째, 참여정부의 정책적 특성과 관련된 문제다. 이 책을 통해 설명하겠지만 사회변화가 심한 만큼 참여정부의 주요정책은 과거 정부의 그것과 적지 않은 차이를 보이고 있다. 산업화 시대의 시각으로는 물론 초기 민주화 시대의 시각으로도 쉽게 이해할 수 없는 내용들을 담고 있다. 정부가 올바르게 설명하지 않으면 눈에 잘 들어오지 않는 정책들도 적지 않다.

망설임 끝에: 책의 구성

책을 쓸 것인가? 적지 않게 망설였다. 정부 한가운데에서 일을 해온 탓에 자칫 개인적 견해가 정부의 입장처럼 비칠까 염려되었다. 그렇지 않아도 말 많은 정부라는 소리를 듣는 마당에 누가 다시 일어나 'Never Explain, Never Complain'이라 소리 지르지 않을까 걱정되기도 했다. 그러나 결국 쓰기로 했다. 참여정부가 겪고 있는 소통의 문제가 너무나 심각하기 때문이다. 멀쩡한 사람이 머리에 뿔 난 도깨비쯤으로 알려지고 있는 마당에, 어떻게 'Explain'도 'Complain'도 하지 않을 수 있겠는가?

책의 앞부분, 즉 제1부 제1장에는 우리 사회를 둘러싸고, 또 우리 사회 내에 일어나는 변화의 바람에 관한 이야기를 주로 담았다. 국가의 역할 축소와 새로운 권력으로서의 기업, 시장의 불확실성과 이에 대한 기업의 반응, 고용 없는 성장의 문제, 가족해체와 국가의 새로운 역할,

생산의 세계화와 소비의 세계화, 양극화 문제, 변화되는 시민사회와 소비자 문제 등이 다루어지고 있다. 제한된 내용이지만 문제를 제기하는 차원에서, 또 모든 것이 변화하는 오늘의 사회를 함께 느껴보자는 뜻에서 쓴 글이다. 권위주의 이후의 새로운 거버넌스 구조, 즉 '시장 - 정부 - 공동체와 사회적 연대'의 기능적 관계가 어떠해야 하는지에 대한 의문을 가지고 읽으면 더욱 의미 있는 글이 될 것으로 믿는다.

이어 제2장에서는 변화가 진행되는 사회에서 우리가 가야 할 길이 무엇인가를 적고 있다. 가야 할 길은 '지속적인 혁신'임을 전제로 이를 위해 우리 국민이 어떠한 역량을 가지고 있는가를 살펴보고 있다. '까다로움'과 '성공을 향한 열정'을 가진 국민, 제대로 된 정치사회적 조건만 갖춰지면 못 할 것이 없는 국민이란 점이 강조된다.

제2부에서는 먼저, '우리를 죽이는' 잘못된 상식과 신념을 몇 가지 정리하고 있다. 권위주의에 대한 환상, 정부 기능에 대한 잘못된 생각, 잘못된 인물 중심의 토론문화 등에 대해 문제를 제기하고, 이제는 이 모든 것을 의심할 때가 되었음을 이야기한다. 이러한 잘못된 믿음과 신념을 가지고서는 변화를 읽을 수도, 그에 대응할 수도 없다고 보기 때문이다.

제2부 제4장에서부터 제7장까지는 지난 4년여 동안 참여정부가 해온 일들과 그 일의 의미, 그리고 그 일을 하게 된 배경이 소개된다. 그 많은 일을 다 소개할 수는 없고 해서, 몇 가지 근본적인 의미를 지니는 것만을 일부 발췌하여 그 의미를 새겨본다.

제4장에서는 민주주의가 소중한 정치적 가치일 뿐만 아니라 경쟁력의 원천임이 강조되고, 제5장에서는 새로운 미래를 열기 위한 경제

및 산업정책 몇 가지가 소개된다. 한미 FTA와 지역균형발전 문제, 과학기술혁신체계, 기업 생태계 문제, 부동산 문제 등이다.

제6장에는 우리에게 더없이 중요한 과제로 등장하고 있는 사회적 자본과 인적 자본의 문제가, 제7장에서는 지속성장을 위한 중요한 기반인 정부의 기초체력 강화문제가 다루어지고 있다. 기록과 통계인프라의 강화, 고위공무원단을 비롯한 공직사회 개혁을 위한 조치 등이 설명된다. 특히 오늘과 같은 사회에서 올바른 정책의제 설정과 합리적이고 빠른 의사결정이 얼마나 중요하며 이와 관련하여 지역구도 타파와 개헌문제가 얼마나 중요한 의미를 지니는지 등이 이야기된다.

그리고 제2부 마지막 장인 제8장에서는 참여정부가 가야 할 길을 잃어버리지 않기 위해 어떠한 자세와 시스템으로 일해왔는가를 적고 있다. 아울러 참여정부에 대한 비판이 온당한 것인가를 사실적 자료를 근거로 따져보고 있다.

얼마나 많은 분들이 읽을지 모르겠지만 우리가 어디에서 어디로 가고 있는지, 또 어디로 가야 하는지를 생각하는 단초가 되었으면 한다. 참여정부를 지지하고 말고를 떠나, 또 이 책의 내용에 동의를 하고 말고를 떠나 우리 사회의 정책적 담론의 수준을 조금이라도 끌어 올리는 데 일조할 수 있었으면 한다.

끝으로 노파심에서 한마디 남겨두었으면 한다. 이 책은 어디까지나 한 개인의 생각을 담은 것이다. 정부에서 일을 했지만 스스로 정부의 생각을 잘못 이해하고, 또 잘못 읽을 수도 있다. 또 개인적 판단과 해석이 많이 포함되어 있을 수 있다. 책의 내용이 참여정부의 정책과 일치하지 않을 수 있다는 점을 분명히 해둔다.

제1부

격변의 시대

제1장 | 변화의 바람

국가 위의 기업: 새로운 권력

여권 받는 데 웬 시험?

1970년대 말까지 외국 유학을 가는 사람은 속칭 '유학고시'라는 자격시험을 쳐야 했다. 영어·불어 등 가고자 하는 나라의 언어와 국사 논문 등이 시험과목이었는데 1년에 합격하는 사람이 고작 몇백 명 정도였다. 시험에 떨어진 사람은 유학을 포기하거나 기업의 현지 주재원 등으로 위장하여 나가는 수밖에 없었다. 어렵게 위장하여 나간다 해도 외환을 바꾸거나 송금을 할 수 없어 정규 유학생의 구좌를 이용하는 등 여러 가지 편법을 써야 했다.

어디 유학 가는 일뿐이었겠는가? 여권을 얻고 비자를 발급받는 일이 하늘의 별따기만큼 어려웠다. 돈을 가지고 나가고 들어오는 것도, 외국에 물건을 팔거나 외국에서 물건을 사오는 것도 어렵긴 마찬가지였다. 일일이 나가고 들어오는 것에 대해 나라의 허가를 받거나 높은 세율의 관세를 물어야 했다.

불과 20여 년이 지난 지금, 세상은 그야말로 천지개벽을 했다. 국가 간 협약에 의해, 아니면 국가 스스로의 필요에 의해 나라와 나라 사이의 장벽이 무너지고 있다. 그리고 그 무너진 장벽 위로 사람과 돈, 문화와 지식정보가 자유롭게 이동하고 있다. 우리만 해도 2005년 한 해의 출입국 인원이 3,200만 명을 넘고, 2006년 기준으로 수출이 3,255억 달러에 수입도 3,094억 달러다. 우리가 중국 등 해외에 투자한 금액이 107억 달러에 이르는가 하면, 밖으로부터 들어온 외국자본이 우리나라 상장기업 주식 시가총액 776조 7,000억 원의 35%를 넘는다. 불과 20여 년 전인 1980년대 초만 해도 수출과 수입이 각각 300억 달러를 밑도는 수준이었고 출입국 인원도 1981년 기준으로 300만 명 정도에 불과했다. 20여 년 만에 이 모든 것이 열 배 이상으로 늘어난 것이다.

'Vote by Feet'와 'Tax Sale'

사람과 돈이 자유롭게 이동하는 세상. 이 새로운 세상은 우리의 국정환경을 근본적으로 바꾸고 있다……. 기업이 국경을 넘어 이동하면서 글로벌 차원의 분업이 진행되고, 이는 다시 국내산업의 대규모 구조조정을 불러온다. 경쟁력 있는 기업과 그렇지 못한 기업, 능력 있는 사람과 그렇지 못한 사람의 부가가치 생산 능력이 벌어지면서 양극화는 심화된다. 또 돈의 이동속도와 규모가 달라지면서 금융정책과 그에 대한 관리가 나라의 형편을 결정짓는다. 외국인 투자자와 근로자의 유입 등, 인적 자원의 이동 또한 우리 사회를 다문화 사회로 바꿔나간다……. 정말, 끝없이 열거할 수 있는 이러한 변화들이 우리를 바쁘게 몰아치고 있다.

이러한 변화 중 우리가 특히 주목해야 할 것이 하나 있다. 다름 아니라 국가권력에 대한 기업의 우위 현상이다. 기업의 이동이 자유로 워지면서 기업은 보다 나은 환경을 찾아다니게 되고, 국가는 이들 기업을 유치하기 위해, 또는 나가는 기업을 잡아두기 위해 노력하지 않으면 안 되는 상황이 벌어지고 있다. 'Vote by Feet — 발로 하는 투표', 즉 이동권을 바탕으로 이동의 주체인 개인과 기업이 공공부문의 활동이나 정책에 영향을 미치는 현상이 글로벌 차원에서 진행되고 있다.

조세정책 부분은 이러한 변화가 가장 크게 눈에 띄는 분야이다. 나라마다 기업을 유치하거나 나가는 기업을 잡아두기 위해 기업에 부과하는 세금을 내리는 작업을 하고, 이로 인해 국가 간의 조세경쟁(tax competition)이 치열해지고 있다. 아일랜드에 의해 촉발된 유럽 국가들 간의 조세경쟁은 그 좋은 예다.

아일랜드의 경우 지난 10여 년간 법인세율을 계속 내려왔다. 그 결과 2006년 현재의 법인세율은 12.5%. 1993년의 40%에 비해 무려 70% 가까이 인하된 셈이다. 가히 파격적인 조치라 하겠는데, 이를 통해 아일랜드는 새로운 성장 기반을 마련할 수 있었다. 마이크로소프트 등 적지 않은 기업이 그 일부 혹은 기업 전체를 아일랜드로 옮겨왔기 때문이다.

문제는 다른 나라들의 반응이었다. 아일랜드의 조치에 자극받은 독일은 2000년 기준으로 52%에 달하던 법인세율을 2006년 현재 39% 까지 내렸다. 앞으로도 계속 내려 30% 이하까지 가져간다는 계획이다. 이어 프랑스도 33%에 달하는 지금의 법인세율을 향후 20% 수준까지 인하할 계획이고, 덴마크 또한 올해부터 6%가 인하된 22%의 세율을 적용하고 있다. 너도나도 세금을 '세일'하는 것이다. 아시아 국가들 또한 예외가 아니다. 일본은 현재 40% 정도에 달하는 법인세율의 인하를 적극 검토하고 있다. 말레이시아 역시 26%까지 인하할 예정이며 싱가포르는 18%까지 낮추는 계획을 세우고 있다(≪동아일보≫, 2007. 2. 5).

우리나라도 지난 6년간 3.3%를 내렸다. 세수(稅收)로 이야기하자면 매년 3조 원 이상을 포기한 셈이다. 현재는 주민세를 포함하여 27.5%. OECD 평균인 26.7%를 살짝 넘고 있다.

세금만이 아니다. 적지 않은 국가들이 토지를 무상으로 제공하거나 각종 규제를 완화하는 등의 조치를 취하고 있다. 영국 정부가 삼성전자에게 거의 무상에 가까운 가격으로 토지를 제공했다는 이야기나, 현대자동차가 미국의 앨라배마 주로부터 여러 가지 특별한 대접을 받고 있다는 이야기 등을 심심치 않게 들을 수 있는 것이 오늘의 세상이다. 우리 정부만 해도 수도권 규제를 풀어 공장 증설을 허가하지 않으면 다른 나라로 공장을 옮기겠다는 '겁나는' 이야기들을 수없이 듣고 있다.

다보스(Davos)에서의 단상

대통령 특사로 참석했던 2007년 다보스 포럼(Davos Forum). 기업 우위 현상에 대한 이러한 생각들 때문이었을까? 글로벌 기업 CEO들의 활동은 더욱 인상적이었다. 주요국가의 국가원수와 거의 동격의 대접을 받는 그들의 모습에서 권력이 어디로 옮겨지고 있는지를 바로 느낄 수 있었다. 작은 나라의 행정수반이나 웬만한 나라의 장관들은 그들의 큰 키에 가려 모습이 잘 보이지도 않았다.

그렇지 않아도 시차적응이 잘 되지 않아 힘들게 보내는 밤. 이러한 변화가 무엇을 의미하는지를 생각하느라 밤은 더욱 길어졌다. 이동하는 기업들. 우리는 과연 어떤 기업을 보내고 어떤 기업을 받아야 하나? ……그리고 이를 위해 무엇을 해야 하나? 세금을 내려야 하나? 내릴 수나 있나? 양극화와 고령화 등, 오히려 대규모 재정수요를 유발하는 문제가 우리 앞에 있지 않은가? 세금을 내리기 힘들면 무엇으로 이들 기업을 잡을 수 있을까? 이들이 필요로 하는 인적 자원의 육성? 사회경제적 투명성 제고? 규제라면 도대체 어디까지 풀어야 하나? 실제로 풀 수나 있을까?

다음날, 일본의 오타(大田) 재무상과의 짧은 만남에서 동북아지역의 조세경쟁 문제를 제기했다. 짧게나마 아일랜드의 법인세 인하에 대한 EU 차원의 대응과 OECD의 '유해조세경쟁포럼' 등에 대해서도 이야기했다. 기업 우위의 상황을 막을 수 없다 하더라도, 국가 간의 경쟁이 불가피하다 하더라도, 고령화와 양극화 등으로 재정수요가 오히려 늘어나고 있는 상황을 감안할 때 그 경쟁은 조세가 아닌 다른 부문에서 일어나는 것이 바람직하다는 취지에서였다.

불확실한 미래, 불안한 기업

실패한 뉴턴

"천체의 움직임을 계산해내는 나도 (주식시장을 움직이는) 인간의 광기 앞에서는 별 수 없다(I can calculate the motions of the heavenly bodies, but not the madness of the people)."

'만유인력의 법칙'으로 유명한 아이작 뉴턴(Isaac Newton)의 말이다. 잘 알려진 바와 같이 뉴턴은 천체물리학뿐 아니라 연금술, 광학, 수학 등 다방면에 걸쳐 뛰어난 재주를 가진 사람이었다. 사회적 활동에도 관심을 보여 영국 의회의 의원을 지내기도 했고, 영국 역사상 가장 유명한 조폐청장(the Master of the Mint)의 한 사람으로 위폐범들을 벌벌 떨게 하기도 했다.

이렇게 재주 많은 뉴턴이 1720년, 팔순을 바라보는 나이에 주식에 투자를 했다. 증권 역사에 'South Sea Bubble'로 유명한 바로 그 더 사우스 시 컴퍼니(the South Sea Company)의 주식을 산 것이다. 당시 이 회사는 남아메리카 스페인령에 대해 무역독점권을 가질 것으로 예상되었는데, 이로 인해 귀족에서 농민에 이르기까지 수많은 사람이 이 회사 주식을 마구잡이로 사들이는 상황이었다. 고공행진이 계속되자 뉴턴은 금방 투자금액의 배를 벌었다. 그리고 이를 재빨리 처분했다. 그러나 그 후에도 주식은 계속 올랐고, 이를 본 뉴턴은 자신이 처분한 가격보다 훨씬 높은 가격에 주식을 다시 사들였다. 그런데 이게 웬일? 얼마 가지 않아 8개월 동안 8배까지 뛰었던 주식은 불과 며칠 사이에 8개월 이전의 가격으로 환원되고 말았다. 거품이 꺼지면서 돈도 다 날아가 버렸다.

뉴턴의 말처럼 시장(市場)은 정확한 예측을 허용하지 않는다. 천재지변과 같은 사람이 어찌할 수 없는 일에서부터 전쟁이나 기술변화, 그리고 유가(油價)에서 소비자의 기호변화에 이르기까지 수많은 가변요소를 안고 있기 때문이다.

기업을 하는 사람이나 주식에 관여하는 사람을 만나면 '그야말로 피를 말린다'는 이야기를 많이 듣는다. 정부에서 일하는 사람 또한 마찬가지다. 정책부서 쪽에 갈수록 '머리에 쥐가 난다'는 말이 입에 붙어 있다. 시장을 예측하고 그 대응책을 강구하는 일이 그만큼 힘이 든다는 이야기다. 학자들이나 언론은 웬만큼 틀려도 그만이고 또 빠져나갈 구멍도 있지만, 실제 현장에서 뛰는 이들은 변명의 여지가 없다. 최근 발간된 로버트 루빈(Robert Rubin) 전 미국 재무장관의 저서 '*In An Uncertain World*'는 이러한 '불확실성'의 상황과 그 속에서 기업과 정부의 고위직들이 겪는 어려움을 잘 보여주고 있다. 정부나 기업을 운영하는 사람들에게 일독을 권한다.

기술과 소비 패턴의 변화

시장 불확실성의 문제는 앞으로 더욱 심각해질 것으로 예상된다. 그 구조가 더욱 복잡해질 것으로 예상되기도 한다. 몇 가지 중요한 이유를 짚어보기로 하자.

먼저, 기술의 변화가 과거와 비교되지 않을 정도로 빠르다. 하나의 예가 되겠지만 메모리 기술과 프린트 기술이 빠르게 발달하면서 필름 카메라 시장은 큰 위기를 맞았다. 변화를 인식하는 순간 시장은 이미 사라졌고, 이 바람에 일본의 미놀타 같은 회사는 100년 전통의 카메라 사업을 접어야 했다. TV 기술도 그렇다. 브라운관 TV가 채 사라지기도 전에 프로젝션(projection) TV를 거쳐 어느새 LCD TV 시대로 접어들고 있다. LCD TV 시대는 또 얼마나 갈까? 수십조 원을 들여 짓는 공장이 채 완성도 되기 전에 또 다른 기술진보가 이야기되고 있다. 그러고 보면 불과 얼마 전까지 온 국민의 사랑을 받던 '삐삐'도 어느새 사라졌고 '시티폰'은 제대로 자리를 잡기도 전에 '핸드폰'에 밀리고 말았다.

소비 패턴의 변화도 예측할 수가 없다. 새로운 기술이 끊임없이 적용되는 전자제품 등은 물론, 주택의 형태와 대중문화 등에 이르기까지 소비생활 전체에 걸쳐 엄청나게 빠른 변화가 일어나고 있다. 시장을 석권하다시피 했던 음료가 몇 달이 가지도 않아 사라질 위기를 맞게 되고, 위스키를 많이 마신다 했더니 어느새 와인 수요가 급증하고 있다. 잠시 숨을 고르는 사이에 다른 기업의 제품이나 다른 형태의 제품이 소비시장을 파고든다.

기술과 소비 패턴에서의 이러한 변화는 또한 보다 근본적인 변화를 가져온다. 『노동의 종말』(The End of Work)로 유명한 미래학자 제레미 리프킨(Jeremy Rifkin)은 그의 새로운 저서 『소유의 종말』(*The Age of Access*)에서, 이러한 변화가 '소유'가 아닌 '접근(access)'이 중시되는 시대를 불러올 것이라 예견하고 있다. 모든 것이 빠르게 변하는 상황에서 무엇을 소유하는 것보다는 그것을 이용할 수 있는 '접근권한'이 더 중시되며, 개인의 자산 가치 역시 재화를 소유할 수 있는 능력이 아니라 이를 사용하고 이용할 수 있는 접근권한에 의해 결정된다는 것이다. 그리고 보면 어느새 리스(lease)나 렌트(rent) 문화가 강하게 자리 잡아가는 것을 느끼게 되는데, 이러한 변화가 시장을 더욱 역동적이고 불가예측적인 것으로 만들어간다.

거버넌스 구조의 변화

시장의 불확실성을 높이는 데는 시장을 둘러싸고 있는 거버넌스 구조의 변화도 큰 몫을 한다. 우선 소비자의 목소리가 과거와 같지 않다. 과거 같으면 제한된 지리적 영역 안에서 소비행위를 하던 소비자는 이제 인터넷 등을 통해 훨씬 넓은 영역에서 소비행위를 한다. '단골'이나 '국산품 애용'과 정서적 기반을 바탕으로 한 소비행위는 줄어들고, 공급자 간의 경쟁은 더욱 치열해진다. 시장은 그만큼 더 불가예측적인 상황이 된다.

각종 상품에 대한 반대운동도 과거와 같지 않다. '안티 사이트' 등을 만들어 잘못된 상품이나 서비스에 대해 불만을 토로한다. 때로 몇 사람의 부정적 평가가 인터넷을 통해 전 세계를 돌기도 하고, 생산과 소비에 결정적인 타격을 주기도 한다. 반환경 제품에 대한 반대나 비인권적 행위를 하는 기업의 제품에 대한 반대 등, 이념지향성을 띠는 경우 기업과 시장은 더 큰 영향을 받는다.

세계시장에 새로운 강국으로 등장하고 있는 국가의 금융 당국, 그리고 사모펀드(Private Equity Fund)와 헤지펀드(Hedge Fund) 등의 영향력도 날이 갈수록 커지고 있다. 세계경제의 거버넌스 구조가 그만큼 더 복잡해지고 있다는 이야기다. 보유 외환의 다양화에 대한 한국은행 총재의 가벼운 언급에 뉴욕의 증시가 출렁거리고, 조지 소로스(George Soros)와 같은 '큰 손'의 말 한 마디에 작은 나라의 경제가 흔들린다. 국가 간의 협약이나 다자협상체계 등을 통해 거버넌스 구조를 보다 단순화하려는 노력이 전개되고 있기는 하다. 그러나 당분간 시장의 예측가능성이 지금보다 높아지는 일은 없을 것으로 보인다.

불안한 기업

불확실성이 높은 상황에서 기업들은 이를 이겨나가기 위해 골머리를 앓는다. 아마존닷컴(amazon.com)에서 '비즈니스 변화(Business change)'를 검색하면 2007년 5월 현재 이 범주(category)에 속하는 책이 약 3만 건 정도 있는 것으로 나타난다. 'Korea'라고 쳤을 때 나타나는 숫자가 9만 건 정도이니 그 3만 건의 의미가 어느 정도인지 짐작이 간다. 기업환경 변화와 이에 대한 기업들의 고민이 얼마나 심각한지를 잘 보여주는 현상이다.

시장상황을 보여주는 자료들은 더 심각하다. 매년 3만 개 이상의 소비재 상품이 시장에 출시되고 있지만 그중 10%만이 살아남는다. 미국에서 100년을 지속한 대기업은 GE, GM 등 몇 개 되지 않는다. IBM, 마이크로소프트(Microsoft), 인텔(Intel), 구글(Google) 등이 급속도로 세계적 기업으로 성장하는 동안 더 많은 기업은 시장에서 사라졌다. 생존과 성장을 위한 고민이 클 수밖에 없다.

예측가능성이 낮은 상황에서도, 또 미래가 확실히 보장되는 수익 모델을 찾기 힘든 상황에서도 적지 않은 기업이 공격적인 경영을 한다. 낮은 예측가능성은 다른 한편으로 높은 역동성을 의미할 수 있는 바, 마이크로소프트와 같은 성공신화가 만들어질 수도 있다. 우리 주변에서도 IMF 위기와 같은 악조건 속에서도 공격적인 경영을 멈추지 않아 성공한 사례를 얼마든지 볼 수 있다.

그러나 문제는 또 다른 많은 기업이 소극적인 자세를 취한다는 점이다. 실제로, 제대로 된 수익 모델을 찾지 못한 많은 기업이 수익을 재투자하는 대신 이를 유동자산으로 보유하고 있다. 대규모 투자로 투자회임기간이 긴 사업에 대해서는 아예 몸을 움츠려버리는 현상도 일어난다. 그 결과 유동자금이 늘어나고, 이러한 유동자금이 부동산 등으로 몰리는 일도 생긴다.

우리나라를 이야기하는 것 같지만 이는 비단 우리만의 문제가 아니다. 일종의 보편적 현상으로 여러 나라가 같은 문제를 안고 있다. 미국과 일본 등 선진 6개국의 경우, 2000년대에 들어서 가계와 정부는 지출이 저축을 초과하는 반면 기업은 투자보다 저축이 많아 기업 저축이 증가하는 경향을 보인다. 2005년 제이피 모건(JP Morgan) 자료에 따르면 선진 6개국 기업의 저축순증, 즉 총저축에서 총투자를 뺀

나머지 금액은 1996년에서 2000년에 이르는 기간에는 -7,300억 달러였으나 2000년에서 2004년에 이르는 기간 동안에는 1만 910억 달러로 크게 증가했다. 가계가 저축을 하면 기업이 이를 빌려 투자하던 것이 이제는 기업이 저축을 하고 가계가 이를 빌려 쓰는 현상까지 나타나고 있다.

지난 10년간 뉴욕, 런던, 파리 등 세계 주요도시의 부동산 가격이 200%에서 400%까지 오른 것도 이러한 유동자금의 증가와 무관하지 않다. 뉴욕 시를 중심으로 한 뉴욕 메트로폴리탄(metropolitan) 지역의 경우 1997년에서 2006년에 이르는 10년간 약 270%, 그리고 같은 기간 동안 런던 지역은 약 330% 오른 것으로 나타나는데, 이들 지역 중 중심가에 해당하는 뉴욕의 맨해튼(Manhattan) 지역과 런던의 시티(City of London) 지역 등은 이보다 훨씬 더 오른 것으로 알려지고 있다. 투자처를 잃은 유동자금이 넘치고 있는 데서 오는 결과다.

우리는 과거 같으면 각종 특혜를 보장하는 등 미래 위험이 있는 경우 정부가 그 위험을 덜어(hedge)주었다. 오죽하면 대기업은 절대 죽도록 두지 않을 것이라는 '대마불사(大馬不死)'의 논리까지 있었을까? 그러나 이제 상황이 변했다. 정부는 더 이상 투자위험을 덜어주는 직접적인 조치를 취하지 않는다. 이러한 조치가 오히려 건전한 시장경제와 기업 모두를 죽일 수 있기 때문이다.

불확실성의 시대에서의 불확실한 시장. 투자위축에 대한 우리의 고민은 여기서부터 시작해야 한다. '참여정부의 기업 죽이기'나 '정부의 일관성 없는 정책' 등을 주된 원인으로 공격하는 것은 도움이 되지 않는다. 과거의 시각에서, 기업이 고민하는 위험을 정부가 전적으로 '헤지(hedge)' 해주어야 한다는 주장도 도움이 되지 않는다. 정부는 이제 그러한 조치를 취할 수도 없고 취해서도 안 되는 상황이 되었다. 새로운 시대에는 새로운 생각이 필요하다.

생산과 소비의 세계화

복 받은 나라

미국과 유럽을 방문할 때마다 남들과 조금 다른 시각에서 특별히 부러워하는 것이 있다. 소비 인프라, 즉 사람들에게 돈을 쓰게 하는 기반이 잘 조성되어 있다는 점이다.

우선 런던, 로마, 파리 같은 도시는 도시 그 자체가 관광 상품이다. 유서 깊고 아름다운 건물이 늘어서 있는가 하면, 곳곳에 역사의 흔적이 산재해 있다. 나무 한 그루, 벽돌 한 장에도 수백 년의 역사가 배어 있는 것 같은 인상을 받는다. 거기에 다시 볼거리가 쌓여 있는 박물관과 미술관. 그리고 놓치고 싶지 않은 공연에 적절한 먹을거리와 마실 거리. 자연히 내·외국인 관광객이 찾아들어 먹고 자면서 돈을 쓴다. 런던을 찾는 외국인 방문객이 2004년 한 해 동안 1,340만 명, 파리 870만 명, 로마 550만 명! 정말 조상 덕에 먹고산다는 말이 나올 정도다.

자연환경 역시 소비를 일으키는 데 큰 몫을 한다. 언젠가 뉴욕에서 로스엔젤리스까지 미 대륙을 횡단한 적이 있는데, 그 광활함과 다양한 볼거리에 놀란 적이 있다. 차로 하루 종일 달려도 끝이 보이지 않는 넓은 평원, 기괴한 형상으로 하늘에 닿을 듯 솟아 있는 '데블스 타워(Devil's Tower),' 지옥 한 가운데 서 있는 느낌을 주는 '배드랜드(Bad Lands)' 등, 신의 작품인지 장난인지 정신을 차릴 수가 없었다. 사우스다코타(South Dakota)에서는 수백 마리의 버펄로(buffalo) 떼가 무서운 속도로 바로 눈앞을 지나갔고, 섭씨 35도를 넘는 여름 한낮이었건만 몬타나주에 있는 빅혼 마운틴(Big Horn Mountain)의 눈 덮인 정상에서는 두꺼운 겨울옷을 꺼내 입어야 했다. 여기에 설명이 필요 없는 요세미티 국립공원과 그랜드 캐년. 체중이 5kg이나 빠진 15박 16일의 대륙횡단. 그 기간 내내 '복 받은 나라'에 대한 시샘이 가슴을 채우고 있었다.

외국인에게 해당하는 이야기이지만 이들 국가에서 중요한 소비 인프라 중 하나가 '말', 즉 언어다. 영어·독어·불어를 배우기 위해, 또 이를 기반으로 한 공부를 하기 위해 세계에서 학생들이 몰려든다. 특히 개방화가 가속화되고 영어의 위상이 강화되면서 미국과 영국 등 영어권 국가를 향한 이동이 눈에 띄게 늘어나고 있다. 우리 사회에서도 이들 영어권 국가는 한 번쯤 다녀오지 않으면 안 되는 '순례(巡禮)'의 대상이 되어 있다. 그리고 그 바람은 이제 미국과 영국을 넘어 호주와 뉴질랜드, 심지어 필리핀까지 향하고 있다.

공부하고 싶은 자에게도, 놀고 싶은 자에도 천국

이러한 자연적이고 역사적인 소비기반 위에 병원과 학교, 테마파크와 골프장 등 인간이 만든 소비기반이 더해진다. 병원의 경우 돈 있는 사람들은 당연히 좋은 병원에서 치료받고 싶어 한다. 경우에 따라서는 벌어놓은 돈을 모두 써서라도 본인과 가족의 생명을 구하고 싶어 한다. 미국의 병원은 이들의 이러한 소망을 아주 잘 수용하고 있다. 스스로 원했든 원하지 않았든, 최고의 시설에 최고의 의료진을 갖춘 미국의 병원은 인술(仁術)을 내국인은 물론 세계인 모두가 찾는 고가의 서비스 상품으로 만들어가고 있다.

또 있다. 좋은 학교, 다양한 내용의 테마파크, 골프장, 세계인을 불러 모으는 스포츠 이벤트, 대규모 카지노 등 미국과 유럽 일부 국가들은 공부하고 싶은 자에게도 놀고 싶은 자에게도 천국이다. 거대한 도서관의 서가 한가운데 서면 역사와 진리를 숨 쉬는 듯하고, 이름난 테마파크의 야간 레이저쇼는 사람의 혼을 빼놓는다. 도박장과 그 주변의 공연장들은 아무리 도덕적인 사람이라도 한 번쯤은 보고 싶어 하는, 그야말로 그 자체가 하나의 관광 상품이다.

우리의 소비 인프라는?

국경이 무너진 사회, 이동이 자유로운 사회. 이러한 사회에서 이동하는 것은 생산에 필요한 요소만이 아니다. 소비자가 이동하고 소비가 이동한다. 당연히 소비 인프라가 얼마나 잘 갖춰져 있느냐가 나라의 경쟁력을 좌우한다. 특히 노동임금의 상승으로 전통적인 제조업이 어려워진 나라는 더욱 그러하다.

이러한 시각에서 우리를 보자. 우리의 소비 인프라는 과연 어느 정도의 경쟁력을 갖추고 있을까? 자연환경? 역사와 문화? 도시문화?

학교? 놀이시설? 자신할 수 있는 것이 많지 않다.

대학은 어느 것 하나 세계 100위권에 안정적으로 들어가 있지 못하다. 학생은 더 좋은 학교를 찾아 외국으로 나가고, 외국인 학생의 이입은 소수에 그친다. 도시의 건축문화는 세계 12위권의 경제대국에 걸맞지 않을 정도로 후진적이다. 최근 들어 달라지는 모습을 보이기는 하지만 역사성과 조형성에서 자신할 만한 수준은 아니다. 오히려 울긋불긋 난삽하게 걸린 간판들이 도시의 품격을 떨어뜨리고 있다.

놀이시설과 여가시설은 더 말할 필요가 없다. 국제적 경쟁력을 갖춘 시설은 수도권을 중심으로 몇 개가 있을 뿐이다. 골프장은 비싸기도 하려니와 예약이 되지 않아 접근하기 힘들고, 카지노와 같이 도박성이 강한 시설은 강원도 폐광촌에 만들어진 강원랜드를 빼고는 제대로 된 곳이 없다. 병원도 마찬가지다. 세계 최고 수준의 시설과 의료 인력을 가지고 있으면서도 이를 제대로 산업화하지 못하고 있다.

그나마 조금 자신할 수 있는 부분이 우리의 역사와 문화다. 서구 중심의 세계사 속에서, 또 중국과 일본에 가려 제대로 알려져 있지 않지만 향후 우리가 어떻게 하느냐에 따라 크게 달라질 수 있는 부분이다. 그러나 아직은 먼 이야기다. 경복궁 등 주요 문화재에 대한 복원작업이 이제 막 시작되었고, 템플 스테이(temple stay) 등의 문화체험도 겨우 첫 발을 내딛고 있다. 아직 외국인을 크게 불러올 수준도, 나가는 내국인을 붙들어둘 수 있는 수준도 되지 못한다.

상황이 이러하다 보니 그저 먹고 마시는 것이 전부가 된다. ‘돈 있는 사람 돈 쓸 곳이 ‘룸싸롱’밖에 더 있느냐’는 자조 섞인 이야기도 나오고, 성매매방지법과 국세청의 ‘신용카드 50만 원 이상 내역 신고’

가 경기하락의 원인이라는 이야기가 나오기도 한다.

소비 인프라가 약하니 국민은 툭 하면 나라 밖에서 소비를 한다. 2006년 한 해 동안 우리나라 사람이 외국에서 카드로 쓴 돈이 약 50억 달러, 현찰로 쓴 돈이 약 90억 달러다. 모두 합쳐 140억 달러, 무역흑자 290억 달러의 절반에 해당하는 금액이다. 반면, 들어와 돈을 쓰는 외국인은 나가는 사람만큼 많지 않다. 그 결과 2006년 우리는 일반여행 수지에서 85억 달러의 적자를, 유학연수 수지에서 44억 달러의 적자를, 건강관련 여행 수지에서 5,000만 달러의 적자를 기록했다. 내수의 증가는 2003년과 2004년은 마이너스, 2005년과 2006년은 각각 3%와 4% 정도에 그치고 있는 데 반해, 해외수지 지급액은 2004년에서 2006년에 이르는 동안 줄곧 20% 안팎의 성장세를 유지하고 있다.

Trickling Down?

참여정부는 정부 출범과 함께 소비 인프라에 대해 큰 관심을 기울였다. 병원의 영리법인화를 시도했고, 서남해안 개발을 추진하기도 했다. 태안을 골프장을 비롯한 레저시설이 들어가는 기업도시로 지정했고, 남해안을 중심으로 '가고 싶은 섬' 프로젝트를 구상하고 있기도 하다. 또 제주도를 특별자치도로 만들어 관광과 서비스 산업 육성을 위한 행정적 기반을 강화시켜주었다. 템플 스테이 등 한국의 정신을 즐길 수 있는 문화체험을 강조하고, 광화문 일대를 복원하는 등 문화기반을 강화하고 있다. 또 건국 이후 처음으로 도시환경과 건축을 걱정하는 기구, 즉 건설기술건축문화선진화위원회를 대통령 직속으로 두어 도시 전체의 미적 경쟁력을 높이는 방안을 연구하게 하고 있다.

그러나 소비 인프라를 강화할 이러한 사업들은 곳곳에서 심각한 문제와 마주치고 있다. 병원을 영리법인화하는 일은 '공공의료 기반 약화'와 '위화감'을 우려하는 시민단체와 정치권 일부의 반대로 겨우 명맥만 유지하고 있다. 인천의 투자자유지역과 제주도에 한해, 그것도 외국자본에만 허용되는 수준에 그치는 것이다. 서남해안 개발은 정부가 크게 책임질 일도 없는 '행담도 스캔들'에 붙들려 동력을 잃어버렸고, 도시건축문화의 선진화는 물고 물린 복잡한 법체계와 정부부처 간의 이해관계가 부딪치면서 제대로 진도를 나가지 못하고 있다.

어찌되었건 이제 우리는 이 문제를 풀어야 한다. 이를 풀지 않고서는 고용의 문제도, 경제 활성화의 문제도 풀기 힘들다. 예컨대 야당 일각에서는 경기활성화를 위해 세금을 내리자는 이야기를 하고 있다. 세금을 내리면 덜 낸 세금만큼 소비를 하고, 이러한 소비를 통해 다시 경기가 활성화될 것이라는 주장이다. 그러나 소비 인프라가 약한 우리의 경우 이러한 선순환이 이루어질 수 없다. 혜택을 보는 사람이 대부분 고소득자인 바, 소비를 한다고 해도 국내가 아닌 해외에서 할 가능성이 높기 때문이다. 'Trickling Down', 즉 물이 밑으로 흐르듯 위쪽의 형편이 좋으면 아래쪽도 곧 좋아질 것이라는 이야기는 우리의 이러한 형편을 모르고 하는 말이다.

소비 인프라를 강화하는 데에서 꼭 하나 염두에 둘 일이 있다. 이 문제를 몇 가지 정책대안으로 해결될 수 있는 단순한 문제로 보아서는 안 된다는 점이다. 앞서도 이야기했지만 소비 인프라의 문제는 권력형 부패와 부동산 투기 등으로 축재한 사람이 많은 데서 오는 국민적 반감 문제는 물론, 근검과 절약을 최고의 미덕으로 강조해온 우리의 문화와도 직결되어 있다. 또 사교육비로 인한 가계의 소비역량 저하, 빈부격차의 심화와 빈곤층에 대한 취약한 보호망, 이에 따른 위화감 문제, 더 나아가서는 지역균형발전의 문제 등과도 밀접한 관련 이 있다. 수도권 지역에 테마파크와 골프장 등을 허가하지 못하고 있는 것도, 병원의 영리법인화 등 소비 인프라와 관련된 핵심적 사안이 쉽게 풀리지 않는 것도 바로 이러한 요인들 때문이다.

Video on Demand: 고용 없는 성장

사라지는 비디오 가게

영화를 좋아해서 주말이면 영화 한 편씩을 보곤 한다. 당연히 동네 비디오 가게를 드나드는 일이 잦았다. 그런데 최근 변화가 생겼다. 케이블을 통해 '비디오 온 디맨드(Video on Demand)' 서비스를 받고 나서부터 비디오 가게 갈 일이 별로 없어졌다. 케이블 서비스로 보고 싶은 영화를 골라 버튼만 누르면 언제든 바로 상영이 된다. 되감기, 빠르게 감기, 멈추었다 다시 보기 등 테이프나 DVD를 넣고 볼 때와 조금도 다를 바가 없다. 가격도 비디오 가게에서 빌리는 수준을 넘지 않는데다, 하루가 지나면 자동으로 접근권한이 없어지기 때문에 연체료 걱정을 할 일도 없다.

앞으로 비디오 가게는 어떻게 될까? 지금과 같은 숫자만큼 존재할 수 있을까? 비디오 빌릴 일이 없으면 비디오를 만드는 공장과 그곳에서 일하는 사람들은 어떻게 될까?

그러고 보면 동네에서도 적지 않은 변화가 목격된다. 하루 종일 길에 스피커를 내놓고 음악을 틀어주던 전문 레코드 가게나 CD 가게가 눈에 잘 띄지 않고, 맞춤 양복점도 어느 사이에 없어졌다. 정보통신이 발달하면서, 또 기계화와 표준화가 진행되면서 우리에게 아주 익숙했던 직업이나 일자리가 없어지고 있다.

대규모 조직 내에서의 변화는 더욱 심하다. 정부혁신지방분권위원장 시절, 고용직 여직원을 줄여달라고 찾아온 어느 장관의 이야기는 아직도 기억에 생생하다. 고용직 여직원은 대체로 간단한 서류정리나 타자 등을 위해 고용된 사람들인데, 사실 이제 그 필요가 없어졌다. 사무관은 물론 장·차관까지 워드프로세스를 직접 사용하는 마당에 이들이 왜 필요하겠는가? "대충 다 내보내게 해주시고, 대신 그 5분의 1이라도 좋으니 사무관을 좀 늘려주세요." 그 장관의 변이었다.

'노동의 종말'

그 속도가 어찌되었었건 세계경제는 계속 성장하고 있다. OECD 국가의 2000년부터 2005년까지의 연평균성장률은 2.4%이다. 우리 역시 경기회복에 대한 불만이 높지만, 해마다 4~5%의 성장을 계속하고 있다. 국민소득이 2만 달러 가까이 되고, 경제규모가 세계 12위권에 드는 나라로서는 결코 낮지 않은 성장률이다.

그러나 이러한 성장은 우리 모두에게 다 좋은 일은 아니다. 많은 사람이 성장의 열매를 공유하지만 또 다른 많은 사람들은 성장과정이나 그 결과를 배분하는 과정에서 배제된다. 제러미 리프킨(Jeremy Rifkin)은 그의 저서 『노동의 종말』(The End of Work)에서 성장이 가속화될수록 오히려 거기에서 배제되는 사람들이 늘어난다는 주장을 하고 있다.

정말 그럴까? 그렇다면 그 이유는 무엇일까? 핵심적인 이유는 성장이 수반하는, 어떻게 보면 수반할 수밖에 없는 실업의 문제에 있다. 성장은 상당부분 기계화와 정보화, 그리고 효율적 조직 운영을 위한 리엔지니어링(re-engineering)의 결과이다. 필연적으로 고용을 감축시키는 효과가 따른다. '비디오 온 디맨드' 서비스로 동네 비디오 가게가 어려워지는 것이나 장관이 고용직 여직원들을 줄였으면 좋겠다고 하는 것도 같은 맥락에서의 이야기다.

기계화와 자동화, 그리고 리엔지니어링이 언제나 실업을 수반하는 것은 아니다. 노동인력을 필요로 하는 새로운 산업이 끊임없이 발전하는 상황에서는 실업이 생길 틈이 없다. 하나의 예가 되겠지만 복사기가 보급되면서 타자수의 수가 줄 수 있고, 전화기가 발달되면서 심부름하는 사환의 수가 줄어들 수 있다. 그러나 자동차 공장이 생겨나 이들을 흡수한다면 문제는 간단해진다. 실업과 관련하여 아무런 문제가 생겨나지 않는다. 미국의 경우 20세기 말엽까지 비교적 고용유발 효과가 큰 산업들이 성행을 했다. 그 결과 1870년에 300만 개밖에 안 되던 일자리가 1990년대에 와서는 9,000만 개가 되었다. 기계화와 자동화가 큰 문제가 될 이유가 없었다.

그러나 최근의 상황은 확연히 다르다. 새로운 산업이 성장하지 않는 것은 아니지만 그 고용효과가 과거에 비해 크게 떨어진다. 시작할 때부터 자동화된 공정과정과 전자화된 업무 프로세스 등이 도입된다. 많은 사람이 필요 없는 만큼 고용은 최소화된다.

이에 더해 컴퓨터와 정보통신의 발달, 그리고 이를 바탕으로 하는 기존 산업 또는 기존 조직의 리엔지니어링은 가히 메가톤 급이다.

새로운 산업에 의해 일자리가 생겨나는 것과는 비교가 되지 않을 정도의 빠른 속도로 일자리를 없애고 있다. 로봇 기술의 발달은 수백만 노동자를 일거에 실업자로 만들 기세이고, 간단한 회계 관련 소프트웨어는 수만 개의 단순 사무직 자리를 없애버린다. 바야흐로 성장은 해도 고용이 발생하지 않는 '고용 없는 성장'의 시대가 시작되고 있다.

'고용 없는 성장'의 문제는 미국을 비롯한 많은 나라에서 점점 더 심각한 양상을 띠고 있다. 미국의 경우 2001년 3월부터 2003년 9월까지의 2년 반 만에 무려 300만 개의 일자리가 없어졌다. 거의 비슷한 기간인 2001년 6월부터 3년 동안 전체 노동자의 18%가 정리해고 통보를 받았다(『노동의 종말』, 15쪽).

유럽이라 하여 상황이 크게 다르지 않다. 일자리가 줄어들거나 늘어나지 않으면서 실업률은 내려올 줄을 모르고 있다. 2005년 현재 독일의 실업률은 11.3%, 프랑스는 9.9%, OECD 유럽국가 평균 실업률은 9.1%다.

이러한 실업의 문제는 노동시장에 신규 진입하는 청년에게는 더욱 심각한 문제가 된다. 일자리가 줄어드는 상황에 신규고용이 많을 리 없다. 흔히들 청년실업의 문제를 우리만의 독특한 문제로 인식하는데 그렇지 않다. '고용 없는 성장'을 경험하고 있는 거의 모든 국가에서 나타나는 현상이다. 비교적 형편이 좋다는 미국의 경우에도 대학졸업자의 낮은 취업률은 큰 사회적 문제가 되어 있다(*Time Magazine*, 2002. 6. 10).

5%의 사회?

리프킨은 2050년이 되면 성인 인구의 5% 정도면 국가의 전통적 산업을 돌리는 데 충분할 것이라 예측한다. 웬만한 노동은 기계와 소프트웨어가 대체하는 상황 아래 기업가, 과학자, 엔지니어, 프로그래머, 전문직, 교육자, 컨설턴트 등의 지식 엘리트만 살아남는다는 것이다.

설마 그렇게까지 가기야 하겠는가? 나머지 95%에 속할 가능성이 있는 사람들이 우리 사회를 그렇게 가도록 그냥 두겠는가?

그러나 이러한 5%의 사회가 오고 말고를 떠나 한 가지 분명히 해야 할 것이 있다. '고용 없는 성장'에 대한 올바른 고민이 필요하다는 점이다. 이에 대한 고민 없이 우리는 오늘의 실업문제를 제대로 이해할 수도 없고, 올바른 처방을 낼 수도 없다. 그저 '투자 활성화를 통해 일자리를 만들어야 한다'는 원론적 구호만 외치게 되고, '청년실업'을 팔아 '정치장사'나 하겠다는 생각만 하게 된다.

우리가 관심을 둬야 할 것은 투자 활성화의 방법만이 아니다. 더욱 중요한 것은 투자가 아무리 활성화되어도, 성장을 아무리 해도 '실업'의 문제와 '일자리 부족'의 문제는 그대로 남는다는 점이다. 그리고 이것이야말로 우리가 크게 관심을 둬야 할 문제라는 사실이다.

부자와 빈자만의 사회

달라진 부의 원천

구글(Google)을 설립할 당시 그 설립자인 래리 페이지(Larry Page)와 세르게이 브린(Sergey Brin)은 스탠퍼드 대학의 대학원생이었다. 당시 이들이 가졌던 것은 거대한 자본도 아니요, 거대한 조직도 아니었다. 그들의 자산은 오히려 인터넷 검색 서비스에 대한 독특한 아이디어였다. 이들은 그 아이디어를 바탕으로 9개월 만에 2,500만 달러의 투자자금을 모을 수 있었고, 이 돈으로 오늘의 구글을 만들어냈다. 1998년에 설립된 구글은 불과 몇 년 사이에 세계적 기업으로 성장했다. 설립 5년 만인 2003년에 3억 4,000만 달러의 순이익을 냈고 2006년에는 무려 35억 5,000만 달러의 이익을 냈다. 주식가치가 폭등하여 직원들의 20%가 백만장자가 되었고, 설립자인 페이지와 브린은 2007년 2월 현재 370억 달러, 우리 돈으로 약 35조 원에 달하는 주식을 둘이서 보유하고 있다.

하나의 가설로, 육체적인 힘이 부의 원천이 되는 사회를 생각해보자. 페이지와 브린의 '성공신화'가 가능했을까? 당연히 불가능하다. 힘센 사람과 그렇지 못한 사람의 생산력 차이는 기껏해야 서너 배 정도일 것이다. 다른 사람에 비해 제법 잘사는 사람이 있을 수는 있지만 페이지와 브린의 신화는 불가능하다.

'돈이 돈을 버는' 자본 중심의 사회에서는 어떨까? 그 가능성은 확실히 커질 것이다. 개인 간의 차이가 기껏해야 서너 배 이상 되지 않는 육체적인 힘과 달리 돈은 다른 사람보다 백 배 천 배 더 많이 가질 수 있기 때문이다. 한번 모인 돈은 그 자체가 생명력을 지니면서 돈의 주인에게 더 많은 돈을 만들어준다. 그러나 이러한 사회에서도 페이지와 브린이 만들어낸 수준의 신화를 만들기는 쉽지 않다. 자본 축적이 단기간에 그리 쉽게 이루어지지 않기 때문이다.

그러나 돈, 즉 자본과 함께 양질의 지식과 정보가 부의 원천이 되는 오늘과 같은 사회에서는 이야기가 달라진다. 페이지와 브린의 경우처럼 좋은 아이디어와 정보가 있으면 자본 축적 또한 쉽게 이루어진다. 양질의 지식과 정보가 지니는 부가가치 생산 능력이 워낙 크기 때문이다.

'성공신화'의 그림자

그러나 지식정보사회가 모두에게 좋은 것만은 아니다. 그 이면에는 우리가 깊이 새겨야 할 어려움이 있다. 특히 부의 원천이 달라지는 데 따른 소득격차 확대와 이로 인한 양극화 문제는 여러 가지 점에서 깊은 고민을 안겨준다.

사실 부의 원천이 달라지고 있다는 사실과 성공신화의 가능성이 커지고 있다는 사실은, 다른 한편으로 개인 간의 소득격차가 벌어질 가능성이 그만큼 더 크다는 점을 의미한다. 앞서 말한 바와 같이 육체적 힘은 강하다고 해봐야 다른 사람의 서너 배에 지나지 않는다. 그러나 자본이나 지식정보의 경우는 그렇지 않다. 특히 지식정보는 페이지와 브린의 경우에서 보는 것처럼 부가가치 생산 능력이 자본에 비해 훨씬 더 큰 경향을 보인다. 자연히 지식정보사회로 갈수록 이를 가진 사람과 가지지 못한 사람 간의 격차는 더 벌어지게 된다.

소득격차 문제는 사회경제 시스템이 지식기반사회에 적합한 체제로 재편되면서 더욱 심각한 양상을 띠게 된다. 너도나도 수익 모델과 생산체계를 지식정보사회가 요구하는 방향으로 재조정하게 되는데, 이 과정에서 수많은 사람이 새로운 체계에 적응하지 못해, 혹은 구조조정의 필요성에 의해 자신의 지위나 역할을 잃게 된다. 페이지와 브린과 같은 성공신화의 주인공이 있는 반면, 이와는 비교가 되지 않는 수많은 사람이 우리 사회의 가장자리(margin)로 밀려나게 된다.

지식정보사회가 불러오는 이러한 문제는 또 하나의 중요한 사회변화인 '세계화' 내지는 '개방화'에 의해 더욱 심화된다. 시장(市場)이 넓어짐에 따라 경쟁력 있는 개인이나 기업은 온 세계를 자신의 시장으로 가지게 되겠지만, 그렇지 못한 개인이나 기업은 온 세계로부터 위협받는 처지가 된다. 전자제품과 같이 경쟁력 강한 업종과 농업과 같이 경쟁력 약한 업종 사이에 차이가 있을 수밖에 없고, 심지어 같은 일을 해도 해외 네트워크가 강한 사람과 그렇지 못한 사람 사이에 큰 차이가 날 수밖에 없다. 작은 동네에서 그저 그렇게 같이 살아갈 때는 별 차이가 없어 보였지만 시장이 넓어지면서 그 차이가 확연히 나타나는 것이다.

아무튼 이러한 사회적 변화로 오늘날 대부분의 국가에서 중산층이 엷어지고, 가진 사람과 가지지 않은 사람 간의 소득격차가 더욱 벌어지는 양극화 현상이 나타나고 있다. 우리의 경우 통계청 자료를 보면 도시근로자가구의 소득기준 지니계수가 1997년에는 0.283이었으나 2005년에 와서는 0.310에 이른다. 또 1997년에 4.49이던 소득 5분위 배율도 2005년에는 5.43이 되었다.

다른 나라의 경우도 만만치 않다. 미국의 경우 1970년대 중반 이후 소득불균등이 악화되는 양상을 보이는데 1990년대 고도 성장기를 거치면서도 소득불균등은 지속적으로 심화되고 있다. 1980년에 0.40 정도 되었던 것이 1990년대 0.42, 최근에는 계산하는 방식에 따라 다소 차이가 나겠지만 0.46 정도 되는 것으로 이야기되고 있다. 다른 요인들도 있겠지만 역시 세계화와 IT 중심의 기술진보 등으로 인한 고임금 직종의 확대 등이 큰 원인이었다고 말할 수 있다.

일본과 중국 역시 예외가 아니다. 일본의 경우 1990년대에 들어 벌어지기 시작한 소득불균등이 1998년 이후 급격히 확대되어 전 국민이 중산층이라는 '1억 총중류(總中流)' 의식이 와해되고 있다. 우리의 '양극화' 문제에 해당하는 '격차'의 확대 문제가 정치권의 가장 큰 쟁점이 되어 있다. 야당들은 일본을 세계에서 양극화가 가장 빠르게 진행된 국가로 규정하며 정부에 대해 매서운 정치적 공세를 펴고 있다. 또 중국은 그동안 도시, 상공업, 연안지역을 중심으로 한 경제성장과정에서 발생한 계층 간, 지역 간 소득격차로 인해 2006년 지니계수가 0.5에 육박할 정도로 심각한 소득불균등 상황에 직면하고 있다.

흔들리는 사회통합

양극화 문제는 우리 사회에 더욱 심각한 의미를 지닌다. 그 전개양상이 빠르기도 하지만 이를 대비할 수 있는 체제가 제대로 정비되어 있지 않기 때문이다.

잘 알려진 바와 같이 사회안전망이나 복지체계가 잘 갖춰진 유럽 국가들 같은 경우 국가 또는 사회 전체가 이 문제를 분담하는 체제로 되어 있다. 경쟁력 없는 기업에 종사하던 사람이나 경쟁력 없는 개인에게는 새로운 직업훈련의 기회를 제공하고, 이런저런 이유로 재기하기 힘든 사람에게는 적절한 수준의 복지혜택이 주어지는 시스템이 갖춰져 있다. 패자에게는 패자부활의 기회가, 부활하기도 쉽지 않은 사람에게는 그 나름대로 인간적 삶을 영위할 수 있는 안전망이 제공되는 것이다.

그러나 우리의 경우는 다르다. 사회안전망이 대단히 취약한 상태이고, 이로 인해 한번 형편이 어려워진 사람은 다시 일어서기 힘든 상황에 빠진다. 그렇다고 하여 시민사회에서의 배려가 그렇게 큰 것도 아니고 민간 주도의 상호부조활동이 활성화되어 있는 것도 아니다. 마이크로 크레딧(Micro Credit) 운동 등이 선보이고 있으나 이제 겨우 걸음마 단계이다. 결국 가족이나 친지의 도움에 기대는 수밖에 없는데, 다 같이 어려워 전통적 가족 가치가 붕괴되는 상황이라 이것 또한 여의치가 않다.

이런 상황이 계속되면 어떤 일이 일어날까? 복잡하게 이야기할 것 없다. 희망을 잃어버린 사람이 많은 사회, 패자부활을 꿈꿀 수 없는 사회에서는 그만큼 대립과 갈등이 첨예화될 수밖에 없다. 사회통합도 그만큼 어려워진다.

　예전같이 자신의 어려운 처지가 자신의 잘못에서 기인한다고 생각하는 '자기비난(self-blaming)형'의 국민이 많거나, '정주영 신화'와 같이 자신에게도 기회가 올 수 있다고 믿는 사람이 많으면 그나마 나은 상황이 될 수 있다. 그러나 유감스럽게도 그럴 가능성은 없다. 어려운 처지에 놓인 국민 대부분이 타인이나 정부와 사회의 잘못을 비난하는 '타인비난(other-blaming)'의 경향을 보이고 있다. 또 사교육비 부담과 부동산 가격상승 등 자기 자신이나 자식들의 재기나 지위상승을 가로막는 요인들에 대해 아주 뚜렷한 생각들을 하고 있다. 어떤 방법으로든 이 양극화 문제를 완화하지 않는 한, 이들에게 중산층이나 그 이상으로 복귀할 수 있다는 지위상승의 희망을 주지 않는 한, 우리 사회는 큰 대립과 갈등의 문제를 안을 수밖에 없다.

소비시장의 위축

　양극화가 던지는 또 하나의 중요한 문제는 소비시장의 위축이다. 양극화란 기본적으로 중산층에 속했던 사람들이 대거 저소득층으로 편입되는 것을 의미하는데, 이것은 곧 소비대중의 구매력이 약화되는 것을 의미한다. 이러한 구매력 약화는 자연스레 소비시장의 축소로 이어질 가능성이 있고, 이는 다시 생산과 투자를 위협하게 된다.

　정부가 조세수입을 쉽게 확보할 수 있는 상황이라면 이러한 문제는 쉽게 해결될 수도 있다. 경제공황기에 미국 정부가 한 것처럼 거둬들인 세금을 정부가 쓰면서 소비시장을 활성화시키거나, 각종 복지재정으로 활용하면서 저소득층의 구매력을 높여가면 된다. 그러나 이 책 앞부분에서 말한 것처럼 국가 간 조세경쟁이 치열해지는 상황에서 정부가 그러한 역할을 얼마나 잘 수행할 수 있을지 의문이다.

지난 2005년 부산 APEC 회의에서 한국 정부는 이 문제를 APEC의 향후 연구의제로 다룰 것을 제안했다. 양극화가 한국에서만 나타나는 특수한 현상이 아닐 뿐만 아니라 자칫 전 세계 소비시장의 위축을 가져오는 등 기존의 시장 질서를 교란시킬 가능성도 있다는 이유에서였다. APEC 국가들의 집합적인 관심이 필요하다는 우리의 요구를 참가국 모두가 받아주었고, 이를 기화로 대외경제정책연구원(KIEP)이 APEC의 연구비 지원을 받아 이 문제를 연구했다. 그리고 2006년 대외경제정책연구원 주관의 APEC 심포지엄과 고위당국자회의 등에서 양극화 문제를 논의하기에 이르렀다.

참여정부 탓?

양극화와 관련하여 참으로 어이없는 주장이 하나 있다. 이 현상이 참여정부에 들어 생겨난 것이고, 참여정부의 정책실패로 나타난 것이라는 주장이다. 양극화를 조금이라도 이해한다면, 또 이를 완화하기 위해 단 몇 시간이라도 고민을 해보았더라면 감히 입 밖에 내지 못할 이야기다.

앞서 이야기한 바와 같이 양극화는 우리 사회의 성장 기반이 되었던 지식정보사회로의 진전과 개방화의 또 다른 이면이다. 우리에게만 나타나는 현상이 아니라 다른 여러 나라에서도 나타나는 일종의 보편적 현상이다. 우리의 경우는 이러한 보편적 요인 위에 IMF 경제위기에 따른 구조조정이 더해져 보다 복잡한 양상을 띠고 있다. 구조조정으로 직장을 잃은 많은 사람이 영세 자영업자나 실업자로 전락하면서 그렇지 않아도 어려운 영세 자영업 시장과 저소득 노동시장에 과잉진입의 문제를 불러온 것이다. 그렇지 않아도 어려운 판에 더 많은 경쟁자가 몰려든 셈이다.

지금 이야기해서 무슨 소용이 있겠냐만 국민 모두가 소득과 관계없이 질 높은 교육을 받을 수 있는 기회가 주어져 있었다면, 제대로 된 직업교육과 중소기업을 위한 선진화된 금융지원체계 등 패자부활의 기반이 잘 갖춰져 있었다면 양극화의 정도가 훨씬 덜했을 수도 있다. 단단한 사회안전망이 갖춰져 있었다 해도 문제는 훨씬 나았을 것이다. 그러나 불행히도 우리는 이러한 부분이 매우 취약한 상태였고, 이로 인해 세계화와 지식정보화, 그리고 IMF 위기에서 온 구조조정의 부담을 그대로 안을 수밖에 없었다.

참여정부는 양극화를 초래한 정부가 아니라 양극화 문제를 풀기 위해 전력을 다하는 정부다. 참여정부는 처음으로 이 문제를 전 국민이 같이 고민해야 할 정책의제로 승화시켰고, 이 문제의 구조를 분석하기 위해 정부 최초로 영세 자영업자와 중소기업 등에 대한 광범위한 실태조사를 실시했다. 실태조사를 실시하기에 앞서 이전 정부들이 이에 관한 조사를 하고 종합적인 고민을 한 것이 있는지 살펴본 적이 있다. '국민의 정부'에 들어서야 부분적으로나마 관심을 가지기 시작한 것으로 파악되었다. 하지만 실태조사 등을 통해 이 문제를 보다 종합적이고 실질적으로 접근한 기록은 찾을 수 없었다.

사라지는 가족, 새로운 역할의 국가

'최불암 시리즈'

한때 유행했던 '최불암 시리즈'를 기억하는지 모르겠다. 최불암 시리즈의 대표적인 유머 하나. 최불암이 미국을 갔다. 영어라고는 '햄버거'밖에 아는 것이 없어 식당에 가면 '햄버거' 이외에는 주문할 수 없었다. 결국 몇 달 동안 햄버거만 먹던 최불암. 드디어 어느 날, 옆자리에 있는 사람이 '스테이크'를 시키는 것을 보았다. '어, 저것도 내가 아는 것인데.' 웨이터가 다가오자 최불암도 크게 "스테이크"라고 답한다. 그러자 웨이터는 "고기는 어떻게 익혀드릴까요?"라고 묻는다. 알아들을 수 없는 최불암. 웨이터가 잘 알아듣지 못한 줄 알고 다시 "스테이크"라고 대답한다. 그러자 웨이터가 또 다시 묻는다. "고기는 어떻게 드시겠어요?" 당황한 최불암, 반쯤 죽어가는 목소리로 다시 "스테이크……" 주고받고 몇 번을 되풀이하다 드디어 화가 난 웨이터 가 큰 소리로 말했다. "장난치세요, 고기를 어떻게 드시겠느냐고요?" 그러자 최불암은 그냥 말했다. "오케이! 오케이! 햄버거! 햄버거!"

이 이야기 속의 최불암은 당연히 자연인 최불암이 아니다. <전원일

기> 속에 나오는 마을 회장님으로서의 최불암. 가족의 지도자로서, 또 마을공동체의 지도자로서 거의 완벽에 가까운 모습을 보이는 최불암. 그래서 최불암은 전통적 권위의 상징이자 가족주의와 마을공동체주의의 상징이다.

'최불암 시리즈' 속에서는 최불암의 이러한 완벽함이 철저히 부정된다. 오히려 변화된 세상을 제대로 읽지 못하는 모습과 그 속에서도 자신의 권위를 지키기 위해 안간힘을 쓰는 모습이 우스꽝스럽게 묘사된다. 만화영화 <독수리 5형제> 시리즈가 끝난 것을 보고 옥상에 올라가 '이제 지구는 누가 지키지?' 하고 한숨을 쉬는 모습이나 비행기 안의 스튜어디스가 'coffee or tea?'라고 묻자 'or'라고 대답하는 모습 등에서 가부장적 권위는 부정된다. 전통적 가족주의와 마을공동체주의도 함께 회의(懷疑)의 대상이 됨은 물론이다.

무너지는 가족

'최불암 시리즈'가 가족이나 마을공동체에 대해 의문을 제기한 것이라면 얼마 전 상영된 영화 <바람난 가족>은 훨씬 더 심각하다. 영화 속에서의 가족은 더 이상 마음을 풀어놓을 수 있는 공동체가 아니다. 등장인물들은 모두 개인적 고민과 어려움, 심지어 불편한 가족관계에서 오는 긴장을 '바람'으로 해결한다. 가족의 기능은 완전히 해체된다. 더욱 놀라운 것은 영화가 그 '바람'을 과거에 비해 훨씬 중립적으로 처리하고 있다는 점이다. 남자의 '바람'이 아들의 죽음으로 연결되는 부분이 있기는 하지만 전통적 가족주의에 의한 '권선징악'의 모습은 찾아보기 힘들다.

　가족이 해체되고 무너지는 모습은 영화 속 이야기만은 아니다. 낮아지는 결혼율과 증가하는 이혼율, 늘어나는 아이들의 가출 등은 가족 자체의 존립을 걱정하게 만든다. 먼저 결혼율 문제인데, 프랑스의 경우 2004년 기준으로 인구 1,000명 중에서 4명 남짓만 결혼을 했다. 영국도 이보다 약간 많기는 하지만 5명 정도에 그쳤다. 그리고 2005년도 프랑스 신생아 중 59%가 결혼하지 않은 부부에게서 태어난 아이들이었다. 미국의 경우도 혼외출산율이 점차 증가해 같은 해 37%를 기록했다. 그만큼 결혼을 기피하고 있다는 것을 의미한다.

　결혼의 지속성도 크게 떨어지고 있다. 우리나라의 경우 1985년에 2만 3,000건 정도였던 전체 이혼 건수가 10년 뒤인 1995년에는 6만 8,000건, 또 다시 10년 후인 2005년에는 12만 8,000건으로 두 배 가까이 늘어났다. 같은 기간에 인구 1,000명당 이혼 건수를 의미하는 조이혼율도 크게 늘어났는데, 1985년에 0.9 정도였던 것이 1995년에는 1.5, 2005년에는 2.6이 되었다. 미국을 포함한 서구 일부 국가의 경우 이혼율이 오히려 낮아지는 현상이 목격되기도 한다. 예컨대 미국의 경우 1980년대 초 5.0을 오르내렸던 조이혼율이 최근에는 4.0 이하로 떨어진 것으로 나타나고 있다. 그러나 이것은 법적 결혼을 하지 않고 같이 사는 경우가 급증한 데서 오는 현상으로 결혼의 지속성이 높아졌음을 의미하지는 않는다. 많은 관찰자들이 이를 오히려 가족해체가 심화되는 증거의 하나로 사용하고 있다.

　가족해체의 또 하나의 징후라 할 수 있는 아이들의 가출도 늘어나고 가출하는 나이도 어려지는 추세다. 우리나라 국가청소년위원회의 조사에 따르면 중고등학생의 가출률은 2005년 9.9%, 2006년 10.9%였고, 첫 가출 시기도 2004년에는 14~16세가 51.1%로 가장 높았으나 2006년에는 13세 이하가 50.3%로 가장 높아, 가출청소년의 저연령화가 뚜렷하다.

사람에 따라서는 이러한 가족해체 현상을 일종의 일탈적 현상으로, 또 일시적인 현상으로 볼 수 있다. 근대화에 따른 전통적 가족 가치의 붕괴 등이 가져온 일시적 현상인 만큼 전통적 가치를 다시 강조함으로써 복원할 수 있다고 믿기도 한다.

누구나 다 그렇게 되기를 원하고, 또 그렇게 만들기 위해 노력해야 할 것이다. 그러나 이는 우리의 염원으로만 끝날 가능성도 배제할 수 없다. 빅터 톰슨(Victor Thompson)과 같은 저명한 조직사회학자는 오히려 가족제도의 소멸이나 약화가 역사진화 과정에서 나타나는 불가피한 일이라 주장하고 있다.

톰슨에 따르면 인간사회는 목적 없이 이루어지는 사랑과 돌봄 등으로 상징되는 자연체제(自然體制, natural system)와 보다 목표 지향적이고 기능적 성격이 강한 인위체제(人爲體制, artificial system)로 구성되는데, 역사가 진화하면서 인위체제가 강화되는 대신 자연체제는 약화된다. 이는 인류의 역사가 목적지향성과 경제적 합리성이 강화되는 방향으로 흐르기 때문인데, 이 과정에서 가족과 같이 사랑과 배려를 특성으로 하는 일차집단은 필연적으로 약화되는 상황에 놓인다는 것이다.

이러한 주장이 옳은지 그른지는 아직도 두고 볼 일이다. 그러나 여성의 사회활동 강화와 여권(女權) 신장, 가족을 한 자리에 같이 있기 힘들게 만드는 글로벌 경제와 글로벌 교육, 가부장적 권위의 바탕이 되었던 농경체제의 해체 등을 볼 때 가족이 현재의 모습을 유지하기가 쉽지 않을 것으로 보인다.

흔들리는 안정의 기반

가족해체 또는 가족의 약화는 우리에게 여러 가지 중요한 문제를 던져준다. 우선 가장 먼저 눈에 띄는 것이 개인주의 성향의 강화이다. 잘 알다시피 정보통신이 발달하고, 이로 인해 개인 중심의 놀이문화가 범람하면서 개인과 사회가 점차 유리되는 현상이 나타나고 있다. 얼굴을 마주하는 면 대 면 문화가 줄어드는가 하면 예전에는 많고 많았던 골목의 집단놀이도 찾아보기 어려워졌다. 저마다 컴퓨터나 게임기, 비디오 앞에서 혼자 노는 것을 즐기고 현실적 관계보다는 네트워크상의 관계를 오히려 더 편하게 여기는 현상도 나타난다.

이러한 현상은 여러 가지 점에서 우리를 걱정하게 한다. 행여 개인의 반사회적 행동이 더 많이 나타나지 않을까? 마음을 의지할 곳이 없는 상태에서 어떤 절대적 힘에 의해 쉽게 끌려가는 일은 없을까? 타자의식이 결여된 유아론적 대중, 타인을 기피하거나 배려하지 않는 자기중심적 대중이 늘어나지나 않을까? 하는 걱정들이다.

두말할 필요 없이 가족은 우리 사회의 이러한 경향을 완화시키고, 또 이를 좋은 방향으로 이끄는 기반이 될 수 있다. 그러나 가족제도 그 자체가 약화되고 있으니 그 방파제 역할을 기대하기 힘들게 되었다. 개인의 심리적 안정을 위한 가장 강력한 기반이 흔들리는 것이다.

저출산과 고령화

또 하나 크게 눈에 들어오는 것이 저출산 문제다. 사실 출산율 문제는 가족제도의 약화보다는 높은 보육부담과 사교육비, 부동산 가격 등에 의해 더 크게 영향을 받는다고 할 수 있다. 과거 같으면 자식이 '힘'이 되고 '보험'이 되었지만 지금은 보육부담과 높은 교육비와 집값 등으로 '짐'이 되어버린 상황이다. 아이를 여럿 낳고 싶은 마음이 생길 수가 없다.

그러나 저출산이 전적으로 이러한 요인들 때문이라 보기는 힘들다. 사교육비와 부동산 가격 등이 우리만큼 심각하지 않는 나라에서도 출산율은 지속적으로 낮아지고 있다. 작든 크든 저출산율의 기저에는 가족의 가치에 대한 생각의 변화가 깔려 있다고 보는 것이 옳을 것 같다.

어쨌든 2005년 현재 우리나라의 출산율은 1.08, OECD 국가들 중 최하위에 해당한다. 출산율이란 가임여성이 평생 출산하는 아이의 수를 의미하는데, 1960년에 6명이었던 것이 1983년에 2명으로, 현재에는 1명 남짓으로 내려온 것이다. 그 결과 1960년에 연간 104만 명에 이르던 신생아 수는 점차 줄어 2005년에는 44만 명에도 미치지 못한 것으로 나타났다.

이로 인해 가족구성 자체에도 큰 변화가 생겼다. 1990년에는 부부와 자녀가 함께 사는 2세대 가족이 66%, 조부모와 함께 사는 3세대 가족이 13%나 되었지만, 2005년에는 2세대 가족은 55%, 3세대 가족은 7%로 줄어들었다. 반면 자녀 없이 부부만 사는 1세대 가족은 11%에서

14%로 늘어나고, 혼자만 사는 사람도 9%에서 17%로 늘어났다. 이 경향은 앞으로 계속될 것으로 보이는데, 전문가들은 2020년에는 3세대 가족이 5% 이하로 줄어드는 반면 혼자만 사는 사람은 22%까지 늘어날 것이라 보고 있다.

굳이 이 자리에서 이야기할 문제는 아니지만 이러한 저출산의 문제는 우리 사회를 초고령사회로 몰고 간다. 통상 65세 이상 노인의 비율이 7% 이상이면 고령화사회, 14% 이상이면 고령사회, 20% 이상이면 초고령사회라 한다. 우리나라는 2000년에 이미 고령화사회로 접어들었다. 출산율이 비교적 낮았던 프랑스의 경우 고령화사회에서 고령사회로 바뀌는 데 무려 115년이 걸렸는데, 우리나라는 지금 이대로 간다면 고작 18년 만에 고령사회로 진입하게 되며, 그 후 8년 만에 다시 초고령사회로 들어가게 된다.

수명은 늘어나고 새로 태어나는 아이의 수는 적으니 필연적으로 일어나는 현상인데, 이것이 우리 사회에 큰 부담으로 됨은 말할 필요도 없다. 소수의 젊은이가 다수의 노인을 부양하는 체제가 될 것이고, 국가는 이러한 체제를 유지하기 위해 엄청난 노력을 해야 할 것이다. 과도한 부담은 젊은이들을 일에서 멀어지게 하고, 이는 다시 생산과 투자의 위축으로 이어질 수도 있다.

누가 가족을 대체할 것인가?

우리의 사회정책은 대부분 가족이 예전의 기능을 수행하는 것을 전제로 입안되고 운영되는 경향이 있다. 최근 들어 크게 변화하는 모습을 보이고 있지만 현실을 완벽하게 따라가고 있는 상황은 아니다. 예컨대 치매 노인에 대한 부담이나 청소년의 정신건강에 대한 부담 등도 거의 가족의 부담으로 되어 있다. 가족이 과거와 같은 기능을 할 수 없는 상황임에도 불구하고 그 부담은 여전히 가족에 지워져 있는 것이다. 이러한 부담은 다시 가족 내에서의 각종 분쟁을 발생시키며 가족해체를 더욱 가속화시키기도 한다.

이 책의 뒷부분에 다시 이야기가 나오겠지만 참여정부는 이 문제와 관련하여 중요한 정책적 전환을 하고 있다. 보육에 대한 행정적 지원과 재정적 지원을 늘리고 치매 노인 등에 대한 정부지원책을 마련하는 등, 전통적으로 가족의 부담으로 되어 있던 문제를 국가와 사회가 감당해야 할 문제로 전환시키고 있다. 특히 2007년 4월 발표된 사회복무제도는 이와 관련하여 중요한 의미를 지닐 것으로 예상된다. 이미 발표된 바와 같이 사회복무제도는 사회활동이 가능하나 현역 복무를 하지 않는 젊은이들로 하여금 사회서비스 분야에서 일함으로써 병역을 대신하게 하는 제도다. 해당되는 사회서비스 분야에는 중증장애인 수발이나 양로원과 재활원 등에서의 활동 등, 전통적으로 가족이 감당하던 일이 상당부분 포함되어 있다.

국가와 사회가 가족의 기능을 완벽하게 대체할 수는 없다. 그러나 그렇다고 하여 가족이 과거와 같은 형태로 복원되어 과거에 수행했던, 또 수행해주기를 기대했던 역할을 그대로 수행할 것이라 기대해서는 안 된다. 국가와 시장, 공동체 간의 역할 분담에 대한 새로운 생각이 필요하고, 국가의 사회정책적 역할에 대한 새로운 이해가 필요한 시점이다.

프로슈밍: 강한 소비자, 강한 시민

소비자의 힘

시장(市場)을 주도하는 것은 생산자인가, 소비자인가? 다른 말로, 소비가 공급을 결정하는가, 아니면 공급이 소비를 결정하는가? 이는 오랫동안 우리의 관심을 끌어온 질문이지만 어느 쪽으로든 쉽게 대답할 수 없다. 나날이 바뀌는 휴대폰만 하더라도 공급자의 아이디어와 노력이 새로운 수요를 만들어가는 것인지, 아니면 소비자의 소비욕구가 공급자로 하여금 새로운 기기를 내놓게 하는 것인지 명확하지 않다.

그 관계가 어떠하건 간에 한 가지 분명한 것은 있다. 정보통신의 발달 등으로 소비자의 힘이 점점 더 강해지고 있다는 사실이다. 예전 같으면 기업에 의한 일방적 홍보 대상에 지나지 않았을 사람들도 이제는 인터넷 등을 통해 자신들의 의견을 제시한다. 안티 사이트를 만들어 불매운동을 하기도 하고, 플래시 몹(flash mob) 이벤트를 통해 기업을 당황케 하기도 한다.

소비자 활동은 기존 기업이나 상품을 압박하는 정도를 지나 때로 새로운 기업과 상품의 출현을 유도하기도 한다. 비판받는 기업이나 상품이 사라지고 새로운 기업이나 상품이 이를 대체하는 것이다. 특수한 경우이지만 심지어는 소비자 스스로 새로운 생산조직을 만들기도 한다. 기존 언론에 식상한 사람들이 새로운 인터넷 매체를 만드는 일은 그 한 예다.

언론, 소비자 통제가 잘 작동하지 않는 영역

언론 이야기가 나와서 말인데, 공공부문과 함께 언론도 소비자통제가 잘 통하지 않는 몇 안 되는 부분 중 하나다. 언젠가 외국 신문의 한국특파원을 지낸 외국인과 우리 언론에 관한 이야기를 나눈 적이 있다. 이분 말씀이 한국 언론에는 이해되지 않는 점이 너무 많다고 했다. 기자들에게 분석 능력과 기사작성 능력을 키울 수 있는 기회가 제대로 주어지지 않으며, 광고업무와 편집업무가 너무 붙어 있고, 지나치게 정치적이고 또 감정적이라는 것 등이었다.

이렇게 보는 것이 이분뿐이겠는가? 언론소비자 일반이 보는 눈도 크게 다르지 않다. 지하철을 타보면 언론소비자들이 우리 언론을 어떻게 보고 있는지 쉽게 짐작할 수 있다. 기억하겠지만 10년 전, 15년 전만 해도 승객들은 거의 대부분 신문을 보고 있었다. 그러나 지금은 신문 보고 있는 사람을 찾기가 쉽지 않을 정도다. 무가지(無價紙) 때문이라 하는 사람도 있지만 꼭 그렇지만은 않다. 무가지 때문이라면 돈 주고 구입한 책을 읽는 사람은 어떻게 이해해야 하겠는가? 애써서 돈 주고 사서 볼 이유가 없기 때문이라 보는 것이 더 타당한 해석 아니겠는가?

언론에 대한 소비자의 태도변화는 이렇게 신문을 보지 않는 정도에 그치지 않는다. 훨씬 더 적극적이고 공격적인 형태로 나타난다. 안티 사이트 운영과 불매운동, 인터넷 언론과 같은 대안언론의 활성화 등, 과거와는 판이하게 다른 모습이다. 당연히 구독률도 크게 떨어져 5년 전인 2001년에 50% 정도 되던 것이 2006년 현재는 35% 정도에 그친다.

일반기업의 경우 소비자 태도가 이 정도면 기업 전체를 뒤집는 수준의 혁신이 몇 번은 일어났을 것이다. 언론사 내부에 얼마나 강도 높은 혁신이 일어나고 있는지 알 수는 없다. 그러나 공급되는 뉴스가 여전히 언론소비자의 정보욕구를 따라가지 못하는 것을 볼 때 그 강도가 필요한 수준에 이르지 못하는 것으로 짐작된다.

Corporate Citizenship

앞서도 이야기했지만 언론은 우리 사회에 소비자 통제가 잘 작동하지 않는 몇 안 되는 영역 중 하나다. 단순 시장논리로는 이해하기 힘든 일종의 '매직 파워'가 있기 때문이다. 그러나 아무리 '매직 파워'를 가진 언론이라 하더라도 오늘과 같은 정보통신 환경 아래에서 언제까지 소비자의 힘을 이길 수는 없다. 일시적으로는 소비자의 비판을 이겨내고 압도할 수 있지만 장기적으로는 전혀 다른 결과가 일어날 수 있다. 최근에는 언론도 이를 느끼는 듯한 분위기다.

언론과 달리 '매직 파워'를 가지지 못한 일반기업은 소비자의 힘이 강해지고 있다는 사실에 매우 민감하게 반응한다. 단순히 상품을 잘 만들거나 이를 잘 홍보하는 일을 지나 이제는 긍정적 이미지를 심기 위한 노력을 대폭 강화하고 있다. 이익만을 추구하지 않는다는 이미지를 확실히 심어주는 것이야말로 이익을 가장 많이, 그리고 지속적으로 얻을 수 있는 길이라고 보기 때문이다.

최근 강조되는 '기업시민정신(corporate citizenship)', 즉 개개인의 시민이 사회적 의무와 도덕을 지키듯 기업도 이 사회의 구성원으로서 책임을 다한다는 정신도 바로 이러한 맥락에서 이해할 수 있다. 실제로 적지 않은 기업들이 이미 사회공헌 부서를 두는 등 사회적 책임업무를 기업의 정규업무로 처리하고, 사회에 대한 재정 기여도 보다 체계화되고 조직화되는 조짐을 보이고 있다.

같은 맥락의 이야기지만, 주요 기업인을 만나면 '정부권한이 줄어들고 행정이 투명해지는 상황에 더 이상 정부나 정치권을 향해 로비할 필요가 없다'는 이야기를 해준다. 아울러 '대신, 국민에게 로비를 하라'는 말도 잊지 않는다. 소비자와 국민이 '진짜' 주권자인 시대가 열리고 있기 때문이다.

Prosuming

소비자의 힘이 커진다는 점과 함께 또 하나 주목해야 할 변화가 있다. 과학기술과 정보통신이 발달하면서 생산자와 소비자의 경계가 불분명해진다는 점이다. 과거 같으면 사진을 현상하기 위해 동네 DP점을 찾지 않으면 안 되었지만 이제는 관련 소프트웨어와 컬러프린터가 설치된 자신의 책상에서 모든 일을 처리해버린다. 일종의 자급자족

내지는 앨빈 토플러(Alvin Toffler)가 말하는 '프로슈밍(prosuming)', 즉 소비자에 의한 생산소비(production＋consumption) 활동이다.

소비자의 이러한 활동은 자기 자신이나 공동체를 위한 '자급자족' 성격의 활동을 넘어 정규생산자(regular producer)에 의한 생산활동의 핵심을 이루기도 한다. 리눅스(Linux) 시스템의 업그레이드에 참여하고 있는 500만 명의 자발적 프로그램 개발자들이나, 은행창구를 찾는 대신 현금인출기와 폰뱅킹(phone-banking) 등을 이용함으로써 스스로 은행 서비스의 한 부분을 맡는 소비자의 행위는 그 대표적인 예다.

앨빈 토플러는 그의 오래된 저서 『제3의 물결』(*The Third Wave*)에서 이러한 프로슈밍을 우리 사회에서 일어나는 중요한 변화의 하나로 이야기한다. 또 최근에 출판된 『부의 미래』(*Revolutionary Wealth*)에서는 이를 더욱 강조하고 있다. 화폐경제로는 측정이 어려운 소비자의 이러한 생산행위가 미래사회에서는 더욱 강화된다는 것이다.

토플러의 이러한 주장은 우리에게 많은 것을 시사해준다. 국가경제를 걱정하는 사람에게는 화폐경제로 추산할 수 없는 생산활동의 중요성을 깨우쳐주고, 기업을 하는 사람에게는 소비자의 생산행위를 상품이나 서비스 생산과정에 얼마나 잘 연결할 수 있겠는지 고민하게 한다.

사실 소비자의 프로슈밍 활동을 어떻게 이해하고 또 어떻게 활용하느냐에 따라 우리 사회와 기업은 크게 달라질 수 있다. 하나의 예로 2000년 2월 22일에 창간한 《오마이뉴스(ohmynews.com)》는 '모든 시민은 기자'라는 모토를 가지고 있다. 최근 들어 전문기자들을 강화하기도 하지만 독자들을 기자로 간주하는 기본정신에는 변화가 없다. 누구나 투고할 수 있고, 기사가 실리면 그들은 자동으로 ≪오마이뉴스≫ 기자가 된다. 뉴스의 생산, 유통, 소비에서 혁명을 이루고 있는 셈이다.

이렇게 '시민기자' 또는 '소비자기자' 개념을 활용한 ≪오마이뉴 스≫는 창간 1년 만인 2001년에 시사주간지 ≪시사저널≫이 선정한 '가장 영향력 있는 언론 매체' 8위를 기록했다. 2002년 12월의 대통령 선거 시기에는 하루 방문자 수 623만 명이라는 경이적인 기록을 세웠고, 다음해인 2003년에는 SBS를 제치고 '가장 영향력 있는 언론매체' 6위에 올라섰다.

어디 ≪오마이뉴스≫뿐이겠는가? 유튜브(youtube.com)는 인터넷 사용자들이 만든 UCC로 수천억을 벌어들였고, 인터넷 포털업체들은 네티즌이 검색하는 단어들을 수집하여 막대한 수익을 창출하고 있다. 커피숍의 셀프서비스에서부터 자원봉사자들에 의한 '사랑의 집짓기' 운동에 이르기까지 프로슈밍은 매우 다양한 모습으로 우리 사회의 중요한 부분으로 자리 잡아가고 있다.

정치에도 프로슈밍?

앞서 소비자의 힘이 커진다는 이야기와 프로슈밍 이야기를 했는데, 개인적인 소망이지만 우리의 공공부문이나 정치권에서도 이에 대한 깊은 인식이 있었으면 한다. 공공 서비스 생산을 정부만 하는 것이 아니라 그러한 서비스의 소비자인 시민이 같이 한다고 생각해보자. 또 정치소비자인 시민이 정치인과 함께 이 나라의 공공선을 만들어나 간다고 생각해보자. 절로 신나는 일 아니겠는가?

그러나 유감스럽게도 우리의 공공부문과 정치권은 우리 사회의 이러한 변화를 제대로 감지하지 못하고 있다. 정치소비자의 힘이 커질수록 명분과 원칙이 중요하다는 사실을 아는지 모르는지, 정치권에는 여전히 탈당과 줄 세우기 등의 '현실정치'가 주류를 이루고 있다. 앞서 말한 바와 같이 지금은 기업마저도 '기업시민정신(Corporate Citizenship)'을 통해 명분과 가치를 강조하는 마당이다. 하물며 공적 가치를 추구하는 집단이 그래서야 되겠는가? 큰 장사꾼의 기백도, 시장을 읽는 능력도 없는 셈이다.

명분과 추구하는 가치가 불분명한 정치에 정치소비자의 적극적인 프로슈밍 행위가 일어날 리 없다. 다수의 정치소비자가 아닌 직접적인 이해관계를 가진 사람만이 정치권을 이루고 또 둘러싼다. 정치소비자는 그만큼 더 식상해하고, 큰 정치와 바른 정치는 애초부터 불가능해진다.

지나간 이야기지만 노무현 대통령이 당선된 것은 조직이 강해서도 돈이 많아서도 아니었다. '수'가 높은 것은 더욱 아니었다. '노사모'와 '돼지 저금통'으로 상징되는 정치소비자의 열렬한 프로슈밍 행위가 당선을 가져온 것이었다. 그리고 그 프로슈밍은 그의 정치가 추구해온 명분과 원칙에 바탕을 둔 것이었다. 리눅스의 성공과 오마이뉴스의 성공, 그리고 노무현 대통령의 성공은 그래서 닮은꼴이다.

정치권과 마찬가지로 공공행정 분야에서도 프로슈밍은 매우 중요한 의미를 지닌다. 행정소비자의 프로슈밍을 이끌어내게 되면 우선 그만큼 정부를 안정적으로 운영할 수 있다. 갈등과 대립 등으로 초래되는 정치사회적 비용을 크게 줄일 수 있기 때문이다.

행정소비자의 프로슈밍 행위는 또 적은 돈으로 많은 양의 공공

서비스를 공급할 수 있게 하기도 한다. 민간 차원의 사랑의 집짓기 운동이 활성화되면 주거복지에 대한 정부의 재정 부담이 줄어드는 것과 같은 이치다. 정부는 그 줄어드는 부담을 다른 유용한 곳에 활용할 수 있다.

현대 행정학은 행정소비자의 이러한 프로슈밍 행위를 '시민공동생산(citizen co-production)' 등의 이름으로 강조해왔다. 분권과 이를 통해 시민에 권한을 부여하는 임파워먼트(empowerment), 탈권위주의 개혁 등이 이러한 맥락에서 강조되어오기도 했다. 뒤에 이야기하겠지만 참여정부는 출범 초기부터 권력을 국민에게 돌려주기 위한 개혁을 추진해왔다. '국민이 대통령이 되고 우리 사회의 주인이 될 때', 이러한 프로슈밍이 가능할 것으로 보았기 때문이다. '분권과 자율'을 국정이념으로 삼은 것부터가 바로 이러한 이유에서였다.

새로운 대국: 힘의 새로운 방정식

성장하는 대국(大國)

2007년 1월에 열린 '다보스 포럼(Davos Forum)'의 주제는 '글로벌 아젠다의 형성, 힘의 방정식의 변화(Shaping the Global Agenda, The Shifting Power Equation)'였다. 주제가 함축하는 바와 같이 2007년의 주요 관심사 중 하나는 중국, 인도, 브라질, 멕시코, 남아프리카 공화국 등 새로이 성장하고 있는 대국(大國)들이었다. 메르켈(Angela Merkel) 독일 수상을 비롯한 주요 인사들이 글로벌 이슈에 대한 이 국가들의 역할을 언급했고, 다른 참석자들이 이들을 국제사회에서 어떻게 대접해주어야 하는지, 또 지금의 국제사회의 의사결정체계가 이들의 영향력을 제대로 반영하게 되어 있는지를 논의했다.

실제로 현장에서 보는 이들 국가의 영향력은 대단했다. 특히 중국에 대한 관심은 평소 생각했던 것보다 훨씬 커보였다. 'China'라는 제목이 붙어 있는 회의는 예외 없이 수백 명의 참석자가 몰려들었다. 우리나라와 관련된 회의 하나가 참석자가 많지 않아 취소된 것과 비교하면 그 관심이 어느 정도인지 짐작할 만하다. 군사, 외교, 금융 등 어느 주제 할 것 없이 '글로벌 리더'들이 앞 다퉈 몰려들어 경청했다. 군사대국인데다 세계의 공장으로 연평균 9% 이상의 성장을 계속하고 있는 나라, 외환 보유고가 1조 달러 규모로 세계 전체 외환 보유량의 20%를 쥐고 있는 나라. 어찌 보면 당연한 현상이었다. 최근 세계적인 투자회사 골드만삭스(Goldman Sachs)는 2040년이 되면 중국은 미국을 제쳐 세계 제1의 경제대국으로 떠오르게 될 것이라 예상했다(≪한국경제≫, 2007. 1. 25).

골드만삭스가 2040년이면 중국에 이어 세계 2위의 경제대국이 될 것으로 예측한 인도 또한 큰 관심을 끌었다. 성장하는 대국으로 대접을 받은 것이다. 복도에서 만난 참석자들은 여기저기서 인도가 얼마나 가능성이 큰 국가인지를 이야기하고 있었다. 10억이 넘는 인구에 IT 분야 등 과학 분야에 우수한 인력이 넘치는 나라. 무엇보다도 영어가 되는 나라. 그래서 세계의 기업들이 언어장벽 없이 진출할 수 있고, 그 국민은 세계의 주요 기업과 국제기구에 쉽게 진출할 수 있는 나라. 그러고 보니 다보스 포럼을 운영하는 월드 이코노믹 포럼(World Economic Forum)의 동북아 담당 책임자도 인도 출신이었다. 국제기구와 글로벌 기업에 진출한 인도사람들이 그야말로 '인도 네트워크'를 형성하게 되면 어떤 결과가 일어날까?

다소 다른 이야기이지만 최근 경제가 급성장한 아일랜드는 국어가 영어라는 점과 해외에 나가 있는 아일랜드 출신이 많다는 점에 큰 도움을 받았다. 노사대화합을 이루고 세제를 개편하는 등의 노력이 성장의 주요 배경이지만 그 이면에는 다른 우연의 요소도 있다는 말이다. 인도는 바로 이러한 관점에서 새롭게 보였다.

다보스에서의 직접적인 관심 대상은 아니었지만 브라질의 성장도 매섭다. 한반도의 40배에 달하는 국토에 세계 2위의 식량자원 수출국인 브라질은 석유, 철강, 천연가스 등을 자급할 만큼 지하자원이 풍부하다. 최근에는 경제정책 운용에 큰 걸림돌이 되었던 연금제도를 개혁하고 전략산업을 육성하는 등 각종 개혁조치를 통해 국가체질을 크게 개선하고 있으며, 이로 인해 정치와 경제 모두 만성적인 어려움에서 벗어나고 있다. 아울러 남미 대륙에서의 리더십을 강화하고, 중국·일본·남아프리카 등 주요 국가들과 전략적 협력관계를 강화하고 있다. 이 역시 골드만삭스에 의해 2050년이 되면 세계 5위의 경제대국이 될 것으로 예측되었다.

이들과 함께 멕시코 역시 장차 무시할 수 없는 경제대국이 될 것으로 예측된다. 1억이 넘는 인구에 내수시장이 안정적이고 미국을 비롯한 주요 경제대국과 모두 자유무역협정(FTA)을 맺어 세계 수출기지로 외국인 투자가 급증하는 양상을 띠고 있다.

최근에 있었던 골드만삭스의 또 다른 보고서는 향후 고성장이 예상되는 '넥스트 일레븐(Next 11)' 국가 중 한국과 멕시코를 가장 잠재성이 높은 국가로 평가했다. '넥스트 11'에는 골드만삭스가 선정한 향후 고성장 가능성이 높은 국가로 한국과 멕시코 외에 인도네시아, 베트남, 터키, 필리핀, 이집트, 파키스탄 등이 포함되어 있다. 아울러 2006년에 발표한 「프라이스 워터하우스 쿠퍼스 컨설팅(Price Waterhouse Coopers Consulting)」 보고서는 인도에 이어 멕시코가 E7 국가, 즉 BRICs 4국에 인도네시아, 멕시코, 터키를 합친 7국 중에서 가장 성장이 빠를 가능성이 크며 2050년이 되면 멕시코의 경제규모가 영국, 프랑스, 독일을 앞설 것이라 예측했다.

새로운 방정식

이들 국가가 장밋빛 미래만을 앞두고 있는 것은 아니다. 중국만 해도 민주주의 체제가 아니라는 점에서, 또 통일성을 유지하기가 쉽지 않은 다민족의 거대국가라는 점에서 그 나름대로 한계를 지니고 있다. 점점 심화되는 빈부격차에 대해 강하게 문제가 제기되거나 민주화에 대한 열망이 표출되는 경우 적지 않은 어려움을 겪을 수 있다. 1년에 수만 건에 이르는 각종 갈등과 분쟁이 일어나고 있는 것도 적지 않은 부담이 될 수 있다.

인도 역시 열악한 기반시설이 경제성장을 제한할 수 있다. 정부 운영의 투명성이 낮고 관료의 부패가 심한 것도 쉽게 극복할 수 있는 문제는 아니다. 카스트 제도도 큰 문제가 된다. 종국적으로 국민통합을 어렵게 할 가능성이 크며, 카스트 공동체 문화는 의사결정속도를 느리게 하는 중요한 원인으로 지적된다. 실제로 적지 않은 외국 기업들이 인도 정부와 기업의 느린 의사결정으로 큰 애로를 겪고 있는 것으로 알려져 있다. 또 전문인력의 부족은 인도가 중시하는 정보기술 등 핵심기술의 발달에 지장을 초래할 수도 있다.

브라질과 멕시코 또한 정치불안과 경제불안을 완전히 덜어낸 상태가 아니다. 브라질은 여전히 인플레이션 위험을 안고 있는데다 극심한 소득 불평등과 불안한 치안은 고질적인 문제다. 노동시장의 경직성과 인적 자원의 한계 또한 쉽게 극복할 수 있는 문제는 아니다. 멕시코 또한 유사한 문제를 안고 있다. 교육 수준이 낮아 인적 자원의 기반이 약한 것이 큰 문제다. 고등학교에 등록하는 학생의 비율이 아직도 30%대에 머물러 있다.

그러나 이러한 한계와 문제점에도 불구하고 이 국가들은 틀림없이 새로이 성장하고 있는 대국이다. 그래서 국제사회는 이들의 실질적 영향력을 국제사회의 주요 의사결정과정에 어떻게 반영시킬 것인지 고민하고 있다. 이들의 의사가 적절히 반영되지 않는 경우 국제사회가 어떠한 결정을 내린다 하더라도 제대로 집행되기 힘들기 때문이다. 유엔 안보리에 인도와 브라질 같은 나라가 참여하지 못하고 있다는 점이 문제로 제기되는 것도 이러한 맥락에서다.

이와 같이 세계가 새로운 '힘의 방정식'을 놓고 고민하고 있다는 사실은 우리에게도 많은 것을 시사해준다. 우리의 통상정책과 외교정책에는 이와 같은 국제사회에서의 힘의 변화가 얼마나 잘 반영되는가? 오랫동안 한미동맹체제에 의존해온 탓에 새로이 성장하는 '대국'을 제대로 보지 못하고 있는 것은 아닌가? 또 보았다고 하더라도 실질적 관계 변화를 제대로 하지 못하고 있는 것은 아닌가?

남북 분단의 상황 속에서 냉전 이데올로기가 워낙 뿌리 깊게 박혀 있는 터라 적지 않게 걱정되는 부분이다. 입으로는 브릭스(BRICs)와 친디아(Chindia)를 이야기하면서도 실제로는 전통적 한미관계와 한일관계에 갇혀 새로운 생각을 하지 못하는 사람이 의외로 많기 때문이다. 이들은 갖가지 형태로 국제사회에 대한 우리의 새로운 인식과 새로운 시도를 공격한다. CIA 요원으로 한국에 근무한 적이 있다는 제럴드 리(Gerald Lee, 한국명 이용수)는 최근 『No라고 말할 수 있는 한국』이라는 책에서 전직 청와대 수석과 장관, 국회의원과 장성 등이 자발적으로 CIA의 정보원 노릇을 하며 전통적 한미관계에 작은 변화라도 일어나는 것을 막아왔다고 폭로했다.

방정식은 상수(常數)로부터 변수들의 변화를 예측하는 수식을 말한다. 변수가 하나면 일차 방정식이고 두 개면 이차 방정식이다. 국제사회의 힘의 방정식은 더 이상 단순한 일차 방정식이 아니다. 고려해야 할 변수가 한두 개가 아닌 복잡한 방정식이다. 보다 열린 마음으로 세계를 다시 보아야 한다.

제2장 | 바람에 거는 기대

"난 그런대로 먹고삽니다": 왜 혁신인가?

혁신 vs. 토목공사

제1장에서 우리는 우리 사회에 불어오는 거대한 변화의 바람을 이야기했다. 국가 간의 경계가 없어지고 지식정보가 부와 권력의 원천이 되는 사회로의 이동, 그리고 그 속에서 나타나는 갖가지 변화들을 살펴보았다. 국가 간의 조세경쟁과 그 속에서 상대적 영향력을 키우고 있는 기업, 변화를 예측하지 못해 투자를 망설이는 기업, 자동화와 정보화가 가져오는 고용 없는 성장, 가족해체, 양극화, 새로운 대국(大國)의 출현 등, 어느 것 하나 쉽게 이해하고 대응할 수 있는 것이 없다.

이러한 변화의 바람을 어떻게 맞을 것인가? 여러 모로 부족하지만 이 책은 이 질문에 대한 답을 시도하고 있다. 이 책이 제시하는 기본적인 답은 혁신이다. 우리의 정치, 경제, 사회, 정부를 지속적인 혁신을 할 수 있는 체제로 바꿔놓아야 한다는 것과, 지난 4년간 참여정부가 비교적 바른 접근을 해왔다는 것이 이 책의 주된 메시지다.

어찌 보면 너무나 빤한 이야기다. 너도나도 혁신을 이야기한 것이 언제인데 지금 와서 다시 혁신 이야기를 하느냐고 되물을 수도 있다. 마이클 해머(Michael Hammer)와 피터 드러커(Peter Drucker) 같은 사람들의 책을 수없이 읽었노라 이야기할 수도 있다. 그러나 그렇지 않다. 우리 사회는 아직도 지속적인 혁신의 기반이 제대로 자리 잡지 못하고 있다. 혁신의 기반을 이야기하기 전에 변화의 바람조차 제대로 파악하지 못하는 경향도 있다.

지금이라도 우리 사회의 지도자들은 변화의 바람과 혁신에 대해 머리를 맞대고 이야기해야 한다. 서로가 생각하는 혁신의 방향과 방법을 제시하고 같이 갈 수 있는 길을 찾아야 한다. 도로를 놓고 터널을 뚫는 것이 중요할 수도 있다. 재래시장 다니면서 어려운 상인들의 손을 잡아주는 것이 중요할 수도 있다. 그러나 더 중요한 것은 혁신이 지속적으로 일어날 수 있는 기반을 만들어주는 것이다.

왜 혁신인가?

변화의 바람을 이야기할 때면 언제나 생각나는 일이 하나 있다. 어느 택시기사의 자기혁신 이야기다. 유명한 기업의 사례도 아니고 잘 알려진 혁신 전문가의 이야기도 아니지만 어떤 사례보다도 강하게 머릿속에 남아 있다.

언젠가 한번, 어느 호텔 앞에서 모범택시를 탔다. 조금 달리고 난 후 기사에게 말을 건넸다. "요즘 어려우시죠?" 대답은 이미 머릿속에 그려져 있는 터였다. 그런데 돌아온 대답은 그게 아니었다. "뭐, 저는 괜찮습니다. 그런대로 먹고살 만합니다."

"아니, 다들 손님이 없어 죽을 지경이라는데 어떻게 괜찮습니까?"

"저는 특별한 손님들이 좀 있습니다."

기사의 설명인즉, 몇 년 전부터 아무래도 택시가 어려워질 것 같은 생각이 들었다고 했다. 택시는 늘어나고, 경기가 어려운 상황에 공돈으로 술 먹고 다니던 손님도 줄어들고……. 그래서 아이디어를 짜낸 것이 일본어를 배우는 것이었다. 약 2년 가까이 일본어를 공부한 후 일본 손님들을 태우기 시작했다. 차를 깨끗이 하고 일본 손님이 타면 일본말로 인사를 하고 또 친절히 이것저것 안내를 하곤 했다. 한 번 타본 손님이 다음날 다시 전화를 하는 경우가 많아지더니, 나중에는 일본으로 돌아간 손님이 다른 손님을 소개해오는 경우도 생기더라는 것이다. 때로는 손님이 겹쳐 다른 차를 소개해주기도 한다고 했다.

한 개인의 일이지만 이는 변화의 시기에 무엇을 어떻게 해야 하는지를 분명히 해주는 사례다. 만일 이 택시기사가 '택시는 늘어나고 손님은 줄어드는' 변화상황에 대한 이해가 없었으면 어떻게 되었을까? 일본어를 배우는 대신 손님 적은 것에 대한 화풀이로 술이나 마시고 다녔으면 어떻게 되었을까?

개인이 아닌 기업의 경우는 더 드라마틱한 일들이 벌어진다. 시장 상황이나 시장 환경의 변화로 하루아침에 사라지는 기업이 있는가 하면, 거의 다 죽었던 기업이 혁신을 통해 다시 살아나기도 한다. 벤치마킹의 효시로 알려진 제록스(Xerox)의 사례를 잠시만 언급하기로 하자.

1970년대 중반까지 세계의 복사기 시장은 제록스의 독점체제였다. 시장점유율이 무려 80%, 누구도 따라올 수 없었다. 그러나 1980년대에 들어 이변이 생겼다. 카메라를 만드는 캐논(Canon)이 복사기 시장에 진출하더니 제록스와 거의 같은 성능의 제품을 제록스의 생산원가에도 미치지 못하는 가격으로 판매하기 시작한 것이었다. 이로 인해 제록스의 시장점유율은 30%까지 떨어졌고 주가도 곤두박질쳤다.

위기를 맞은 제록스는 캐논의 가격책정 구조와 원가관리, 재료구입에서 제조를 거쳐 판매에 이르는 전 과정을 자사의 경우와 비교·분석했다. 그리고 이를 바탕으로 일련의 혁신과제를 도출한 후 이를 실행에 옮겼다. 소위 경쟁사의 경쟁제품을 모방하는 경쟁적 벤치마킹(competitive benchmarking)을 한 것인데, 이는 기업 전체를 완전히 뒤집어 놓는 수준의 혁신이었다.

이러한 노력의 결과 제록스는 기계 100대당 90건 이상 발생하던 결함을 14건 정도로 줄일 수 있었고, 생산비를 50%나 줄일 수 있었다(McNair, et al., 1992). 제록스는 곧 그 경쟁력을 회복하게 되었고, 오늘에 이르기까지 가장 경쟁력 있는 복사기 회사로 살아남아 있다.

택시기사와 제록스의 사례는 그래도 자기 업종을 유지하면서 이루어진 혁신이다. 그러나 변화가 심한 사회에서는 이 정도의 혁신이 아니라 아예 업종 자체를 전환하는 혁신이 이루어지기도 한다. 컴퓨터와 사무기기로 유명했던 IBM은 이제 경영 컨설팅으로 더 유명하고, 벌목에 필요한 장비를 생산했던 노키아(Nokia)는 한때 제지회사로 업종을 바꾸었다가 다시 업종을 바꿔 이제는 자타가 공인하는 세계 제일의 정보통신기기 기업이 되었다. 사람에게 기대수명(life expectancy)이 있듯 기업에게도 기대수명이 있다. 사람의 기대수명은 길어지는 반면 기업의 기대수명은 점점 더 짧아지고 있다. 변화의 시기에 지속적인 혁신이 얼마나 중요한지 다시 한 번 말해주는 대목이다.

지속적인 혁신을 위하여

오늘과 같은 변화의 시기에 혁신은 한 번 일어나고 말아서 될 일도 아니고, 어느 한 부분에서 일어나고 말아서도 안 된다. 정부, 기업, 학교, 심지어 종교기관에 이르기까지 사회 전체에서 일어나야 한다. 또 거버넌스(governance) 구조와 의사결정 및 집행의 시스템, 의사결정 프로세스(process)와 공정(工程), 최종 산출물로서의 제품과 서비스 등 조직과 기구의 전 분야에 걸쳐 일어나야 한다. 종(縱)과 횡(橫), 모든 곳에서 일어나야 한다는 말이다.

정부는 이러한 혁신이 일어날 수 있는 기반을 조성해주어야 한다. 기업과 학교 등 우리 사회의 모든 주체가 스스로 지속적인 혁신을 할 수 있도록 해주어야 한다.

흔히들 정부가 하는 일을 직접적인 지원과 규제 등을 중심으로 이해한다. 중소기업정책만 하더라도 자금지원 등 직접적인 지원을 많이 이야기한다. 그러나 오늘과 같은 상황에서는 이러한 직접적인 지원 위에 중소기업이 스스로 지속적인 혁신을 할 수 있는 기반을 강화시키는 것이 매우 중요하다. 예컨대 시장상황에 대한 정보를 제공받을 수 있는 메커니즘을 구축하고, 산업구조조정이 원활하게 그리고 지속적으로 이루어질 수 있도록 회계투명화를 유도하고, 도덕적 해이를 유발할 수 있는 잘못된 지원구조를 조정하고, 혁신에 필요한 컨설팅 기반을 강화하는 등의 노력이 필요하다.

뒤에 자세히 이야기하겠지만 참여정부는 이러한 관점에서 적지 않은 일을 했다. 정부 출범 초기부터 우리 사회에 창의적이고 능동적인 혁신이 사회 전반에 걸쳐 지속적으로 일어나야 한다는 생각을 했고, 이를 위해 정부가 할 수 있는 일들을 하나하나 정리해왔다.

예컨대 권위주의를 해체하고 민주주의와 분권과 자율의 체제를 강화했다. 권위주의의 해체와 민주주의의 강화는 그 자체로서 중요한 정치사회적 의미를 지닌다. 그러나 다른 한편에서는 지속적인 혁신의 기반이라는 점에서 대단히 중요한 경제적 의미를 함께 지닌다. 민주주의가 각종 정보를 자유롭게 흐르게 하면서 새로운 대안과 아이디어를 생성시키고, 체제 구성원 내지는 구성요소 간의 경쟁을 유발하는 장치임은 다시 강조할 필요가 없다.

우리 사회 주요 주체들 간의 경쟁과 상호 견제를 방해하는 불합리한 유착구조를 없애는 데에도 많은 노력을 기울였다. 경쟁과 상호 견제가 제대로 이루어지지 않는 상황에서 올바른 혁신이 이루어질 수 없기 때문이다. 정경유착(政經癒着)과 정언유착(政言癒着) 등을 없애기 위한 노력이나, 언론과 관료사회의 관계를 재정립한 일 등이 이에 해당한다.

이 역시 뒤에 다시 이야기되는 사안이지만 정경유착이 있는 곳에서는 기업의 혁신이 제대로 이루어질 수 없다. 기업의 대주주나 경영자는 경영혁신을 통해 시장경쟁력을 강화하기 위해 노력하기보다는 권력실세 등에게 특혜를 받아내는 데 더 열중하기 십상이기 때문이다.

참여정부는 이 외에도 지역혁신기반(Regional Innovation System, RIS)을 강화하여 지역 차원의 혁신을 유도하고, 국가기술혁신체계(National Innovation System, NIS)를 정비하여 미시경제에 있어서의 지속적인 혁신 기반을 다졌다.

정부 스스로 제일 잘할 수 있는 정부혁신에 대해서는 다시 이야기할 필요가 없다. 고위공무원단 도입, 톱다운(Top-Down) 예산제도 정착, 디지털 예산회계제도 도입, 통계와 평가 인프라 강화, 기록 관리체계 정비 등 수많은 혁신이 이루어지고 있다. 이들 혁신의 대부분은 그 자체로서도 의미가 크지만 혁신이 지속적으로 일어나게 하는 기반이 된다는 데 더 큰 의미가 있다. 예컨대 고위공무원단 도입은 고위공무원들 간 경쟁을 유발하고 인재를 적재적소에 배치하게 함으로써 조직 내의 상시적 혁신을 유도하게 한다. 그리고 디지털 회계 시스템은 재정 운영의 투명성을 높임으로써 재정의 효율적 운영을 위한 각종 혁신을 불러올 수 있다.

어느 정치인의 말대로 오늘과 같은 변화의 시점에서 정말 중요한 것은 도로와 터널 같은 하드웨어의 문제가 아니다. 국민의 정서를 일시적으로 달래는 일종의 감성적 접근도 아니다. 이러한 부분이 중요한 것은 틀림없지만 이 정도의 접근으로는 국가의 미래를 보장할 수 없다. 중요한 것은 우리 사회 전반에 혁신의 기반을 다지는 일이다. 이제라도 우리는 이 혁신의 이야기를 제대로 시작해야 한다. 그리고 그러한 맥락에서 그동안 정부가 해온 일을 이해해야 한다.

까다로운 국민, 까다로운 소비자

자기통제의 한계

사람이든 조직이든 아차 하는 순간에 스스로 나태해지거나 정해놓은 목표에서 이탈한다. 인간의 본성이 어쩌고저쩌고 할 이유 없이 누구나 쉬는 것이 좋고 여유 있는 것을 좋아하기 때문이다. 또 아무리 일을 좋아하는 사람이라 하더라도 마음 한구석에서는 정해놓은 목표 이외에 하고 싶은 일이 있을 수 있다.

그래서 개인이든 조직이든 정해놓은 목표에 스스로를 옭아매는 일을 한다. 시험공부 하는 학생이 책상 앞에 '졸면 죽는다'라고 써놓고 책을 보는 것이나, 기업이 각종 성과평가제도를 만들어 직원들의 행동을 통제하고 유도하는 일들이 다 그러한 맥락에서 이루어진다.

그러나 스스로에 의한 이러한 노력만으로 경쟁력과 생산성을 보장할 수 없다. 개인의 경우 그야말로 '지독하게 독한 사람'이나 득도(得道)한 사람 정도가 아니면 자기통제를 하기가 쉽지 않다. '졸면 죽는다'고 해놓고 졸기 일쑤고 '다시는 술을 마시지 않겠다'고 동네방네 떠들어놓고도 다음날 다시 '마지막 한잔'을 위해 친구들과 어울린다.

조직도 마찬가지다. 아무리 정교한 성과평가를 해놓았다고 해도 여러 가지 '인간적' 요인이나 문화적 요인, 기술적 요인 등에 의해서 완벽하게 작동하지 않는 경우가 많다. 성과가 쉽게 측정되는 업무영역에서는 그나마 만족할 만한 수준의 목적을 이룰 수 있겠으나 정책부서 등 그렇지 않은 업무영역에서는 여러 가지 한계를 지닐 수밖에 없다.

결국 자기통제 내지는 내부통제는 나름대로 한계가 있을 수밖에 없다는 이야기가 되겠는데, 이와 관련하여 외부에서 오는 비판과 자극은 대단히 중요하다. '외부통제' 없이는 개인도 조직도 경쟁력과 생산성을 확보할 수 없기 때문이다. 곧이어 이야기하겠지만 이 점과 관련하여 정부와 시장(市場)에 대한 우리 국민의 '까다로움'은 중요한 의미를 지닌다.

까다로운 정치소비자

얼마 전 파리(Paris)를 가는 길에 OECD를 들러 그곳 직원들과 한국 경제에 관해 이야기를 나눈 적이 있다. 마침 부동산 문제가 큰 이슈가 되고 있는 시점이라 자연히 그 문제가 화제에 올랐다. 이런저런 이야기 끝에 OECD 측 참석자 한 분의 말씀이 한국 정부가 부동산 문제에 너무 신경을 쓰는 게 아니냐고 했다. 런던과 파리, 뉴욕 등의 도시에서 부동산 가격은 모두 다 오르는 일종의 일반적 현상이고, 또 강남이라는 특수한 지역에 일어나고 있는 현상인데 이렇게까지 반응할 필요가 있느냐는 이야기였다. 명시적으로 말하지는 않았지만 '종합부동산세'

와 같은 세제관련 조치들을 두고 한 말로 들렸다.

질문을 받고 바로 대답을 했다. '런던의 시티지역(City of London) 부동산 값이 오른다고 스코틀랜드 주민들이 뭐라 하지는 않는다. 뉴욕 맨해튼도 마찬가지다. 위스콘신이나 오하이오에 사는 사람들이 크게 입을 대지 않는다. 그러나 우리는 다르다. 강남지역이 오르면 제주도나 강원도에 사는 분들까지 걱정을 한다. 나라 전체가 어지러울 정도다. 정부도 당연히 근본적이고 강도 높은 고민을 할 수밖에 없다.'

어떻게 보면 유별난 나라에 유별난 국민으로 보였을 것이다. 그러나 기분이 그리 찝찝하지는 않았다. 뒤집어보면 우리가 이렇게 유별났기에 전쟁의 폐허를 딛고 세계 11위권의 경제대국을 일굴 수 있었고, 프리덤하우스(Freedom House)가 '언론자유 1등급 국가'로 분류하는 민주국가를 만들 수 있었다.

정부 일을 하면서 끊임없이 느끼는 일이지만 정치소비자로서의 우리 국민은 매우 까다롭다. 사실 그동안 우리의 정치는 크게 발전했다. 체육관에서 대통령을 뽑던 나라를 불과 20여 년 만에 여당이 국민경선으로 대통령 후보를 선출하는 나라로 바꾸었고, 정치자금의 흐름을 과거와는 비교가 되지 않을 정도로 맑게 했다. 집권여당이 단돈 2억 5,000만 원이라는 적은 돈으로 전당대회를 치러내는 상황이 가능했다. 얼마 안 되는 짧은 시간에 이룩한 결과라는 점에서 스스로 가슴이 뿌듯해질 수 있는 일이다. 그러나 아직도 정치소비자로서의 국민의 시선은 싸늘하다. 정치권을 향한 냉소는 끝이 없고, 국회의원 선거 때마다 기존 국회의원의 반을 '물갈이'하고 있다.

행정부나 정부투자기관 등 공공부문에 대해서도 마찬가지다. 마음에 들지 않는 정책에 대해서도 민원을 내고 데모를 하는 등 다양한 형태로 자신들의 의사와 이해관계를 표현한다. 정책효과가 조금 늦게 나와도 벼락이 떨어진다. 때로는 새 정책을 시행하기 위한 법률이 국회를 통과하지도 않은 상태에서 '약발이 다 되었으니' 또 다른 정책을 내놓으라고 야단을 친다. 전화를 조금만 늦게 받아도, 줄을 조금만 오래 세워도 야단이 난다. 청와대에 접수되는 민원만 하루에 400건 정도, '왜 이리 늦느냐?' '왜 이리 엉터리냐?' 외부에서 오는 '비판'과 '자극'에 하루도 조용할 날이 없다.

그러나 앞서 이야기한 바와 같이 우리 정치소비자들의 이런 까다로움이야말로 오늘을 있게 한 발전의 원동력이었다. 따지고 보면 일제기의 항일운동에서부터 4·19와 광주 민주화운동을 거쳐 6월 항쟁에 이르기까지의 민족적 거사들도 이러한 까다로움의 표현이었다. 당시의 집권자들에게는 매우 힘든 일이었겠지만 바로 이 때문에 우리는 그때와는 판이하게 다른 세상을 살고 있다.

까다로운 시장소비자

우리 국민의 까다로움은 정치권과 공공부문에 그치지 않는다. 시장(市場)에서의 까다로움은 그 정도를 더한다. 호롱불 하나 제대로 밝히지 못하는 나라에서 세계 최고의 원자력 발전기술을 가진 나라로 발전하고, 미국 지프차 엔진에 드럼통을 펴 얹은 '시발택시'를 만들어 판 지 50년 만에 세계 자동차 시장에서 당당히 어깨를 겨루는 나라로 발전했다. 그러나 여기서도 우리 소비자들의 평가는 냉정하다. 기업에 대해서도 제품에 대해서도 좀처럼 지속적인 애정을 표시하지 않는다. 조금 나아 보이는 제품이나 서비스가 있으면 금방 그쪽으로 옮겨가 버린다. 이러다 보니 기능이나 디자인에서 세계 최고 수준에 오른 휴대폰 제조업체들도 조금의 여유도 없이 새로운 제품을 개발해내야 한다. 작은 차이가 시장의 판도를 완전히 바꿔버리기 때문이다.

실제로 우리나라에 진출한 외국기업 중 적지 않은 기업이 우리나라 소비자의 까다로움에 손을 들고 있다. 세계적 유통사업 체인인 까르푸(Carrefour)와 월마트(Wal-Mart)가 우리 시장에서 철수한 것은 그 한 예다. 노키아(Nokia)와 모토롤라(Motorola)와 같은 세계적인 기업도 브랜드 파워와 기술력을 앞세워 뛰어들었으나 뚜렷한 성과를 내지 못한 채 고전하고 있다. 다소 다른 해석이 있을 수 있겠으나 기본적으로는 우리 소비자의 까다로운 성향을 맞추지 못한 결과다. 우리 소비자들이 글로벌 스탠더드(global standard) 이상의 제품과 서비스를 요구하고 있다는 이야기가 된다.

우리 소비자의 이러한 까다로움 때문에 우리 시장은 거대한 테스트 마켓(test market), 즉 신제품 출시를 앞두고 제품을 시험 삼아 풀어 고객 반응을 떠보는 곳이 되어 있다. 우선, 알려진 바와 같이 IT 분야에서 세계의 테스트마켓이 되고 있다. 인터넷과 무선통선이 발달되어 있기도 하지만 사용자들이 워낙 까다롭기 때문이다. 선 마이크로시스템스(Sun Microsystems), 오라클(Oracle) 등 세계적 전자태그(Radio Frequency Identification, RFID) 솔루션 업체들이 한국을 테스트마켓으로 삼고 있다.

IT만이 아니다. 외국의 최고 자동차 회사들도 첨단 장치가 장착된 미래형 차량을 우리 시장에 먼저 내놓고 있다. 일본의 닛산 자동차도 '뉴 G35'의 북미 시장 판매를 앞두고 이를 한국에 먼저 소개했다. 까다로운 한국 소비자를 만족시킬 수 있다면 세계의 소비자를 모두 만족시킬 수 있을 것이라는 생각에서다.

이 외에도 화장품, 주방용품, 심지어 서적까지도 우리 시장은 글로벌 비즈니스의 테스트마켓이 되어 있다. 한국 여성의 화장품 선택기준이 까다롭다는 것은 정평이 나 있다. 주방용품과 가전제품, 심지어 마시는 음료에까지 세계 최고의 까다로움을 보이고 있다. 다음은 세계적인 화장품 회사인 로레알(Loreal)의 장 폴 아공(Jean-Paul Agon) 사장의 말이다. "한국 여성들은…… 향과 색상, 재질에 매우 민감하다. …… 한국 시장의 성공 여부로 전 세계 민감한 고객들의 입맛을 만족시킬 수 있는지 여부를 진단할 수 있을 정도다"(《중앙일보》, 2007. 2. 25).

뒤에서 다시 이야기하겠지만 이러한 까다로움이 언제나 좋은 결과만 낳는 것은 아니다. 잘못된 제도와 관행과 연결될 때 적지 않은 혼란과 비능률을 초래할 수도 있다. 그러나 이것은 제도와 관행으로 고쳐나가야 할 문제이지 '까다로움' 그 자체가 문제가 되지는 않는다. 이 점은 이후 다시 이야기하기로 하자.

유럽에서의 불 꺼진 밤

2007년 유럽 어느 나라를 방문했을 때였다. 대사관저로 안내를 하던 직원이 차 안에서 그 나라 설명을 해주었다. 이야기 끝에 불평 아닌 불평 한마디를 했다. "이 나라에는 이해가 되지 않는 것이 많습니다. 어떤 때는 선진국이라는 느낌이 전혀 들지 않습니다. 전화를 신청하면 한 달이 넘어야 설치가 됩니다. 신청하면 바로 다음날 달아주고 휴대폰 같은 것은 한두 시간 뒤에 터지는 서울을 생각했다가는 여기선 속이 터져 못 삽니다." 같이 한참을 웃었다.

이어 대사관저에서의 만찬 자리. 차에서 한 이야기를 다시 하며 우리의 '빨리빨리'가 얼마나 좋은지를 이야기하고 있을 때 갑자기 전기가 나갔다. 대사 말씀이 "이런 일이 잘 없는데, 하필이면 오늘 그러네요……"였다. 그 덕분에 빨간 촛불을 켜놓고 '분위기 있는' 식사를 했다. 식사를 마치고 장시간 환담을 나누는 동안에도 전기는 들어오지 않았고, 결국 전기가 들어오는 것을 보지 못하고 호텔로 돌아왔다.

다음날 대사께 여쭸다. "전기가 언제 들어왔나요?" "오늘 아침이 다 되어서 들어온 것 같지요 아마." "시민들이 야단이 났겠습니다." "아니에요, 여기는 그렇지 않습니다. 그저 그러려니 했을 겁니다. 여기 분들은 기다리는 데도 익숙하고, 줄서는 데도 익숙합니다."

서울이라면 어떠했을까? 아마 야단이 났을 것이다. 어느 쪽이 더 나을까? 양쪽 모두 장점과 단점이 있을 수 있다. 솔직히 개인적인 삶을 이야기하자면 조금 느리게 살고 싶은 생각도 들 것이다. 그러나 생산성을 높이고 경쟁력을 강화해야 하는 우리의 형편을 생각하면 생각이 달라진다. 오늘과 같이 변화가 심한 사회, 그것도 별다른 자원 없이 먹고살아야 하는 우리의 형편을 생각하면 더욱 그렇다. 새삼,

전화 잘 터지게 하고 나간 전기를 금방 들어오게 하는 우리의 까다로움
과 '빨리빨리'가 다시 보였다.

성공을 향한 열정

'No Refund! OK?'

미국에서 교수로 안식년을 보내던 때. 이제 막 골프를 배우기 시작한 이공계 박사후과정생들과 골프 약속을 했다. 실험실에서 힘든 일을 하는 사람들이라 모두들 모처럼 들뜬 기분이었다. 그러나 문제는 날씨였다. 한겨울인데다 그날따라 더 추웠다. 그래도 모처럼의 약속이라 누구 하나 취소하자는 말도 못 하고 동네 골프장을 향했다. 두꺼운 파카(parka)에 스키장갑까지 낀 친구도 있었다.

텅 빈 골프장. 바람도 무척 강했다. 스키장갑까지 끼고 나타난 사람들을 보고 프론트에서 돈을 받는 영감님이 한마디 했다. "플레이를 하는 건 좋은데 보다시피 아무도 없어요. 정말 할 거요? 일단 나가면 몇 홀을 치고 돌아오든 돈은 못 돌려줍니다."

결국 돈을 내고 나가는 우리 일행을 보고 영감님은 다시 말했다. "지금이라도 안 나가겠다면 돈을 돌려줄 수 있어요. 지금 이후로는 안 돼요. 이거 확실히 합시다. No Refund! OK?"

18홀을 다 마치고 돌아와 그 영감님을 다시 만났다. "한국사람들이 강하고 열정적인 건 아는데 이렇게까지 할 줄은 정말 몰랐네." 영감님의 말이었다.

노는 것만 열심히 하는 것이 아니다. 한국사람에게는 성공을 향해 달리는 열정의 DNA가 있다. 당연히 일에는 더욱 열심이다. 4,800만 국민이 다 그런 것은 아니지만 대부분 성공을 향한 목표가 제대로 정해지면 있는 힘을 다해 매진한다.

정보통신 쪽에서 성공신화를 이루어낸 어느 분이 언젠가 한번 '눈앞이 캄캄해본 적이 있느냐'고 물었다. '왜 없겠느냐'고 대답했더니 다시 '그냥 비유적으로 눈앞이 캄캄한 것이 아니라 진짜 물리적으로 눈앞에 아무것도 보이지 않는 상태를 겪어봤느냐'고 물었다. 이분 말씀이 자신이 그랬다는 것이다. 반도체 기술개발에 매진을 할 때 '이대로 죽나 보다' 하고 생각할 정도로 눈앞이 캄캄한 상태가 한 번씩 오더라는 것이다.

곳곳에 열정과 역동이

어디 이분뿐이겠는가? 곳곳에서 가슴을 뭉클하게 하는 감동의 스토리들이 만들어지고 있다. 우리가 수영 분야에서 세계의 정상에 오르리라 생각해본 적이 있었던가? 수영 자유형에서 아시아인이 세계 최고가 되는 것은 불가능하다고 말해왔다. 수영 강국 일본도 자유형에서는 맥을 못 춘다. 그런데 우리의 18세 박태환 선수가 세계수영선수권 자유형 400m에서 우승을 했다. 그것도 마지막 25m를 남겨두고 미친 듯이 세 명의 선수를 추월했다.

피겨 스케이팅에서도 이변이 일어났다. 불모지로 알려진 나라에서 17세의 김연아 선수가 놀라운 연기를 보여주며 세계 정상에 올랐다. 세계가 우리의 저력에 다시 한 번 놀랐다.

이들의 성공 뒤에는 성공을 향한 강한 열정이 있었다. 박태환 선수는 거의 매일 5시간씩 16km를 달려야 하는 지옥훈련을 마다한 적이 없다고 한다. 이러한 의지와 열정으로 스타트, 턴(turn), 영법에서 끊임없는 발전을 이루었다. 보도에 따르면 김연아 선수도 아침 6시부터 저녁 8시까지 훈련에 몰두한다고 한다. 공중 세 바퀴 반을 도는 트리플 액슬(triple axel)을 자유자재로 구사하기 위해 넘어지고 부딪히고 하는 일을 무수히 반복했다고 한다.

열정은 선수들만의 것이 아니다. 부모와 가족들도 대단하다. 박태환 선수의 아버지는 개인 훈련을 하고 싶다는 아들의 말에 전담 팀을 만들어주었다. 아버지가 직접 나서 이리 뛰고 저리 뛰어 세계적인 스포츠의류 회사인 스피도(Speedo)와 협상하여 스폰서를 따내기도 했다. 김연아 선수의 어머니도 매년 딸에게 해외훈련의 기회를 만들어주었다. 자식의 성공을 위해서라면 어떠한 희생도 마다하지 않는 부모와 가족의 열정이 이들의 뒤를 받쳐주고 있다.

이러한 이야기는 끝이 없다. 미국 LPGA 무대를 거의 석권하다시피 하는 한국의 여성 골퍼들, 브레이크댄스의 세계 정상에 오른 B-보이들, 또 게임 스포츠의 프로 게이머들. B-보이들은 몸이 으스러질 정도로 훈련을 하고, 게이머들은 며칠 밤낮을 잠자지 않고 게임에 몰두한다.

입증된 신화

　사실 성공을 향한 우리의 열정은 초고속 산업화에서 이미 입증되었다. IT 산업의 신화는 더 말할 필요도 없고, 제철·조선·자동차·건설 등에서 세계인이 감탄하는 신화를 만들어내고 있다. 포스코(Posco)는 세계 최고의 철강을 생산하고 있으며, 이제는 '글로벌 철강 네트워크' 구축을 통한 세계 철강산업의 명실상부한 리더로 성장하고 있다. 세계 초대형 선박회사들이 어려움을 겪을 때 오히려 도크 수를 늘려가며 키운 우리의 조선은 이제 세계시장을 석권했다. 1970년에 세계시장 점유율 1%였던 것이 이제 무려 40%를 내다보고 있다. 이 분야에서 세계 최고기업 1등에서 7등까지가 모두 우리 기업이다.

　이 기업들의 성장은 단순히 양적인 면에 머물지 않는다. 새로운 기술과 공법들을 끊임없이 개발하고 이를 현장에 적용하고 있다. 삼성은 도크 만들 땅을 확보하기 힘들게 되자 물에 떠 있는 도크를 만들어 물 위에서 선박을 건조하고, 현대는 아예 도크 없이 초대형 선박을 육지에서 건조하고 있다. 하나같이 창의적인 정신과 모험정신, 그리고 그 무엇보다도 열정 없이는 있을 수 없는 일이다.

　열정은 속도를 낳는다. 선박을 건조하는 데서나 건설을 하는 데서나 우리는 세계에서 가장 빠르다. 지금도 중동의 뜨거운 사막에서 우리나라 기술자들은 세계에서 가장 빨리 플랜트를 세운다. 한국 노동자들이 일하는 모습에 모두가 혀를 내두른다. 또 나라 안에서건 나라 밖에서건 수십만 명 살 수 있는 신도시를 불과 몇 년 만에 만들어내기도 한다. 한국을 방문하는 이 분야의 전문가들은 우리의 분당 신도시가 불과

5년 만에 건설되었다는 사실을 잘 믿지 않는다. 어쨌든 바로 이러한 이유로 우리는 몽고, 베트남, 중국, 알제리, 아제르바이잔, 카자흐스탄 등 세계 여러 곳에서 신도시 건설의 주문을 받고 있다.

'철밥통'의 열정

흔히 공무원을 '철밥통'이라 비하한다. 단순히 직업적 안정성이 높다는 이유에서만 생겨난 말은 아니다. 책임지지 않고, 능동적이지 않고, 또 소신 없이 행동하는 모습 등 온갖 부정적인 모습을 총체적으로 일컫는 말이다.

공무원사회가 민간부문에 비해 긴장이 떨어질 수 있는 것은 사실이다. 그러나 한 가지 분명히 해야 할 것이 있다. 공무원들이 보이고 있는 부정적인 모습은 상당부분 잘못된 제도와 관행이 만들어낸 것이지, 공무원 개개인에 문제가 있는 것은 아니라는 점이다. 이 점은 바로 다음 절에서 다시 이야기하기로 한다.

흔히들 비판하는 것과 달리 공무원들 역시 한국사람으로서 만만치 않은 열정을 지니고 있다. 얼마 전 있었던 한미 FTA 협상과정을 제대로 지켜본 사람이라면 그 결과가 어떻게 나타났건 우리 공무원들의 열정과 의지, 노력에 감사하지 않을 수 없다. 시중에서 책임 없이 하는 이야기와는 달리 충분한 전문성과 협상 능력을 가지고 있음은 물론 상대를 설득하기 위해 잠도 제대로 자지 않고 뛰어다니는 모습은 민간부문 성공신화의 여느 주인공과도 차이가 없다.

우리 공무원들의 이러한 열정은 외국 공무원과 비교하는 기회가 생겼을 때 더욱 분명히 나타난다. 2003년 멕시코 세계혁신대회(Global Forum on Reinventing Government)에 참석했을 때의 일이다. 유엔 공공혁신포럼에서 개최하는 상당히 큰 행사였는데 여러 가지 이해하지 못할 일이 일어났다. 국제회의임에도 불구하고 제대로 된 영어 브로슈어(brochure)를 볼 수 없었고, 대통령이 참석한 개막식에서도 의전이나 진행이 이해되지 않을 정도로 엉성했다.

2년 뒤, 서울에서 우리가 동일한 행사를 주관했을 때 유엔 공공혁신포럼의 관계자들뿐 아니라 참석자 모두가 입을 벌렸다. 모든 것이 완벽에 가까아 진행되었기 때문이다. 손님을 영접하고 안내하는 것부터 회의를 진행하고 회의 후 후속조치를 하는 데까지 빈틈이 없었다. 이 또한 성공을 향한 열정이 만들어낸 작품이었다.

앞 절에서 이야기한 '까다로움'과 이번 절에서 이야기한 '성공을 향한 열정', 이것은 확실히 우리 한국인이 지닌 자산이다. 불과 40~50년 만에 근대화와 민주화를 모두 이루어낸 원동력이자 새로이 전개되는 개방화 시대와 지식정보사회에서 성공을 기약할 수 있는 핵심요소다. 혁신이 강조되면 될수록 이 '까다로움'과 '열정'은 빛을 발할 것이다. 우리의 이러한 특성이 잘 살아날 수 있는 환경을 만든다면, 그리고 이를 기반으로 한 에너지가 우리 사회의 발전을 위해 잘 통합되게 할 수 있다면, 변화의 바람이 부는 오늘이야말로 우리에게는 다시없는 기회가 된다.

성공 국민의 정치사회적 조건

신부님의 죄

다른 책에 소개한 이야기이지만 논리 전개를 위해 한 번 더 하기로 하자. 1980년대 중반쯤의 일이다. 미국서 온 사회학자 한 분을 모시고 서울 시내 어느 재개발 지역을 찾았다. 그곳에서 활동하는 빈민운동가들을 소개시켜주기 위해서였다. 좁은 골목을 이리저리 돌아 미리 약속한 신부님 한 분을 만났다. 같이 앉아 도시빈민 이야기를 하는 끝에 재개발 '딱지' 문제가 나오게 되었다.

신부님이 말씀하셨다. "나는 우리 신도들에게 절대 재개발 딱지는 사지 말라고 합니다. 그게 얼마나 나쁜 일인지를 계속 설명해줍니다." 그 말을 받아 바로 말씀 드렸다. "신부님. 그러지 마십시오 신부님은 그래서도 안 되고 또 그러실 권리도 없습니다."

신부님이 놀라 이유를 물었다. 내 대답은 이랬다. "투기를 한 사람은 투기로 돈을 법니다. 그리고 그 돈으로 또 투기를 해서 더 큰돈을 벌지요. 번 돈으로 자식에게 고액과외를 시키고, 그래서 그 자식은 명문대학에 들어가고, 그 다음에 판사도 만들고 의사도 만듭니다.

신부님 말씀을 듣고 투기하지 않고 한 푼 두 푼 모은 사람은 평생을 모아야 자식 고액과외는커녕 집 한 채 제대로 사지 못합니다. 신부님은 멀쩡하게 돈도 벌고 자식을 좋은 대학에 보낼 수도 있는 사람들을 우리 사회의 패배자로 만들고 있는 겁니다. 누가 신부님에게 그러한 권리를 주었습니까? 기껏해야 죽어서 천당 간다는 이야기는 그만두십시오 천당이 있는지 없는지 모르겠지만 살아서 칠팔십 인생이면 이것도 중요한 겁니다. 도덕적으로 살면 살수록 패배자가 되는 이런 상황에 도덕군자가 되라는 것은 그 자체가 죄를 짓는 겁니다.”

30대 초반, 젊은 교수 시절의 이야기다. 정말 그렇게 생각해서 그런 말을 했겠는가? 착하게 사는 것이 곧 패배자가 되는 상황이 하도 딱해서 한 말이었다(김병준, 114~115).

‘까다로움’과 ‘열정’을 죽이는 사회

앞서 우리는 변화의 바람을 이겨나갈 수 있는 성공의 인자, 즉 ‘까다로움’과 ‘성공을 향한 열정’을 가지고 있다고 했다. 그러나 이것만 가지고 바로 성공국민이 되는 것은 아니다. 우선 ‘까다로움’과 ‘열정’이 계속 살아 움직일 수 있는 조건이 갖춰져 있어야 한다. 앞서 신부님께 한 이야기처럼 도덕적일수록 패배자가 되는 사회에서는 누구나 쉽게 비도덕적인 사람이 되듯이, ‘까다로움’과 ‘열정’이 오히려 짐이 되는 사회에서는 우리의 이러한 인자가 살아나올 수 없다. 멀쩡한 공무원을 ‘철밥통’으로 만드는 우리의 행정환경은 그 대표적인 예다.

진대제 전 정통부장관에게 한번 물어보았다. “기업에도 계셨고 정부에도 계셨는데 양쪽에서 가장 큰 차이가 무엇이던가요?" 다음은 진전 장관의 대답이다.

첫째, 열 가지 일을 한다고 가정하면 민간부문에서는 아홉 개를 잘못하고 한 개만 잘해도 보상도 받고 승진도 할 수 있다. 잘한 것 하나의 의미가 크면 당연히 보상을 받는다. 그러나 정부에서는 그 반대다. 아홉 개를 잘하다가 하나만 잘못해도 목이 날아가는 수가 생긴다. 자연히 모험정신은 사라지고, 남는 건 '복지부동'이다. 이른바 '접시를 깨지 않으려면 설거지 자체를 하지 말아야 한다'는 논리가 성립된다. 열정이니 진취적 기상이니 하는 것은 칼을 자기 목에 갖다 대는 것과 같다. 그저 적당히 '까다롭지 않게' 잘 지내고, 새로운 일은 되도록 벌이지 않는 것이 상수(上手)다.

둘째, 기업에 있을 때는 미래를 생각하느라 과거를 돌아볼 수 없었는데 정부에서는 오히려 과거를 생각하느라 미래를 볼 여유가 없다. 기업은 새로운 제품을 만들고 새로운 시장을 개척하는 것이 주 업무인바, 이 일이 모든 일의 중심에 놓인다. 감사나 검사 등이 강도 높게 이루어지지만 이것은 어디까지나 조직 운영의 건강성을 유지하기 위한 차원에서 정말 필요한 만큼만 행해진다.

그러나 정부에서는 크고 작은 감사가 쉴 새 없이 계속되는데다 수시로 국회에 불려나가 자신이 재직하지 않았던 시절의 사건까지 논쟁을 해야 한다. '과거사 정리'와 같이 미래적 의미를 담은 일이라면 백번 이해가 가는 일이다. 그러나 상당부분 그야말로 '과거적 의미'만을 지닌 일이다. 조직의 건강성을 유지하게 위해 필요한 일이라 하지만 지나친 감이 있다. 이것 또한 공직자들의 열정을 죽이는 원인이 되는 것이다.

　'까다로움'과 '열정'을 죽이는 일은 정부에서만 일어나는 현상은 아니다. 부모의 잘못된 교육관이 특정 분야에 대한 자식의 열정을 죽이기도 하고, 사장의 권위적인 태도가 사원들의 창의적인 정신과 열정을 죽이기도 한다. 교육에서 학생이나 학부모, 기업의 적절한 평가가 거부됨으로써 이들의 '까다로움'이 교육제도와 교육내용에 반영될 수 있는 길이 막히기도 한다. 소비자의 까다로움이 혁신의 원천이 된다는 점에서 잘 따져보아야 할 부분들이다.

오도되는 '까다로움'과 '열정'

　잘못된 인센티브 구조가 존재하면 '까다로움'과 '열정'은 잘못된 방향으로 오도(誤導)된다. 너도나도 돈을 벌고 싶은데, 부동산 쪽에 '돈 판'이 벌어져 있으면 온 국민의 관심과 돈은 그쪽으로 몰릴 수밖에 없다. 앞서 이야기했지만 정경유착의 골이 깊으면 기업을 하는 사람의 열정은 경영혁신보다는 '실세(實勢)'를 찾는 데 모이게 되고, 원칙 없는 보상행위가 잦으면 '까다로움'은 부정적이고 투쟁적인 집단행동으로 이어진다.

　우리 사회에서 '열정'이 가장 잘못 나타나는 분야는 단연 부동산과 교육 부문이다. 부동산 문제는 공급 부족과 교육 문제, 투기수익 문제 등 여러 요인이 겹쳐 일어난다. 따라서 한마디로 정리하기가 쉽지 않다. 그러나 투기수익 부분만을 보자면 우리는 그동안 잘못된 인센티브의 틀을 가지고 있었다고 이야기할 수 있다. 오랫동안 낮은 보유세율

등으로 부동산을 여러 채 소유해도 부담이 되지 않는 상태가 유지되었고, 실거래가 기재가 의무화되어 있지 않아 양도소득세 등 거래과세 부분을 상당 정도 피해갈 수 있도록 되어 있었다. 자연히 투기자금이 몰리고 몰린 투기자금이 또 다른 투기자금을 부르는 현상이 일어났다. 그렇지 않아도 새로운 수익 모델을 찾기 힘든 상황이라 이러저러한 부동자금들이 대거 몰리게 되었다.

정부가 한 일은 당연히 이러한 잘못된 인센티브 구조를 바로잡는 것이었다. '종합부동산세'를 신설하여 고가 주택의 보유과세를 높이고, 이를 통해 보유 자체의 인센티브를 줄인 것은 그 대표적인 예다. 이는 돈에 대한 열정이나 경제적 성공에 대한 열정을 좀 더 의미 있는 곳으로 돌리기 위한 조치였다고 할 수 있다.

교육 또한 우리의 열정과 까다로움이 잘못 표현되는 대표적인 영역이다. 공교육이 붕괴되면서 사교육이 범람을 하고, 이로 인해 소득격차가 교육격차로 이어지고 있다. 아이들 교육을 위해 가족이 찢어지는 일도 생기고 부모가 무한대의 희생을 하는 일도 생긴다.

정부는 국민의 교육에 대한 이러한 열정이 부정적 현상으로 연계되지 않도록 하는 데 골몰하고 있다. '방과 후 학교'와 위성교육의 강화 등 교육격차를 완화하기 위한 노력을 하는 한편, 입시 위주의 교육이 심화되지 않도록 갖가지 고민을 하고 있다. 본고사 부활과 고교등급화 등 3불정책(대학입시 본고사 금지, 고교등급화 금지, 기부금입학 금지)에 대해 분명한 입장을 취하는 것도 이러한 맥락에서다. 자칫 잘못하면 교육에 대한 우리의 열정이 이 나라의 청소년을 '입시지옥'으로 몰아넣는 등, 우리 사회를 엉뚱한 방향으로 끌고 갈 수 있기 때문이다.

‘열정’과 ‘까다로움’은 그 나름대로의 ‘길’을 따라 움직인다. 인센티브가 설정된 쪽으로 움직이게 되는 것이다. 그리고 이러한 인센티브는 대부분 법과 제도로 나타난다. 규범적이고 문화적인 차원에서 인센티브가 있을 수 있겠지만 기본적으로는 법과 제도로 구조화된다.

따라서 이러한 관점에서 정부는 법과 제도를 잘 디자인해야 한다. 잘못 디자인된 법과 제도는 우리의 ‘까다로움’과 ‘열정’을 엉뚱한 방향으로 이끌 뿐만 아니라 국민을 ‘죄인 아닌 죄인’으로 만든다. 앞서서도 이야기했지만 우리 국민의 ‘까다로움’을 혁신의 기반이 되도록 하는 일은 해야 하는 것이고, 아이들과 학부모들을 입시지옥으로 집어넣을 것이 빤한 제도는 도입하지 말아야 하는 것이다. 이러한 일들이 제대로 가려지고 처리되었을 때, 성공인자를 지닌 국민의 성공은 더욱 확실해진다.

제2부

성공하는 국가의 길

제3장 | 우리를 죽이는 생각들

내 무덤에 침을 뱉어라?

"대통령이 뭐하고 있는 거야?"

과거 경제부처에서 중책을 맡았던 나이 든 선배와 점심을 했다. "이봐, 이 정부는 도대체 경제 관련해서 뭐 챙기는 것이 없어. 그래서 욕먹는 거야. 기업이 투자를 하게 해야지." 그 선배의 말씀이었다. "챙기는 게 왜 없습니까? 다 챙기지요. 중소기업 지원정책 내놓고, 벤처 기업 지원하고, 부동산 대책에다가 과학기술 예산 늘리고, 신용불량자 문제에다 비정규직 문제, 인적 자원 문제, 지역균형발전…… 이런 것이 전부 경제 챙기는 것 아닙니까? 혹시 출자총액제한 안 푼 것, 그거 말씀하시는 건가요?" "아니, 딴 거 없어. 그저 기업만 끌어내면 돼."

"글쎄, 어떻게 끌어내지요?" 내가 묻자 그 선배 말씀이 길어졌다.

"……대통령이 권력 가지고 뭐 하나? 어디 쓸려고 그냥 가지고 있어? 기업들 불러서 투자 좀 하라고 해. 다 하게 되어 있어. 안 하면 그냥 두나? 옛날에 어떻게 했는지 알아? 그때도 그냥 두었으면 이 친구들 투자 안 했어. 반도체 안 하겠다는 거 그냥 갖다 먹였잖아.

지금 어떻게 됐어? 잘됐잖아. 고마워해야지. 물론 지금이야 시대가 다르지. 군홧발로 밟던 시대하고 같을 수는 없지. 그러나 대통령은 대통령 이고 기업은 기업이야. 대통령이 그것도 못 하면 뭐 하러 대통령 해. 노무현 대통령이 무얼 잘못했는지 알아? 국정원이나 검찰, 그렇게 풀어 주는 게 아니야. 그러니 영(令)이 잘 서지 않는 거지.”

옳고 그르고를 떠나 얼마나 신이 났을까? 그때의 대통령과 그때의 장관들, 그리고 그때의 관료들. 한마디 하면 천하가 발아래에 있고, 투자하라면 투자하고 돈 가져오라면 가져오고. 회고록이나 자서전을 쓰면서도 그때 생각하면 힘이 절로 날 것이다. 아닌 게 아니라 그렇게 말하는 선배의 얼굴에도 힘이 딱 붙어 있었다.

박정희 모델

사무실로 돌아오는 길에 불현듯 박정희 대통령이 했다는 말이 생각 났다. ‘내 무덤에 침을 뱉어라’. 멋있는 말이다. 흔히 하는 말로 사나이답 다. ‘아무도 시비 걸지 마라. 비판도 하지 마라. 하라면 하라는 대로 해라. 불만 있어? 그래도 참아. 욕하고 싶으면 나 죽은 다음에 내 무덤 앞에 와서 해.’

흔히들 박 대통령의 이러한 정신과 카리스마가 한국 경제를 일으켰 다고 한다. 오늘 이 시점에도 많은 사람이 그렇게 믿고, 또 지금의 정부나 앞으로의 지도자도 이를 제법 닮아야 한다고 생각한다. 대통령 의 강력한 지도력 아래 관료와 재벌이 때로는 적절히 견제와 균형을 이루며, 때로는 거의 한 몸이 되어 움직이는 체제, 이것이 그립다는 것이다. 이것이야말로 '주식회사 대한민국' 아니냐고 반문하는 사람도 있다.

실제로 박정희 체제 아래에서는 모든 것이 '효율적'으로 추진되었다. 경부고속도로와 현대조선소는 매년 이삼십 명의 죽음을 감수하면서 군사작전 식으로 건설되었다. '안 되면 되게 하라'의 정신으로 그야말로 뭐든 되게 했다. 후진국에서 통상 볼 수 있었던 '집행의 문제(implementation problem)', 즉 좋은 결정을 해놓고도 막상 집행과정에서 필요한 정치적 지지와 기술지원 등을 얻지 못해 집행을 하지 못하는 문제도 없었다.

또 정부의 지원 아래 재벌은 새로운 사업에 투자하기 위한 자본을 쉽게 동원할 수 있었고, 정부가 각종 특혜로 투자위험을 덜어주는 터라 안심하고 투자를 할 수 있었다. 노동운동이 억압되는 상황에서 임금은 낮았고 노사분규로 인한 손실도 최소화되었다. 따라서 기업은 지속적으로 투자를 했고, 그 덕에 고용이 늘어나고 국민소득도 올라갔다.

그러나 그 이면에 무엇이 있었던가? 민청학련 사건과 인혁당 사건, 김대중 내란음모 사건, YH 여공사건 등 수없이 많았던 시국사건과 인권문제는 어떠한가? 그래, 좋다. 이 문제는 경제발전과 '국민총화'를 위해 어쩔 수 없이 있었던 일이니 별도로 이야기하자면 그렇게 할 수도 있다. 그러나 경제 면에 국한해서 볼 때도 박정희 모델은 적지 않은 문제를 남겼다.

먼저, 대통령을 정점으로 하는 강력한 권위주의 체제와 시장개입주의는 우리나라에서 기형적인 기업환경 및 기업문화를 낳았다. 주로 대기업의 이야기가 되겠지만 기업은 정부와 정치권에 정치자금과 뇌물을 제공하고, 정부와 정치권은 기업에 각종 특혜를 주는 정부 - 기업 관계가 형성되었다. 이로 인해 기업은 각종 회계를 조작할 수밖에 없었고, 이로 인해 정치권력에 더욱 의존하지 않으면 안 되는 구조가 되었다.

기업을 지원하는 과정에서 관치금융은 중요한 의미를 지녔다. 금융기관의 합리적 판단이 아니라 정부의 판단에 의해 대출이 이루어졌고 이를 바탕으로 정부는 다시 한 번 기업을 죽이고 살리는 힘을 가지게 되었다. 분식이 광범위하게 이루어지는 상태에서 금융기관 또한 잠재적 위험과 부실을 떠안을 수밖에 없었다.

잘못된 정부 - 기업 관계는 또한 기업에 있어 전문경영인이 아닌 소위 '오너'와 그의 일족이 경영의 일선에 서는 족벌경영 체제를 들어서도록 했다. 정치권력과의 유착이 기업의 성패를 결정하는 구조 속에서 '오너'가 무한 책임을 지고 전면에 나서야 했기 때문이었다.

'오너'와 그 일족이 중심이 된 기업은 다시 기술혁신이나 경영혁신을 향해 매진하기보다는 정부와 정치권의 권력자들과의 관계를 돈독히 하거나 이들을 통해 특혜를 얻는 데 전력을 기울이게 되었다. 이들은 기업의 생사여탈권을 쥐고 있었을 뿐만 아니라, 이들을 통해 특혜를 얻는 것이 기술혁신이나 경영혁신을 통해 새로운 시장을 확보하는 것보다 훨씬 더 '남는 장사'였기 때문이다. 실제로 기업은 이들과의 관계강화를 통해 특혜를 재생산해냈고, 이를 바탕으로 소위 '문어발 경영'을 하게 되었다.

내재된 시한폭탄

어디를 봐도 정상적일 수 없는 이러한 구도에 왜 문제점이 없겠는가. 잘못된 회계 관행은 기업의 신뢰성을 떨어뜨리고 나아가 자금시장의 건전성을 훼손시켰다. 문어발 경영은 기업의 재무구조를 악화시켰을 뿐 아니라 중소기업의 성장 기반을 해침으로써 우리 경제를 구조적으로 취약하게 만들었다. 또 '오너' 중심의 기업 운영은 기업 내에 민주적이고 합리적인 의사결정구조가 들어서는 것을 방해했고, 이는 다시 기업 경영의 건전성을 크게 훼손하게 되었다.

이와 같은 비정상적인 정부 - 기업 관계가 유지될 수 있었던 원인은 단 한 가지였다. 다름 아닌 박정희 정부, 특히 대통령이 지닌 구심력이었다. 대통령은 기업·관료·정치인·금융기관을 억압할 능력과 또 이들에게 특혜를 줄 수 있는 시혜 능력을 동시에 가지고 있었다. 말을 듣고 싶어 듣는 것이 아니라 말을 듣는 것이 유리하고 또 생존의 길이었기 때문에 듣는 것이었다. 바로 이 점 때문에 시장합리성으로는 설명할 수 없는 관계가 유지·존속할 수 있었다.

모든 것이 대통령이 지닌 구심력 때문이었다는 사실은 어떠한 요인에 의해서건 대통령의 리더십이 훼손되는 경우 앞서 말한 정부와 기업의 관계 내지는 특혜에 의존했던 기업은 생존하기가 쉽지 않을 수 있음을 의미한다. 시장에 대혼란이 올 수 있음은 물론이다.

이러한 점에서 박정희 모델은 그 자체가 시한폭탄을 안고 있는 셈이었다. 전국 곳곳에서 독재타도를 외치는 목소리가 날이 다르게 커지고 강압적으로 누르던 노동세력도 더 이상 누르기 힘들 정도로 성장해갔다. 또 시민사회에서 오는 이러한 압력이 아니라 하더라도 이미 세계경제는 서서히 글로벌화의 조짐을 보이는 터였다. 어떤 형태로건 리더십의 위기가 올 수 밖에 없고, 비합리적인 정부 - 기업 관계는 수정될 수밖에 없는 상황이었다.

새로운 세상의 새로운 모델

박정희 모델이 지닌 긍정적 요소를 부정하는 것은 아니다. 민간부문이 성장하지 않은 상태에서 국가가 그 자본 축적과 기술 축적을 도와야 했고, 빠른 성장이 요구되는 시점에서는 국가 전체를 일사분란하게 끌고 나갈 필요성도 있었을 것이다. 그 덕분에 빠른 성장을 했고 세계의 중심으로 나갈 수 있는 기반도 만들어졌다.

그러나 백번을 양보하고서라도 오늘과 같은 세상에서 박정희 모델에 근거해서 정부를 비판한다거나, 또 그 모델로 돌아가기를 원하는 이야기는 받아들일 수 없다. 우선 대통령이 관료사회와 정치권 그리고 무엇보다도 시장과 기업에 대해 억압 능력과 시혜 능력을 가지는 것을 어느 국민이 그냥 보고 있겠는가? 우리 국민은 그렇다 치더라도 세계의 어느 투자자가 이를 보고도 우리 시장을 매력적인 시장으로 보고 접근을 하겠는가?

대통령은 이제 기업에 대해 직접적으로 가할 수 있는 억압적 수단도, 줄 수 있는 특혜도 없고 이런 것이 있어서도 안 된다. 투자위험을 덜어줄(hedge) 수단도 없다. 이제는 더 이상 정부가 기업을 이끌고 갈 수 있는 상황도 아니다. 세계시장은 정부가 구석구석 모두 이해하기

에는 너무 크고 복잡하다. 대기업의 경우 인적 자원과 물적 자원을
동원할 수 있는 능력도 기업이 정부를 앞서고 있다.

기업 역시 회계가 투명해진 상황에서 대통령이건 누구건 과거와
같이 두려워할 이유도 없다. 대통령이 투자하라고 해서 투자할 이유가
없다. 잘못 투자하는 경우 외국인 주주를 포함한 주주들에게 호된
질책을 받는 것이 현실이다. 그리고 이러한 현실은 시장 중심적이라는
점에서 매우 바람직하다.

이제 정부가 하는 일은 보다 간접적이어야 한다. 대기업보다는 중소
기업에 더 신경을 써야 한다. 특정사업에 대한 투자를 강요하기 보다는
기업이 필요로 하는 인적 자원을 육성하고, 회계의 투명성과 기술
수준을 높일 수 있고 보다 원만한 노사관계가 이루어질 수 있는 환경을
조성하는 일 등에 더 많은 신경을 써야 한다.

어디를 봐도 박정희 모델이 들어설 자리는 없다. 이 모델에 대한
향수는 오히려 새로운 시대에 새로운 정부 - 기업 관계를 정립하는
데 장애가 된다. 이제 '내 무덤에 침을 뱉어라'의 간판을 내리자. 한
시대의 어려움을 상징했던 말로 기억하고 이제 이를 박물관으로 보내
자. 완전히, 깨끗이, 그리고 아주 보내자. 그래서 더 이상 과거의 눈으로
오늘과 미래를 보지 못하게 하자.

큰 정부, 작은 정부

멋대로 생각하는 '큰 정부'

참여정부가 '독하게' 비난 받는 것이 하나 있다. 다름 아닌 '큰 정부' 논쟁이다. 일부 전문가와 기자들이 여러 측면에서 갖가지 이야기를 쏟아놓고 있다. 그 내용은 이렇다. 첫째, 위원회다 뭐다 하여 정부기구를 잔뜩 늘렸다. 둘째, 복수차관을 신설하는 등 고위직을 대폭 늘렸다. 셋째, 청와대부터 장관급을 몇 자리나 늘리는 등 공무원 수를 늘렸다. 넷째, 정부지출이 크게 늘어났고 이로 인해 국가채무가 증대하고 있다 등이다. 일부이기는 하지만 정부가 스스로 공무원 수를 줄이겠다고 약속해놓고는 오히려 더 늘렸다고 비난하는 경우도 있다.

그리고 이렇게 공무원을 늘린 배경으로는 관치경제를 통해 시장 위에 군림하고자 하기 때문이라는 해석도 있고, 부자들 돈을 뺏어 가난한 사람들에게 나눠주는 온정적 좌파정책을 추구하고 있기 때문이라 설명하는 사람도 있다. 심지어 공무원들에게 인기를 얻기 위해서라거나, 아무런 생각 없이 조직의 팽창욕구를 그대로 방관하고 있기 때문이라 보는 사람도 있다. 그러면서 한결같이 유럽에서 일어나고 있는 신자유주의 기조와 뉴질랜드의 공공조직 축소사례 등을 소개하고 있다.

대부분 말이 되지 않는 이야기들이라 귀 담아 들을 이유는 없다. 일일이 설명할 이유도 없다. 오히려 정부조직과 관련해서 앞으로 우리가 가야 할 방향이 무엇인지를 말해보는 것이 보다 생산적인 일이 된다. 그러나 뒤에 할 이야기를 위해서라도 한두 가지는 지금 바로 이야기해야 할 것 같다.

우선 배경에 관한 부분인데, 참여정부가 관치경제와 반시장적 접근을 위해 공무원을 늘린 적이 있던가? 글로벌 경제체제가 강화되면서 반시장적 접근은 우리가 더 하고 싶어도 못 하는 현실 아닌가? 한미 FTA를 추진하기 위해 전문변호사를 늘리는 등 기업을 지원하기 위한 조직을 늘렸다거나, 공정경쟁과 투명성 강화 등 시장기능의 회복을 위해 늘렸다면 모를까 반시장적 접근을 위해 공무원을 늘렸다는 것이 무슨 말인가? 시장개입이 다 반시장적이라면 미국의 독점규제 행정은 물론 FTA를 통해 시장개방을 하고 농가지원책을 논의하는 것 자체가 반시장적인 것이 된다.

온정적 좌파정책을 추구하기 위해서라는 설명은 또 무엇인가? 참여정부는 시혜적 복지가 아닌 사회투자 개념의 복지를 강조하고 있음을 제대로 알고 있는지? '좌파'라 함은 아마 교사와 경찰을 늘리고, 고용안정과 영세 자영업자들의 소득파악을 위해 늘린 공무원을 말하는 모양인데, 좌우를 어떻게 나누는지 모르겠지만 백번 양보해서 이를 '좌'라고 하자. 그러면 하지 않고 어떻게 하겠다는 것인가? 이 부분은 곧 다시 이야기하기로 하자.

위원회가 늘어나고 몇 개 부처에 복수차관제도가 실시된 것과 차관과 청와대 장관급 자리가 늘어난 것을 지적하는 경향이 있는데 이야말로 참으로 우스운 일이다. 우선 그 수가 얼마 되지 않을 뿐만 아니라 우리 행정환경의 변화를 조금도 이해하지 못하는 데서 나온 말이기 때문이다. 앞서 설명했듯이 우리가 박정희 모델을 그대로 운영하고 있다면 이러한 자리들은 필요 없다. 모든 것이 지시에 의해서 이루어지는데 뭐 그리 많은 자리가 필요하겠는가?

그러나 오늘날은 더 이상 그러한 환경이 아니다. 국회가 제 기능을 하고 있고, 각 부처가 나름대로 자기 입장을 가지고 있다. 시민사회의 참여욕구도 만만치 않다. 결국 오늘의 행정은 지시가 아닌 협상과 협의에 의해 이루어지고, 그 결과 조정업무가 대폭 늘어나게 된다. 1970년대나 1980년대에 비해서 회의의 수나 강도가 최소한 열 배는 될 것이다. 당연히 청와대와 총리실, 차관, 위원회 등 조정을 위한 자리가 늘어날 수밖에 없다. 지시받아 움직이며 형식적인 회의를 하고 면피용 위원회를 두던 시절과 함부로 비교할 일은 아니다.

일부 따가운 지적이 없는 것은 아니다. 정부라고 언제나 완벽할 수는 없다. 특정분야를 정확히 거론하며 줄여야 할 부분을 제대로 줄이지 못하고 있다고 지적할 때는 그렇게 밀고 가지 못하는 현실이 안타깝게 여겨지기도 한다. 그러나 정말 황당한 주장들을 접하면 대꾸할 기력조차 잃어버린다.

언젠가 칼럼 하나를 읽었는데, 핀란드는 정부재정과 인력을 줄이는 신자유주의 정책을 통해 세계 최고의 경쟁력 있는 국가가 되었다고 하면서 이와 반대로 가고 있는 참여정부는 도대체 뭐냐고 비판하는 내용이었다. 그야말로 황당하기 짝이 없었다. 노동인구의 대부분이 국가가 제공하는 평생교육체계 또는 직업훈련체계에 들어가 있고 정부 재정이 GDP의 50% 이상인 국가를 우리와 비교하다니? 우리 노동자의 직업훈련체계 편입은 2005년 현재 후하게 계산해도 전체 근로자의 30% 정도에 불과하다. 그것도 정규직 중심으로 기업 단위에서 이루어지는 것이다. 또 GDP 대비 재정 비율은 2005년 기준으로 29% 정도다. 몸무게 100kg이 넘는 비만증 환자가 다이어트 한다고 영양이 부족한 40kg짜리한테도 다이어트를 하라는 것과 똑같은 소리다.

작고도 큰 정부, 크고도 작은 정부

정부의 크기에 대해 우리는 통상 세 가지를 이야기한다. 첫째는 정부의 권한이다. 정부의 규제, 인허가권 등이 이에 포함된다. 둘째, 공무원의 수(數)다. 조직이 크고 공무원이 많으면 큰 정부, 그 수가 적으면 작은 정부라 한다. 그리고 셋째 정부의 재정이다.

어느 것 하나 쉽게 측정될 수 있는 변수는 아니다. 권한의 정도를 따져보기도 쉽지 않고, 공무원의 수는 나라마다 상황과 기준이 달라 측정이 쉽지 않다. 어떤 나라는 우편배달부가 공무원 신분이나 다른 나라에서는 민간인이다. 군인을 공무원으로 넣어 계산하는 나라도 있다. 재정도 마찬가지다. 정부투자기관 등을 넣느냐 넣지 않느냐고 논쟁이 벌어질 수도 있다.

그러나 대체적으로 봤을 때 정부 권한에 관한 한 우리는 큰 정부에서 작은 정부로 가고 있다. 박정희 대통령 시절을 생각해보자. 당시는 엄청나게 큰 정부를 운영하고 있었다. 정부가 시장을 좌지우지했음은 물론 머리길이, 치마길이, 도시락의 혼식 정도까지 관여했다. 지금은 그에 비하면 그야말로 미니 정부다. 기업에 대한 간섭이 없어진 것은 물론이고 금리나 환율 등이 시장 메커니즘에 의해 결정되고 있다. 일상생활에서 시민사회의 자율권이 신장된 것은 더 말할 필요도 없다.

공무원의 수가 늘어난 것은 사실이다. 참여정부에 들어 2006년 말까지 늘어난 공무원의 총수는 5만 994명. 그중에서 교사가 2만 2,536명, 경찰이 5,633명, 교도관 1,794명, 고용상담 등을 지원하기 위해 늘어난 노동부 공무원이 1,013명, 영세 자영업자의 소득파악과 새로 생겨난 종합부동산세 등을 담당하기 위해 늘어난 국세 공무원이 1,221명이다. 대부분 사회 서비스 분야에서 늘어났다고 할 수 있는데 이 점은 정부기능이 전환되면서 일어나는 당연한 현상이다. 이 점에 대해서는 다시 설명하기로 한다.

이렇게 서비스 부분에서 다소 늘어나기는 했으나 우리나라는 공무원 수가 다른 국가에 비해 여전히 적은 편이다. 작은 정부의 대표적 사례로 종종 거론되는 뉴질랜드는 공무원 수가 우리보다 총인구 대비 두 배 이상 많다. 우리나라 공무원 1명이 서비스해야 할 국민은 41명이지만 일본은 30명, 독일은 19명, 미국은 15명, 프랑스는 14명, 영국은 13명이다.

재정 부분에서도 GDP 대비 정부재정의 비율이 다소 늘어나고 있다. 또 향후 늘릴 계획이 있다. 공무원 수에서와 마찬가지로 정부가 담당해야 할 서비스 분야가 늘어나기 때문이다. 교육격차 해소에서부터 시작해서 치매노인의 보호에 이르기까지 과거 정부에서는 큰 신경을 쓰지 않던 문제가 국가의 새로운 의무 내지는 새로운 정책의제로 등장하고 있다. 그러나 현재로서는 우리의 GDP 대비 재정비율은 29%, OECD 30개 국가 중 끝에서 두세 번째로 낮은 수준이다. 일부 언론에서 작은 정부로 소개하기도 했던 덴마크는 정부재정이 2005년 기준으로 GDP 대비 50% 이상이다. 작은 정부를 지향한다는 일본이나 미국도 우리보다 약 10% 포인트 더 많이 쓰고 있는 것이다.

우리 국민은 어느 정도의 정부를 원할까? 정부의 권한에 대해서는 어떠한 입장일까? 모르긴 해도 되도록 작은 정부로 가야 한다는 생각 아닐까?

그러면 공교육 강화, 사회안전망과 직업안전망의 강화, 치안서비스 강화, 보건의료 서비스 강화, 보육 서비스 강화, 노인복지 강화 등 이러한 서비스에 대해서는 어떠한 입장을 취할까? 여러 조사의 결과로 는 이러한 부분에서 정부가 보다 적극적인 역할을 해줄 것을 요구하고 있다.

일반적인 조사만이 아니다. 언론을 통해서도 이 분야들에서의 서비스 강화 요구는 끊임없이 제기된다. 앞서 제1부에서 이야기한 바와 같이 가족해체를 언급하며 '언제까지 이러이러한 것을 가족의 부담으로 남겨둬야 되겠느냐'고 따갑게 지적하기도 하고, '선진국에서는 이러이러한 서비스를 담당하는 공무원이 얼마나 있다'는 식의 보도가 줄을 잇기도 한다.

결국 무슨 이야기인가? 우리 국민은, 그리고 언론과 전문가들도 권한은 작고 서비스는 큰, 작고도 큰 정부를 원하고 있다. 제3공화국에 서부터 유지되어온 권한은 크고 서비스가 작은 크고도 작은 정부의 반대유형을 원하는 것이다.

국민이 무조건 작은 정부만을 원한다고 믿는 것은 잘못된 생각이다. 국민이 원하는 것은 무조건 작은 정부가 아니라 '효율적으로 일 잘하는 정부'다. 서비스를 하지 않아도 좋다는 것이 아니라 서비스는 늘리되 공무원을 필요 이상으로 늘리거나 세금을 필요 이상으로 걷지 말라는 것이다. 말하자면 효율성의 개념에서 제기한다고 보는 것이 옳다. 이를 절대적인 숫자만의 논의로 가져가는 것은 옳지 못한 행위고, 전문가가 취할 행동은 더욱 아니다.

서비스 정부론

권한은 작고 서비스는 큰 정부를 원하는 국민의 요구는 정당하다. 실제로 우리는 조직, 인력, 재정 운영의 효율성을 확보하는 것을 전제로 그렇게 가야 한다.

잘 알려진 바와 같이 서비스 분야에서 우리의 형편은 매우 열악하다. 복지서비스 부분도 그렇다. OECD 국가들의 평균 복지지출 규모는 GDP의 21%인 데 반해 우리는 8%에 불과하다. 재정뿐만 아니라 공무원 수에서도 너무 열악하다. 우리나라에서 복지공무원 1명이 일할 때 일본은 2명이, 미국은 5명의 공무원이 일한다. 우리나라에서 제대로 된 서비스가 이루어질 리 없다. 소방관과 경찰관, 초등학교 교사도 마찬가지다. 우리는 소방관 1명이 불을 끌 때 일본에서는 2명이 불을 끄고, 우리 경찰관 1명이 도둑을 잡을 때 영국은 2명의 경찰관이 도둑을 쫓고 있다. 또 우리나라 초등학교 교사가 1인당 30명의 학생을 담당할 때 일본에서는 1인당 20명의 학생을 담당하고, 독일에서는 10명의 학생을 담당한다.

한때 우리에게는 정부가 시장에 대한 정보력이나 인적·물적 자원을 보다 효율적으로 동원할 수 있던 시절이 있었다. 외국서 달러를 빌려올만한 기업이 없어 정부가 차관이란 이름으로 이를 빌려 기업들에게 배분해주던 시절도 있었다. 정부가 시장과 시민사회 구석구석 깊숙이 개입하고, 각종 분쟁이나 갈등의 시작과 끝을 모두 관장하던 때였다.

이제 시대가 바뀌었다. 시장과 시민사회는 정부보다 더 강한 정보력을 지니고, 자원동원력에서도 정부를 앞서고 있다. 이제 정부는 그 기능을 바꿔야 한다. 우리 사회를 앞서서 끌고 가겠다는 생각은 이제 정리를 하는 대신, 앞서가는 시장과 시민사회를 보완하고 서비스하는 기능을 담당해야 한다. 경쟁에서 탈락한 사람들을 감싸 안으면서 '패자부활'의 기회를 만들어주어야 하고, '패자부활'조차도 어려운 사람들에게는 쉴 곳을 마련해주어야 한다. 양극화 등으로 인해 경쟁에 나가기도 전에 이미 패자가 되어버린 사람들에게도 '패자부활'의 희망을 잃지 않도록 해주어야 함은 물론이다. 정부가 이러한 역할을 할 때 우리 사회는 보다 통합될 것이고, 앞서가는 기업이나 개인은 더욱 앞서갈 수 있다.

이러한 관점에서 권한은 작고 서비스는 큰 정부를 원하는 우리 국민의 요구는 다시 한 번 옳다. 그 옳은 요구를 잘못된 숫자 놀음으로 함부로 훼손하고 왜곡하지 말라.

메시아 찾아 삼만 리: 인물 중심론 유감

메시아 신드롬

누구나 위인전을 읽는다. 특히 드라마틱한 삶을 살았던 인물들의 이야기를 읽으면 마치 삼국지나 무협지를 읽는 기분이다. 재미에 역사 지식까지 얻으니 얼마나 좋은가? 그래서 그런지 남의 집을 방문해 아이들 방을 들여다보면 위인전이 한 가득씩 있는 것을 본다.

그러나 위인전은 그 나름대로 문제가 있다. 한 사람을 위인으로 기술하기 위해 다른 많은 사람에게 음영을 드리우거나 그 역할을 가볍게 처리한다. 이순신 장군을 영웅으로 묘사하기 위해 원균은 더욱 나쁜 사람이 되어야 하고, 조정의 중신들도 대체로 역사의식이나 민족 의식이 결여된 사람들로 처리된다. 사실이 그렇다 하더라도 선과 악을 너무 분명히 함으로써 자칫 역사를 옳고 그름의 개념으로만 이해하게 할 수 있다. 또 시대상황이나 구조적 환경 등 인간 외적 요소들을 잘못 이해하게 할 수 있다.

그래서 위인전은 역사책을 먼저 본 후에 읽는 것이 좋다. 아니면 최소한 읽은 다음에라도 그 위인이 살았던 시대의 역사를 한 번 읽는 것이 좋다.

어쨌든 위인전을 많이 읽어서인가? 우리는 위인을 좋아하고, 찾고, 또 기다린다. 정치와 경제를 인물 중심으로 이야기하고, 그런 와중에 좋은 사람이 나타나 우리가 겪고 있는 문제를 일거에 해결해주기를 바라기도 한다. 일종의 메시아 신드롬이다.

역사에 있어, 또 한 시대에 있어 뛰어난 한 사람의 역할은 대단하다. 나폴레옹이나 칭기즈칸, 에디슨과 같은 사람들이 세상에 태어나지 않았더라면 세계의 역사가 바뀌지 않았을까? 그럼에도 불구하고 인물 중심의 정치토론 문화와 메시아 신드롬에 대해서는 걱정이 없지 않다. 자칫 기대했던 인물이 기대된 역할을 하지 못하는 경우 우리 정치에 대한 냉소가 더욱 심화될 수 있는데다 우리 사회에서 논의되어야 할 의제를 더욱 왜곡시킬 수 있기 때문이다.

메시아는 없다

이야기를 좀 더 쉽게 해보자. 대선이 있는 올해도 우리는 어김없이 인물을 중심으로 정치를 보고 있다. 누가 대통령이 되어야 하는가? 또 누가 될 것인가? 틀림없이 중요한 주제다. 대통령 선거가 치러지는 해에 이보다 더 중요한 이야기가 어디에 있겠는가?

그러나 걱정스러운 것은 이 과정에서 대통령을 뽑는 것만큼이나 중요한 이야기들이 뒤로 가고 있다는 점이다. 권위주의 체제 아래 대통령이 전권을 행사하던 시절이면 그런대로 이해할 수 있다. 대통령 이 모든 키를 쥐고 모든 것을 혼자서 결정하니, 대통령만 잘 뽑으면 만사형통이 될 수도 있다.

그러나 지금은 명백히 그런 때가 아니다. 민주주의 체제 아래 대통령의 힘은 한계가 있다. 법에 정해진 권한 이상을 행사할 수도 없는데다 동원할 수 있는 돈도 한계가 있다. 또 권한을 행사하는 데 있어서도 자기 마음대로 할 수 있는 환경이 아니다. 국회와 정당이 과거와 달리 독자적인 입장을 강화하고 있고, 언론과 시민사회 또한 목소리를 계속 높이고 있다. 개방체제가 되다 보니 국내정책 영역에도 외국 정부나 외국 기업의 목소리도 들려온다. 대통령 혼자 마음대로 하는 세상이 아니라는 말이다. 물론 어떤 경우에도 대통령은 이들과 비교해볼 때 가장 힘이 세고 영향력이 강하다. 그러나 더 이상 혼자서 모든 것을 결정하지도 않으며, 또 그렇게 할 수도 없다.

대통령 혼자 결정하는 것이 아니라 여러 주체들과 밀고 당기고 하다 보니 정책을 결정하는 과정도 몹시 길어진다. 과거 같으면 대통령의 말 한마디에 모든 것이 끝나니 결정의 속도가 대단히 빨랐으나, 이제는 웬만큼 중요한 결정이면 행정부 내에서만도 몇 달은 그냥 소요된다. 국회를 통과해야 하는 일이면 몇 달이 아니라 몇 년씩 끌기도 한다. 심지어 꼭 해야 할 일임에도 불구하고 국회나 정당들과 싸우기가 힘들어 그냥 포기하는 일도 다반사다.

상황이 이러니 아무리 정치적 리더십이 강한 대통령이라도 우리 사회가 당면한 문제들을 국민이 원하는 시기에, 원하는 방향으로 해결할 수가 없다. 더구나 정책이 구조적 복잡성을 띠면서 상황은 더욱 어려워졌다. 이 문제를 풀면 저 문제가 생기고, 저 문제를 풀면 다시 다른 문제가 생긴다. 누구도 메시아가 될 수 없다는 말이다.

그럼에도 불구하고 우리에게는 여전히 대통령에 대한 열망이 가득하다. 선거 과정에서는 물론 선거 후에도 많은 기대를 한다. 이러한 기대와 함께 전폭적인 지지를 보내기도 한다. 그러나 시간이 가면서 대통령은 필연적으로 그 정치적 한계를 드러내고, 국민의 기대는 무너지게 된다. 전통적 지지세력이 떨어져 나가면서 지지도는 곧 바닥으로 떨어진다.

지지도가 떨어진 대통령은 그 리더십을 잃고 국정은 혼란에 빠진다. 야당은 물론 여당까지 생존을 위해 대통령과 차별화를 시도한다. 나간다, 나가지 않는다 하며 밀고 당기다가 결국 탈당을 한다. 문민정부, 국민의 정부, 참여정부 등 몇 번에 걸쳐 같은 일이 반복되고 있다.

어느 행정학자는 조직 내에서 일어난 잘못을 두고 사람에게만 그 책임을 전가하는 것을 '귀인주의(歸人主義)'라 부른다. 예컨대 공직에서도 유독 사고가 잘 나는 자리가 있어서 그 자리만 가면 입건이 된다거나 징계를 받는다거나 하는 일이 생긴다면 그 자리에는 사고가 잘 날 수밖에 없는 구조적 환경이 있다는 것이다. 그런데 적지 않은 경우 우리는 그 구조를 개선하려는 노력은 뒤로 한 채 사람만 바꿔 앉힌다. 귀인주의의 폐해이다.

대통령에게만 잘못이 있는 것으로 결론 내리는 행위도 일종의 귀인주의라 부를 수 있다. 자동차를 모는 일에 비유하자면, 차량 자체에 문제가 있는데도 이는 간과한 채 운전기사만 나무라는 형국이다. 한 가지 재미있는 것은 이러한 판에 운전기사 후보들은 서로 자기가 하면 잘할 수 있다고 손을 들고 나서는 것이다. 차에 무슨 문제가 있느냐고 큰소리친다. 그러다 보니 국민들은 또 운전기사를 바꾸는 생각만 하게 된다. 운전기사를 바꾸면 결과가 크게 달라질까? 어느 정도 차이가 있을 수 있으나, 승객이 원하는 만큼의 안락함이나 스피드를 내는 데는 한계가 있다. 누구도 메시아가 되지 못한다는 말이다.

메시아는 있다

참여정부와 노무현 대통령이 무엇을 잘못했다거나 그 잘못이 대통령을 비롯해 정부를 운영하는 사람들에게 있는 것이 아니라 다른 곳에 있다는 점을 이야기하는 것은 아니다. 이 책을 통해 설명하듯이 참여정부는 그 어떤 정부보다도 많은 일을 했고 그 결과도 나쁘지 않다. 운전기사로 이야기하자면 그나마 가장 잘한 경우에 속한다. 운전만 한 것이 아니라 차량수리까지 해가면서 운전을 했다. 물론 잘못된 일도 적지 않을 것이고, 그에 대해 책임을 지는 것은 당연한 일이다.

이 자리에서의 이야기는 문제를 문제로 제기하자는 것이다. 그동안 정부를 운영하면서 집합적으로 느꼈던 부분을 나름대로 정리해두자는 뜻이다. 언론에서 흔히 이야기하는 '남의 탓'이나 책임회피와는 전혀 관계가 없다.

다시 본론으로 돌아가겠는데, 메시아론은 크게 세 가지 점에서 문제가 있다. 첫째, 앞서 이미 충분히 이야기한 바와 같이, 정치와 정치인에 대한 냉소를 키울 수 있다. 특정 정치인에 대해 과도한 기대를 하게 만들고, 또 쉽게 실망하게 만든다. 결과적으로 당해 정치인에 대해서는 물론 정치 일반에 대한 냉소를 심화시킨다.

국가를 운영하는 데 정치가 없을 수 없다. 정치가 제대로 발전하고 안정적으로 운영되지 않으면 국가 전체가 불안하게 된다. 이렇게 볼 때 과도한 정치적 냉소는 여러 측면에서 심각한 문제를 야기한다. 정치적 무관심을 증대시킴은 물론 좋은 인물들이 정치로 오지 못하게 하는 충원상의 장벽을 만든다. 국가발전과 사회발전에 좋을 일이 없다.

둘째, 메시아론은 우리 사회의 혁신과제에 대한 관심을 저하시킨다. 변화의 시기에 우리 사회는 수많은 혁신과제를 안고 있다. 누가 대통령이 되건 국민 모두가 힘을 합쳐 처리하지 않으면 안 되는 과제들이다. 그러나 메시아론은 우리 국민의 관심을 이들 혁신과제보다는 특정 인물 중심 쪽으로 몰고 간다.

최근 개헌을 둘러싸고 일어났던 일들은 인물 중심 정치토론 문화의 문제점을 잘 보여주었다. 좋은 운전기사를 찾는 것도 중요하지만 차를 제대로 고쳐놓는 것도 매우 중요함에도 불구하고 정치권과 언론에서는 국민의 관심을 운전기사를 찾는 쪽으로만 몰아갔다. 참여정부 입장에서는 그동안 열심히 운전을 한 후 차량에 어떠한 문제가 있는가를 정리하여 제시한 것인데, 심지어 운전기사를 하겠다고 나선 사람들에게서까지 올바른 대접을 받지 못했다.

개헌과 같이 큰 문제만이 아니다. 변화의 시기에 필요한 혁신과제들이 인물 중심의 토론문화 속에 제대로 주목받지 못하고 있다. 이 점은 고질적 병폐로 남아 있는 지역주의 정치문화와, 우리 언론과 전문가 그룹의 정책의제 설정기능이 낮다는 점과 어우러져 더 큰 문제가 되고 있다. 이러다가는 의미 없는 토목공사 한두 건이 대통령 선거의 주요이슈가 될 판이다.

셋째, 가장 중요한 문제로서 메시아론은 우리 사회를 바꾸는 데 있어 국민이 그 주체가 되어야 함을 간과한다. 앞서 지적한 두 가지 문제점과 연계되는 이야기이지만 혁신은 위에서부터 메시아에 의해 이루어지는 것이 아니다. 오늘날과 같은 지식정보사회, 개방사회에 있어 혁신의 주체는 당연히 개인·기업·학교 등 우리 사회를 이루고 있는 모든 주체다. 이들에 의해 창의적이고 능동적인 혁신이 지속적으로 이루어질 때 우리 사회가 바로 갈 수 있다. 지도자는 큰 비전을 던지면서 이들이 움직일 수 있는 기반을 만들고, 이들의 에너지가 흩어지지 않도록 하는 데 그 역할이 있다.

일종의 국민참여론이고 국민책임론이라 하겠는데 이는 오늘과 같이 개방된 지식정보사회, 민주사회에서 당연히 강조해야 할 가치다. 민주 국가에서의 국민은 메시아를 기다리고 찾아서는 안 된다. 스스로 메시아가 되어야 하고, 또 그것을 국민적 의무로 알아야 한다. 메시아를 찾다 다시 실망하고 하는 일은 '민주'가 아닌 '위민(爲民)'의 시대에서 하는 일이다. 지도자는 더 이상 '목자(牧者)'가 아니고, 국민은 더 이상 목자가 돌보는 양떼가 아니다. 국민이 메시아다.

이제는 의심할 때

잘못된 인식, 잘못된 처방

지금은 대학원에 다니는 우리 집 큰아이가 네 살 때쯤이었다. 맞벌이를 했기에 낮에는 파출부가 아이들을 돌봐주어야 했다. 그런데 파출부를 두기 시작한 뒤 한동안 아주 고약한 일이 하나 있었다. 매일 아침 파출부 아줌마가 현관에 들어서기만 하면 아이가 야단을 부리는 것이었다. 얼굴이 새파랗게 질려서 우는가 하면 파출부 아줌마를 문 밖으로 떠밀고 야단이었다.

처음에 우리 부부는 파출부 아줌마에게 문제가 있는 것으로 오해했다. 도대체 우리가 없는 사이에 아이에게 어떻게 하기에 아이가 저러는 걸까? 그러나 며칠 가지 않아 그 원인을 알게 되었다. 문제는 아이가 알고 있는 문제의 인과관계였다. 엄마와 같이 있고 싶은데 파출부 아줌마만 오면 엄마가 나가는 것이었다. 어떻게든 아줌마만 오지 않으면 엄마가 나가지 않겠구나. 아이는 자기 나름의 분석에 의해 최선을 다한 것이다.

이와 같이 원인과 결과를 잘못 이해하고 잘못된 처방을 하는 일이 우리 아이에게만 나타나는 일일까? 당연히 그렇지 않다. 어른 아이 할 것 없이 다 같이 경험하는 일이고, 기업과 정부도 이런 일을 수없이 저지른다. 우리 아이의 일이야 간단히 교정되었다. 파출부 아줌마를 문 앞에 대기시킨 후 엄마가 나가고 난 뒤 3~4분 뒤 들어가게 했다. 돌봐줄 사람이 없는 상태에서 아이는 울고불고 야단을 쳤지만 문제의 원인이 아줌마가 오는 데 있지 않다는 것을 금방 알아차렸다. 오히려 엄마가 없는 사이에 찾아와 자신을 돌봐주는 아줌마가 한없이 고맙게 여겨지게 된 것이다. 불과 3~4일 만에 아줌마는 아이에게 구세주가 되었다. 그러나 어른들의 잘못이나 조직화된 집단의 잘못은 이렇게 3~4일 만에 고쳐지지 않는다.

이어지는 낭패

17세기 중엽, 런던에서 페스트가 창궐했을 때 많은 영국사람들은 홉스가 쓴 불멸의 명저 『리바이어던』(*Leviathan*)을 소각했다. 『리바이어던』에서는 인간을 오로지 자기이익만을 추구하는 동물적 존재로 보았다. 이러한 인간은 '만인에 대한 만인의 투쟁' 상태를 빠져 나오기 위해 자신들의 모든 권리를 절대자에게 양도하고, 이 절대자는 이러한 계약에 의거하여 누구도 부정할 수 없는 절대권을 행사하는 것으로 보았다. 이러한 주장으로 홉스는 의회주의자와 왕정주의자, 교회 등 당시의 주요세력 모두에게 공격을 받았다. 의회주의자는 절대권을 인정하는 것이 마음에 들지 않았고, 왕정주의자는 사회계약을 받아들일 수 없었다. 교회는 인간을 동물적 존재로 인식하는 홉스의 견해를 무신론이라 공격했다.

이러한 상황에 페스트가 퍼지자 적지 않은 사람들이 홉스의 무신론이 재앙을 가져온 것이라 보기 시작했고 급기야 홉스의 책을 소각하기에 이르렀다. 의회주의자와 왕정주의자들은 알게 모르게 홉스의 책이 이렇게 소각되는 것을 즐겼다.

오늘날에도 이러한 사례는 무수히 발견된다. 오래전의 이야기지만 전세금은 1년 단위로 계약하는 제도에 의해 집주인이 해마다 세를 올릴 수 있는 것이 문제라고 본 어느 시민단체는 계약기간을 2년으로 할 것을 주장했다. 정부가 이를 수용하지 않자 데모까지 했다. 이후 정부가 할 수 없이 그 주장을 받아들여 계약기간을 2년으로 하자 이게 웬걸, 전세금은 다락같이 올라 서민들은 큰 고통을 당했다. 집주인이 2년치, 3년치를 한 몫에 올렸기 때문이었다. 전세금 문제가 계약기간에 있다고 본 안이한 발상이 서민을 더욱 궁지로 몰아넣은 것이다.

놀부는 흥부가 받은 복이 평소의 선행이 아닌 제비 다리 고치기에 있다고 보고 제비 다리를 부러뜨리고, IMF는 외환위기 시 우리 경제를 어떻게 보았는지 고금리 정책을 장기적으로 가져가게 할 것을 주장하여 우리를 당혹하게 했다. 어떤 의사는 특이 호흡기 질환자를 감기로 오인하여 사람을 죽게 만들고, 낙후지역 발전을 위해 대도시와 연결한 도로는 그나마 있는 지역사회의 돈을 대도시로 실어 나르며 낙후지역을 더욱 낙후하게 한다. 선후관계와 인과관계에 대한 잘못된 인식이 만들어내는 낭패는 끝이 없다.

불확실성의 시대

이 책도 나름대로의 확신에서 쓰는 것이지만 우리 주변에는 무엇인가에 대한 확신으로 가득 찬 사람들이 많다. 택시를 타면 택시기사들의 정책적 확신에 깜짝깜짝 놀랄 때가 있다. '이건 이래서 안 되고, 저건 저래서 안 돼요', '그건 그 사람이 잘못하는 겁니다. 나쁜 놈이지요'. 승객이 자신과 비슷한 견해를 가졌다는 생각을 하면 정치와 정책에 관한 생각들을 거침없이 쏟아놓는 경우가 많다.

택시기사뿐이겠는가? 앞서 책의 모두에서 소개한 어느 나이 든 신사분과 같이 확신에 찬 어조로 디즈레일리의 'Never Explain, Never Complain'을 들어 대통령의 참모를 꾸짖는가 하면, 또 어떤 이는 '내 무덤에 침을 뱉어라' 절에서 이야기한 것같이 '재벌을 눌러 투자하게 해'라고 확신에 찬 주문을 한다. 여기에 열망과 실망을 거듭하며 아직도 메시아를 기다리는 사람, FTA가 나라를 죽인다며 몸에 불을 붙이는 사람, 정부는 무조건 작아야 한다고 믿는 사람, 노조를 살려야 나라가 산다는 사람, 반대로 노조가 죽어야 나라가 산다는 사람 등, 수많은 사람이 나름대로의 확신을 가지고 오늘을 살고 있다.

확신은 좋은 것이다. 열심히 사는 계기도 되고 명분과 철학을 가진 인생을 살게 하는 길이 되기도 한다. 그러나 잘못된 확신은 우리를 매우 어렵게 한다. 그것이 양산되는 체제는 우리를 더욱 어렵게 한다. 개인적 차원이 아니라 사회 전체에 불필요한 갈등을 유발하기도 하고 우리 사회를 엉뚱한 방향으로 끌고 가기도 한다. 사회 전체의 담론 구조를 왜곡시키거나 우리 사회의 문제해결 능력을 떨어뜨리기도 한다. 이러한 관점에서 신문과 잡지 등을 통해 별 비판 없이 쏟아지고 있는 확신들과 잘못된 정보들이 적지 않게 걱정된다.

이제 우리가 가진 확신을 한번쯤 의심해보는 것이 좋다. 참된 믿음과 확신은 의문과 의심을 통해 얻어지는 법이기 때문이다. 오래된 확신일수록 의심해볼 필요가 있다. 또 '내 무덤에 침을 뱉어라'나 'Never Explain, Never Complain' 등과 같이 '멋있어' 보이는 것일수록 그렇다. 앞의 이야기 셋, 즉 '내 무덤에 침을 뱉어라'와 '메시아 찾아 삼만 리', 그리고 '큰 정부 작은 정부'는 이러한 관점에서 최소한 이것만이라도 다시 생각해보자는 차원에서 쓴 글이다.

흔히 말하는 바, 한국사람은 고집이 세고 사고에 개방성이 떨어진다고 한다. 종교적 관념이 강해서 웬만해서는 남의 이야기를 잘 듣지 않는다고 한다. 종교를 연구하는 어떤 이는 그래서 우리나라에서는 잘못된 하나님도 많고 잘못된 부처님도 많다고 한다. 있는 그대로의 하나님과 부처님을 믿는 것이 아니라 자신의 욕심이 만들어놓은 자기만의 하나님과 부처님을 믿는다는 것이다.

금융계와 정부에서 탁월한 능력을 과시했던 것으로 알려진 미국의 전직 재무장관(Secretary of Treasury) 로버트 루빈(Robert Rubin)은 최근 저서 *In An Uncertain World*(『불확실성의 시대』)에서 그 자신이 가진 확실한 철학이 하나 있다면 그것은 '어떤 것도 확실한 것은 없다(The only certainty in life is that nothing is ever certain)'는 것이라 말하고 있다. 그는 세상은 늘 새롭고 복잡하고 이해하기 힘든 곳으로, 케인즈(Keynes)나 프리드만(Friedman), 그 외의 유명한 경제학자 몇 명의 견해로는 설명될 수 없다는 생각을 했다고 한다. 따라서 언제나 개연성에 근거한 사고(probabilistic thinking)를 하기 위해 노력했다고 한다. 언제나 '내가 틀릴 수 있다'는 생각과 '틀렸다면 어떻게 하지?', '그 다음에는 무슨 일이 일어날까?'라는 걱정을 끊임없이 해나갔다는 것이다.

이 책도 나름대로의 확신에 의해 쓴 것이기에 이 점에 있어서는 크게 소리칠 형편이 못 된다. 그러나 최소한 세상 변하는 것을 따라가며 해본 생각 위에 의문과 의심이 더해진 결과라는 점은 말하고 싶다.

제4장 | 민주주의가 돈이 되는 이유

"영감! 아직도 돈 달라는 사람 있어?"

성역 없는 수사

2003년 7월 노무현 대통령은 특별기자회견을 열어 현직 대통령으로서는 처음으로 대선자금 공개를 제안했다. 16대 대선에서 사용한 정치자금의 내역을 소상히 밝히고 검증을 받자는 것이었다. 오래전부터 잘못된 정치자금 관행과 선거문화를 고치겠다는 약속을 해온 터에, 마침 여야 간에 대선자금 공방이 일자 그 공개를 제안한 것이었다. 당연히 현직대통령으로서는 처음 있는 일이었다.

이후 대선자금이 공개되고 검찰이 수사를 진행했다. 20여 명의 검사와 80여 명의 수사관이 9개월에 걸쳐 성역 없는 수사를 했다. 그 결과 대선 당시 여당 선대위원장을 지냈던 정대철 의원을 비롯한 정치인 13명이 구속되고, 대통령의 측근 인사들과 기업인들이 구속되었다. 야당에서도 선대본부장을 지냈던 김영일 의원을 비롯하여 박주천 의원, 최돈웅 의원 등 거물급 의원들이 구속되었다. 그 면면에 있어 세상을 깜짝 놀라게 할 정도였다.

수사가 진행되는 동안 대통령은 줄곧 공정하고도 성역 없는 수사를 강조했다. 검찰이 요청하면 필요에 따라 본인이 검찰에 나가 조사를 받을 수도 있다는 입장을 취했다. 대통령의 이러한 태도는 검찰을 비롯한 권력기관을 국민의 기관으로 돌려놓는다는 개혁의지와 맞물려 더욱 강한 메시지로 전달되었다. 즉 이후로도 잘못된 선거와 부정한 정치자금은 절대 발붙이지 못하도록 한다는 메시지였다. 이 사건을 기점으로 우리 사회에서 불법 정치자금과 정경유착의 고리는 사실상 끊어지게 되었다.

이어 2004년 3월에는 여야 간 상당한 대립을 보였던 정치자금법, 선거법, 정당법 등의 정치관계법 개정안이 국회를 통과했다. 개정된 법률들은 법인이나 단체의 정치후원금 기부를 폐지하고, 정치자금의 수입내역과 기부자 명단을 공개하도록 했다. 또 소액기부를 장려하는 한편 정치자금을 운용하는 구좌를 단일화시켜 운영상의 투명성을 높이도록 했다.

아울러 선거운동과 관련하여 금품이나 음식물을 제공받는 사람에 대해서는 50배의 과태료를 물게 했고, 선거공영제를 확대하여 후보자가 보다 합법적으로 선거를 치를 수 있는 기반을 강화했다.

사라진 3당 2락

대선자금 수사의 홍역을 치르고 난 뒤 새로운 제도 아래 실시된 2004년 4월의 17대 총선은 공명선거에 있어 가히 기록적인 모습을 보였다. 정부의 강력한 의지 아래 검찰과 경찰, 선거관리위원회는 강도 높은 단속을 실시했다. 경찰은 2003년 10월부터 선거사범 단속 특진제까지 실시했다. 그동안 강력범 검거 등만 인사고과에 반영하던 것을 선거사범의 경우도 반영하도록 했다. 경감까지 특별 승진할 수 있도록 했는데, 실제로 해를 넘기기도 전에 특별 승진하는 사례들이 나왔고, 이로 인해 '선파라치' 바람이 분다고 할 정도로 단속이 강화되었다.

단속에는 당연히 성역이 없었다. 여당과 야당이 따로 없었고, 후보자의 경중도 따지지 않았다. 선거 직전까지 대통령의 지근거리에서 일했던 대통령의 전 의전비서관도 금품제공으로 구속되어 결국 선거에 나가보지도 못한 채 정계진출의 꿈을 접어야 했다.

이러한 노력의 결과 적발된 선거법 위반 건수가 6,500건 가까이 되었고, 그중에서 돈과 관련된 것이 160건 가까이 되었다. 2000년 있었던 제16대 총선에 비해 두 배의 실적이었고, 사법처리도 제16대의 189명보다 훨씬 많은 419명에 달했다.

선거를 관리한 선거관리위원회는 물론 일반 국민과 언론, 심지어 선거에 참여했던 정치인들까지 모두 달라진 선거풍토를 실감했다. 어느 조사에서는 유권자들의 85%가 제17대 총선이 '깨끗했다'고 대답했다. 금품을 돌리고 음식물을 대접하던 풍토는 거의 사라졌고, 30억 원을 쓰면 당선되고 20억 원을 쓰면 떨어진다는 '3당 2락'은 지나간 일이 되었다.

이로부터 2년 반이 지난 2006년 11월 20일 영국의 ≪이코노미스트≫ (*The Economist*)지는 우리나라를 독일, 영국, 프랑스 등과 함께 선거 관련 민주주의가 가장 발전한 나라의 하나로 보도했다. 제17대 총선의 이러한 공명성이 반영된 결과였다.

회장님의 고백

제17대 총선이 끝난 후 주요 기업인과 자리를 함께하게 되었다. 주요 경제단체의 수장들과 일부 그룹의 회장들로 평소 잘 아는 분들이었다. 가볍게 한두 잔 술이 돌자 이것저것 민원사항을 이야기하기 시작했다. 쓴 소리도 꽤 있었다. '대통령이 좀 자주 불러주면 좋겠다', '재래시장도 가보고 그러시라고 해요', '미국하고 잘 지내야지' 등.

그러다가 어느 그룹 회장 한 분이 말씀을 꺼냈다. "정말 한 가지 크게 고마운 것이 있어. 지난번 선거 때 말이오. 돈 달라는 친구들이 없어. 사실 난 나대로 조금 준비했었거든. 달라면 어떡해? 흉내라도 내야 하는 것 아냐. 그런데 정말 없더라고. 전화 한 통화 없었어."

그러더니 마주보고 있던 다른 그룹의 회장을 보고 말했다. "어이 영감, 당신 돈 낸 거 있어? 없지? 거 봐, 없다고. 이거 하나는 정말 기가 막힌 거요. 대통령께 진짜 고맙다고 전해주세요. 누구는 법이 바뀌어 그렇다는데, 그거 바보 같은 소리요. 언제는 돈 내라는 법 있고 돈 먹어도 좋다는 법 있었어? 돈 내고 받고 하면 다 잡혀가게 되어 있었어, 무슨 소리야. 문제는 대통령과 정부의 의지요, 의지. 본인부터 죽어도 안 한다, 절대 안 먹는다, 그리고 먹는 놈은 이놈 저놈 할 것 없이 정말 다 집어넣는다 이러니까 되잖아요. 이거 우리 박수 한 번 칩시다."

실제로 그렇다. 언제는 돈 먹어도 좋다는 법 있었나? 문제는 정부의 의지였다.

정경유착의 값

참여정부는 이러한 선거자금의 문제뿐만 아니라 정경유착 일반에 관해서도 획기적인 변화를 가져왔다. 이 부분 역시 일반 국민과 언론, 정치권과 기업 등이 이의 없이 인정하는 사실이다. 최근에 있었던 '바다이야기' 사건과 같이 일부에서 참여정부와 관계가 있는 인사들을 모함하는 일이 벌어지지만, 지금까지 대통령 주변이나 주요 정무직의 그 누구도 대형 권력형 비리나 정경유착과 관련된 혐의를 받은 적이 없다.

정경유착의 값, 즉 이로 인해 초래되는 손실이 얼마인지를 계산할 수 있을까? 정확하게 이야기할 수는 없겠지만 간접비용까지 포함하면 엄청난 규모가 될 것이다. 우선 직접적으로 정치자금이나 뇌물을 주면 꼭 그 값만큼의 특혜를 받지는 않을 것이다. 최소한 몇십 배에서 몇백 배, 심지어는 몇만 배, 몇십만 배의 혜택을 받게 된다.

기업 쪽이 받은 특혜는 누가 손해를 봐도 그만큼 손해를 보게 되거나 기회를 잃게 된다. 공정한 절차를 거쳐 공정하게 처리되었더라면 다른 기업이 그만큼 혜택을 받았거나 기회를 얻었을 것이다. 설령 상대적으로 이익을 보거나 기회를 얻을 주체가 없다고 하더라도 일반 국민이나 심지어 미래의 국민이 손해를 볼 수 있다. 결국 특혜가 있는 만큼 시장은 교란되고 사회경제적 질서는 무너진다.

더욱 중요한 것은 정경유착이 기업의 경영혁신 노력이나 기술개발 노력을 감소시킨다는 것이다. 앞의 글들에서 충분히 이야기한 바와 같이 기업으로 하여금 새로운 상품을 만들고 새로운 시장을 개척하는

데 신경을 쓰게 하는 것이 아니라 정치권력에게서 특혜를 얻어내는 데 신경을 쓰게 만든다. 정치권력에 헌납할 돈을 마련하느라 기업회계는 불투명해지고 경영 또한 전문경영인이 아닌 '오너'가 주도하는 형태가 된다. 이것은 곧 기업을 글로벌 경쟁에서 살아남을 수 없는 상황으로 몰아넣는다.

이러한 점에서 볼 때 정경유착의 고리를 끊고 선거 과정을 투명하게 하는 것이야말로 가장 중요한 경제정책의 하나고 또 민생정책의 하나라 할 수 있다. 선거 과정이 맑아지고 정경유착의 고리가 끊어짐으로써 기업은 글로벌 경쟁에 더 전념할 수 있고, 오로지 경영혁신과 기술혁신으로 승부를 내겠다는 입장이 강화된다.

정경유착의 고리를 끊는 일이 쉽지 않다는 것은 다시 말할 필요가 없다. 금융실명제다 부패방지위원회다 하여 온갖 제도를 만들고, 또 법을 만들어도 없어지지 않고 살아남아 온 현상이다. 문민정부도 국민의 정부도 이를 완전히 깨뜨리지 못했다. 잘 기억하는 바와 같이 온 나라를 충격에 빠뜨렸던 '차떼기'는 몇십 년 전 일이 아니라 불과 5년 전의 일이다.

그렇다고 이를 없앨 방법이 없는 것은 아니었다. 선거 과정을 바로잡은 것과 마찬가지로 정경유착의 문제도 바로잡을 방법은 의외로 단순하다. 한 예로 권력기관을 손에서 놓기만 해도, 그래서 정치권력과 권력기관의 관계를 비교적 독립적으로 두거나 상호 견제하게만 해도 정경유착의 뿌리는 거의 없어지게 된다. 이 역시 문제는 방법이 아니라 의지다. 참여정부가 한 일은 의지를 바로 세우고 그것을 뜻한 바대로 집행한 것이었다.

민주주의의 힘

인도의 힘

유럽 주요국의 한국 주재 대사 한 분과 점심을 하다가 우연히 인도(印度) 이야기를 하게 되었다. 인도를 잘 아시는 분이라 자연스럽게 이야기가 그쪽으로 흘렀던 것 같다. 평소 인도가 잘될 것 같다는 생각을 한다고 했더니 왜 그렇게 생각하느냐고 물어왔다. 한국사람이 생각하는 인도를 한번 들어보았으면 좋겠다는 이야기였다. 할 수 없이 몇 마디 했다.

"다른 무엇보다도 사람이죠. 인도사람들은 수학과 IT 분야에 재주가 뛰어나고, 게다가 영어를 완벽하게 하잖습니까. 이 두 가지를 바탕으로 국내 산업을 키우는 것은 물론, 세계 전역에 뻗어나가서 글로벌 기업이나 국제기구에서 중요한 위치를 차지해가고 있습니다. 우리로서는 이 점이 참 부럽죠. 인도에 아직도 많은 내부 문제가 있는 것은 확실합니다. 교육받지 못한 인구가 너무 많고 카스트 공동체 문화로 의사결정이 느리고, 사회기반시설도 너무 취약한 상태에 있지요. 제조업 기반이 약한 것도 큰 약점이고요. 그러나 수학과 IT에 대한 전문지식과 영어를 바탕으로 나라 안팎에서 뛰는 사람들이 결국 이러저러한 한계를 보완할 겁니다. 마이크로소프트사 직원의 35%가, IBM 직원의 28%가 이미 인도사람입니다. 조만간 CEO도 나올 것이고, 이들이 글로벌 차원에서의 인도 네트워크를 형성하면서 인도를 이끌어가겠죠.”

대사도 같은 생각이라며 동의를 표시했다. 그리고는 재미있는 이야기를 하나 했다. “사람도 중요하지만 제도도 중요합니다. 나는 인도의 민주주의를 이야기하고 싶습니다. 민주국가라 중국 같은 나라에 비해 의사결정이 느릴 수는 있습니다. 그러나 그 반면에 비교적 안정적인 성장을 할 가능성이 큽니다. 정치로 인해 경제가 발목을 잡히는 일도 적을 것입니다. 많은 분들이 이 점을 놓치는 경우가 많은데, 나는 이 점이 매우 중요한 요소라고 생각합니다.”

그 대사분이 민주주의의 어떠한 속성을 두고 그렇게 이야기했는지는 모른다. 그러나 권위주의 체제 아래 경제성장을 이룬 한국 국민에게는 일단 생소한 이야기다. 제대로 된 민주주의를 했더라면 우리 경제가 결코 이만큼 성장할 수 없었으리라 보는 것이 우리 사회의 일반적 견해 아닌가? 밟고 누르고 통제하지 않으면 나라가 엉망이 되었을 것이라 보는 국민들이 오늘도 적지 않게 있지 않은가? 점심이 끝날 때까지 ‘박정희 · 전두환 독재체제가 아니었으면 한국 경제는 성장하지 못했을 것이라는 가설에 대해 어떻게 생각하느냐’고 묻고 싶은 충동이 일었다. 그러나 끝까지 묻지 않았다. 그의 진지함에 장난을 치는 것 같은 생각이 들어서였다.

‘과거에 어떠했더라면’ 식의 이야기는 하고 싶지 않다. 따질 근거도 별로 없다. 그저 과거의 독재체제와 권위주의 체제는 그 나름대로 공과가 있었다고 해두자. 그러나 이미 수차례 말했듯이 오늘과 같은 개방사회, 지식정보 사회에 더 이상 그러한 체제가 들어설 자리가 없음을 분명히 해두자. 민주주의는 이제 주권재민의 원칙을 실현한다거나 인권문제를 완화한다거나 하는 규범적 가치를 넘어 우리 경제와 우리 사회의 지속성장을 위한 필수조건이 되고 있다. 그 이유를 이번 절에서는 정보왜곡의 방지라는 점에서, 다음 절에서는 투명성 강화 및 부패 방지의 차원에서, 그다음 절에서는 사회자본의 확충과 공동체 정신의 회복이라는 관점에서 이야기해보았으면 한다.

정보 왜곡, 죽음에 이르는 병

오래전 어느 재벌그룹이 대형 장치산업에 뛰어들 때의 일이다. 기업 안팎에서 걱정이 많았다. 임원들조차 사업의 타당성에 대해서 걱정들을 태산같이 했다. 그래서 공개적으로는 아니지만 지인들을 만나면 그 사업에 돈이 얼마나 들어갈 것이며, 그 돈을 조달할 방법이 없다는 이야기를 했다. 기술 축적도 힘들고 세계적 기업들을 상대로 살아남아야 하는데 가능성이 별로 없다는 것이었다.

이야기를 듣는 사람들은 한결같이 '회사 내 여론이 그렇다면 안 하면 될 것 아니냐'며 반문을 했다. 그러나 돌아오는 대답은 기가 막힌 것이었다. 회장이 강하게 집착하고 있는 사업이라 아무도 진실을 이야기하지 못한다는 것이었다.

사실 따지고 보면 진실을 이야기할 이유도 별로 없다. 회장이 황제보다 더한 권력을 가진 터에 괜히 세게 반대하다가 목이 달아나면 자기만 손해다. 그러려니 하고 적당히 찬성해놓으면, 사업이 성공하는 경우 공신이 되고 잘못되어봐야 일차적 책임은 회장에게 있으니 자신에게 큰 화가 돌아오지 않는다. 개인 차원에서는 반대보다는 찬성에 더 큰 인센티브가 있다.

이런 회사의 경우 회장의 기호나 취미를 고려해서 스스로 '알아서 기는' 경우도 허다하다. 예컨대 회장이 자동차광인 것을 알고 있는 그룹에서는 자동차 산업에 진입해야 한다는 주장이 끊이지 않는다. 그룹의 규모로 보아 자동차 사업 진출이 불가능하다는 것을 알면서도 회장 앞에 선 임원들은 언제나 '회장님께서 자동차를 만드시면 세계 최고의 자동차가 될 겁니다'를 반복한다(김병준, 31). '오너' 중심의 권위적인 기업에서 '오너'의 취미가 사업 아이템으로 결정되고, 그래서 결국 곤욕을 치르는 일이 발생하곤 하는 게 다 이런 이유에서다.

외국의 경우 앞서가는 기업은 이러한 정보왜곡을 막기 위해 끊임없이 노력한다. 누구나 자유롭게 의견이나 정보를 교환할 수 있는 메커니즘을 만들기 위해 다양한 형태의 노력을 한다. 대형 기업의 경우 정보왜곡을 초래할 만한 '실세 오너'는 찾아보기 힘들지만, 설령 있다고 해도 경영의 일선에 나서지 않는다. 경영을 몰라서가 아니라 자신이 최고 의사결정권자의 위치에 있게 될 경우 초래될 정보왜곡 현상 등을 우려해서다.

정부 내에서의 정보왜곡

정보가 왜곡되어 합리적인 판단을 하지 못하는 현상은 모든 권위주의 체제에서 어김없이 일어난다. 국가 또는 정부라 해서 예외가 되지 않는다. 인구 몇백만의 작은 국가 정도라면 모를까 그 규모가 우리 정도 되면 피하고 싶어도 피할 길이 없다. 박정희 대통령 시절에 있었다는 에피소드 하나는 정보왜곡이 어느 정도까지 갈 수 있는지를 짐작하게 해준다.

박정희 대통령 시절, 한번은 쌀 증산을 크게 독려한 적이 있었다. 원래 큰 관심사였지만 그해따라 더욱 강하게 독려한 것이다. 정부 차원에서 생산량 목표를 세우고 이를 각 시군별로 할당하고…… 하여간 열심히 챙겼다. 수확기가 다가오자 다시 시군별로 예상 생산량을 예측해서 보고하게 했다. 집계 결과 대풍년이었다. 쌀이 남아돌게 된 것이다. 이번에는 남아도는 쌀을 어떻게 하나 걱정이 되었고, 그때까지 금지하고 있던 쌀막걸리와 쌀과자 등을 만들어 먹게 했다. 잘 마시고 잘 먹는 것까지는 좋았는데, 나중에는 다시 쌀이 부족하게 되어 수입을 하느니 마느니 말썽이 생겼다.

왜 이런 일이 발생했을까? 간단하다. 권위주의 정부 아래 시장 군수들이 쌀 생산량을 있는 그대로 보고하기보다는 연초에 할당된 목표량에 근접하거나 상회하는 수준으로 보고했기 때문이었다. 목표량 경쟁과 그로 인한 심리적 압박이 정보왜곡을 만들어낸 것이다.

이런 식으로 국가정책 결정에 필요한 중요한 정보가 수없이 왜곡되었다. 대한민국의 예비군은 비상소집이 떨어지면 30분 내에 완전히 집합해서 방어태세를 갖추는 막강 전력이고, 부정부패는 정권 운영에 필요한 부분 이외에는 거의 다 사라졌고, 국민 대부분이 대통령을 칭송하고 있으며, 대학생이나 노동자의 반독재투쟁은 겁 한번 주면 그냥 내려앉을 수준이고……. 권위주의 정부는 스스로 넘어질 수밖에 없는 내재적 모순을 안고 있었던 것인지 모른다.

왜곡의 구도를 넘어

그동안 우리 사회에서, 또 정부 내에서 얼마나 많은 정보왜곡이 있었을까? 그러한 왜곡으로 인해 얼마나 많은 국민적 고통과 재정적 손실이 초래되었을까? 대통령의 관심사란 말 한마디에 타당성이 없다고 평가되었던 사업이 갑자기 타당성 있는 사업으로 변하고, 그로 인해 조 단위의 국가재정이 날아간 적은 없었는지? 대한민국 국민이 다 알고 있던 대형 비리사건의 전조를 대통령만 모르고 있었던 적은 없었는지?

제16대 대통령직 인수위원회 시절, 정무분과 간사로 있으면서 대통령에 보고된 정보가 얼마나 진실했는가를 알아본 적이 있다. 정권 말기를 괴롭혔던 부정사건의 전말에 대해, 또 그 전조에 대해 얼마나 제대로 보고가 되었을까? '정권실세'라고 불렸던 사람들에 대해서는 또 어떠했을까? 또 외환위기의 징후나 경제상황에 대해서는 어떻게 보고되었을까?

일일이 다 기록할 수는 없었지만 전두환 정부 이후에도 적지 않은 왜곡현상이 있었음을 확인했다. 대통령의 심기를 생각해서, 또 '실세'나 '실세 그룹'들이 두려워서 등 이유도 다양했다. 올라가며 줄이고 보태고, 내려오며 또 줄이고 보태고, 왜곡의 형태도 다양했다. 무슨 이유에서인지는 모르겠지만 때론 언론도 사건이 터지고 난 이후에나

야단이었지 사건이 있기 전에는 조용하긴 마찬가지였다.

왜곡의 형태가 다양한 만큼 이를 시정하는 방법 또한 다양할 수 있다. 그러나 가장 중요한 것은 권위주의를 타파하는 일이고 민주주의를 바로 세우는 일이다. 부모가 권위적이면 자식이 부모에게 진실을 이야기하지 않는다. 그래서 지나치게 엄격한 집안에는 비밀이 많은 법이다. 문제를 알아야 문제를 해결할 수 있는데 문제 자체를 숨기니 해결 능력이 있음에도 불구하고 문제가 터질 때까지 가게 되는 일이 발생한다.

참여정부는 정보왜곡의 방지와 합리적 의사결정의 기반을 강화하기 위해 많은 노력을 했다. 모두가 민주주의를 강화하는 선상에서 이루어진 일이다. 우선 대통령 스스로 우리 사회의 다양한 목소리를 약화시킬 수 있는 권력적 수단들을 내려놓았다. 국정원과 검찰 등을 비롯한 권력기구들을 이야기함인데 이 부분은 다음 꼭지에서 다시 이야기하기로 한다.

둘째, 정부를 향해 가장 쓴 소리를 할 수 있는 언론과의 관계를 건강한 긴장관계로 가져갔다. 예컨대 언관유착(言官癒着) 현상을 해소함으로써 언론과 정부가 서로의 필요성에 의해 거래와 담합을 하는 것을 막았다. 정부로서는 몹시 불편하고 힘든 일이었지만 민주주의를 제 궤도에 올리기 위해서였다. 언론이 어떤 입장을 취하느냐에 관계없이 일단 정부 내의 정보왜곡 현상을 줄일 수 있는 조치였음은 물론이다.

언론뿐만 아니라 정당, 시민사회 단체, 기업 등이 제 목소리를 낼 수 있는 메커니즘을 구축했다. 때로는 지나치다고 할 수 있을 정도로 당(黨)이 독자적인 목소리를 낼 수 있는 환경이 조성되어 있고, 시민사회단체와 기업 등도 정부를 어려워하지 않는 상태에서 제 목소리를 낼 수 있게 되었다. 이들은 국민경제자문회의와 각종 국정과제회의 등 대통령주재 회의에 적극적으로 참여하여 제 목소리를 내고 있다. 이들이 참석하는 회의는 결정을 내려놓은 상태에서 하는 형식적인 회의가 아니라 실제 중요한 결정행위를 하는 회의다. 회의 참석 이전의 의제설정 과정이나 토론과제 설정에도 실질적 의견 조율을 하는 것은 물론이다.

민주주의를 심화시키는 실질적 조치로 의사결정의 민주적 합리성과 투명성을 크게 높였다. 참여정부에서 주요 의사결정은 절대로 대통령의 독단에 의해 이루어지지 않는다. '회의 없는 결정은 없다'고 할 정도로 모든 것이 회의에 의해 이루어진다. 회의에서의 발언은 모두 기록되며 이를 통해 참석자들은 후일 역사 앞에 책임을 져야 한다. 주제를 벗어나지 않는 한 참석자들은 누구나 자유롭게 의견개진을 한다. 대통령 앞에서도 참석자 간 설전이 일어난다. 전혀 이상한 일이 아니다.

대통령 주재 회의가 아닌 낮은 단위의 회의 역시 마찬가지다. 참석자들의 견해가 기록되고 회의록이 작성된다. 그리고 최고 결정권자인 대통령에 보고될 때는 이 회의록을 비롯한 기록들이 반드시 첨부되며 그 상태 그대로 기록관리 체계에 의해 보관된다.

FTA의 협상이 끝나고 난 뒤 있었던 정부워크숍에서 대통령이 해양수산부장관의 설명에 까다로운 질문을 한 후, 해수부에서 하는 설명 방법이 다소 달라졌으면 좋겠다는 이야기를 한 적이 있다. 이에 일부 언론은 해수부장관이 '혼이 났다'는 식의 보도를 했다. 우리 사회가 여전히 자유롭게 의견을 교환하기 힘든 상태라는 것을 보여주는 좋은 예다.

대통령은 대통령으로서 문제제기를 할 수 있다. 장관은 장관대로 부처의 입장을 이야기할 수 있다. 이러한 토론을 통해 보다 설명력 있는 자료를 만들어가는 것이다. 그런데 이 하나를 두고도 마치 있어서는 안 될 일인 것처럼, 장관이 마치 큰 망신을 당한 것처럼 이야기하면 자유로운 토론은 불가능해진다. 대통령도 장관들이 한 일에 대해 아예 입을 닫을 수밖에 없다. 실질적 민주주의는 그렇게 해서 얻어지지 않는다. 정보왜곡을 막을 수 없음은 물론이다.

제 목소리를 낼 수 있는 사회는 다소 소란스럽다. 대통령이나 정부에 대해 과도하고 비합리적인 비판을 하기도 한다. 그러나 이는 그만큼 건강하다는 증거이기도 하다. 일정 기간이 지나면 모두들 지금보다 훨씬 성숙된 자세를 보일 것이다. 크게 걱정할 일은 아니다.

탈脫권력, 탈脫부패

절대권력과 부패

권위주의는 필연적으로 부패를 몰고 온다. 그 이유는 크게 두 가지다. 우선 체제관리 비용이 필요하다. 권위주의 정권, 특히 정통성이 결여된 권위주의 정부는 그에 대한 저항을 관리하기 위해 막대한 정치자금을 필요로 한다. 경찰과 검찰 등 억압적 수단만으로는 그 체제를 유지할 수 없기 때문이다. 언론과 정치권 등을 '관리'해야 하고, 원하는 선거결과를 얻기 위해서도 적지 않은 자금을 뿌려야 한다. 이러한 자금은 비리와 부패로 조성될 수밖에 없다.

둘째, 권위주의 그 자체의 내재적 특성이다. 부패는 그 사회의 문화와 제도 등 다양한 요소가 결합해서 나타난다. 따라서 그 원인을 정확하게 이야기하기가 힘들다. 그러나 강한 힘을 행사하는 곳에 부패의 위험이 있다는 데 이의를 제기하는 사람은 없다.

흔히 강력한 리더십이 강력한 의지로 부패를 단속하면 부패가 근절될 것으로 아는데 이는 옳은 생각이 아니다. 조직이 작아 통솔의 범위(span of control)가 좁으면 몰라도 통솔의 범위가 넓은 곳에서는 전혀 반대의 현상이 생겨난다. '권력은 부패하기 쉽고, 절대적인 권력은 절대적으로 부패한다(Power tends to corrupt, and absolute power corrupts absolutely)'는 액튼(Lord Acton) 경의 언명은 이 점과 관련하여 명확한 메시지를 준다. 강한 권력은 강한 만큼 부패하기 쉽고, 한번 부패하면 국민적 반대와 저항을 관리하기 위해 더 큰 비용을 조달해야 하고, 그래서 더 크게 부패하는 악순환을 낳는다.

권위주의 체제 아래에서의 부패는 최고결정권자와 그 주변인물, 그리고 정치권 등 핵심 지휘부를 구성하고 있는 사람들에 의해서만 자행되지 않는다. 부패는 이들의 지휘를 받는 관료조직 전체에 만연하는 경향을 보인다. 그 이유는 크게 두 가지다.

첫째, 시장과 시민사회에 대한 관료조직의 우월적 지위 때문이다. 관료조직은 인·허가권 등을 바탕으로 시장과 시민사회를 규율하고, 이들이 필요로 하는 자원을 배분하는 권한을 갖는다. 그리고 이러한 권한은 어쩔 수 없이 일부분 자의적으로 행사된다. 아무리 구체적인 지침과 예규를 만든다 해도, 상부로부터의 감시의 눈길이 있다고 해도 관료들의 자의적인 해석을 완전히 막을 수는 없다. 당연히 부패가 따르기 마련이다. 권한이 크고 자의적으로 행사될 가능성이 클수록, 법과 제도가 지키기 힘든 내용을 담고 있을수록, 권한행사와 행정의 투명성이 낮으면 낮을수록 부패의 가능성은 그만큼 더 커진다.

둘째, 부패의 하향적 확산효과 때문이다. 권력 핵심부에서 행한 하나의 부패는 관료조직을 따라 내려가면서 그 수가 눈덩이처럼 불어난다. 예컨대 어느 관료기구의 장이 아래 기관이나 참모들에게 불합리한 지시를 하면 그 아래에 있는 사람들은 그것이 기관장의 의지라기보다는 그 윗선, 즉 권력의 핵심부에서 오는 것으로 해석하고 두말없이 다시 아래로 지시한다. 이 과정에서 기관의 장이나 그 아래의 간부, 또는 다시 그 아래의 간부도 스스럼없이 최고위층의 문제뿐 아니라 자신의 문제까지 같이 처리한다. 말하자면 '끼워 넣기'를 한다. 위에서 오는 것이 하나라면 자기 것을 두 개, 세 개 아니면 열 개 끼워서 처리를 한다. 결국 권력 핵심부에서 행한 하나의 부패가 아래로 내려가면서 열 개, 백 개, 천 개의 부패가 되어 정부 전체를 오염시킨다.

이렇게 부패에 한번 발을 담근 사람은 스스로의 약점 때문에 위에서 오는 압력이나 정보기관과 언론 등에 의한 청탁에 쉽게 노출된다. 서로들 밀고 당기고 하면서 빠져나오고 싶어도 쉽게 나올 수 없는 수렁으로 빨려 들어간다.

새로운 접근

과거의 권위주의 정부들은 부패 문제가 발생하면 예외 없이 '사정(司正)의 칼날'을 높이 들었다. 그러나 별 소용이 없었다. 온 나라를 벌집 쑤시듯 하고도 그 결과는 언제나 원점이었다. 그도 그럴 것이 때로는 '칼'을 든 자가 바로 부패의 핵심이었기 때문이다. 부정한 방법으로 수천억 원을 조성한 대통령과 그 주변세력이 '칼'을 들고 하급 공무원 몇 명 또는 몇십 명 두들겨 잡는 형국이었다,

사정 중심의 이러한 방법은 오히려 공무원들을 '복지부동'하게 함으로써 행정의 생산성과 경쟁력을 낮추는 부작용을 낳았다. 처벌을 두려워하는 공무원들이 적극적인 행정행위를 하지 않기 때문이다. 결국

'칼'을 높이 들면 들수록 행정의 경쟁력은 더욱 떨어지는 묘한 현상이 일어나게 되었다.

참여정부는 부패에 관한 한 이렇게 소란스러운 방법을 택하지 않았다. '칼'을 높이 들기보다는 부패의 근원이 되는 권위주의와 그 지지기반에 대해 메스를 가하는 접근을 했다. 꼭 부패척결을 위해 의도적으로 접근했다기보다는 민주적 질서를 공고히 하는 과정에서 자연스럽게 이루어졌다.

물론 보다 직접적인 접근이 없었던 것은 아니다. 어느 정부 아래에서보다도 의미 있는 시도가 많았다. 시민사회단체와 함께 사회투명성 제고를 위한 사회협약(투명사회협약, 2005년 3월)을 체결하기도 했고, 부패방지위원회를 국가청렴위원회로 개편하여 그 기능을 강화하기도 했다. 또 대통령이 직접 주재하는 반부패관계기관회의를 설치하여 반부패 정책을 가다듬어왔다. 기업과 정부의 회계투명성을 높이는 작업도 꾸준하고 강도 높게 추진하고 있다.

가장 핵심적인 것은 역시 권위주의 해체를 통해 정부가 지닌 불합리한 권한과 힘, 그 자체를 빼는 일이었다. 부패가 생길 수 있는 기반 자체를 없애버리는 일이다.

정권의 '총과 칼'

권위주의를 타파하는 데 있어 가장 큰 핵심은 권력기관을 국민의 기구로 전환하는 것이었다. 참여정부 이전의 국가정보원, 검찰, 국세청, 경찰, 감사원 등은 대통령의 '총과 칼'이었다. 옆구리에 차고 있으면 누구 하나 떨지 않는 사람이 없었다. 누가 나 자신과 내 회사에 대한 상세한 정보를 가지고 있다고 생각해보라. 그리고 조금이라도 잘못된 것이 있으면 이를 처벌하고 공개할 수 있는 수단을 가지고 있다고 생각해보라. 어느 누가 그러한 권력 앞에 당당히 서 있을 수 있겠는가?

더욱이 우리는 그동안 법이 정한 대로, 우리의 양심과 규범이 말하는 대로 살기가 쉽지 않은 세월을 지내왔다. 곳곳에 일을 하게 하는 것이 아니라 일을 하지 못하게 하는 법과 제도들이 자리 잡고 있었고, 잘못된 접대문화와 관행 등이 건재해왔다. 누구를 막론하고 검찰이나 경찰, 세무서에서 전화 한 통이라도 오면 가슴이 '쿵' 하고 떨어지는 기분을 느끼는 구조와 문화가 있었다. 누구 하나 그 '총과 칼'에서 자유로운 사람은 없었다.

여하튼 정부는 이러한 무기를 손에 쥐고 '통치'를 했다. 국민은 개인이 되었건 기업이 되었건 권력의 주인이 아니라 통치의 대상, 규제의 대상, 감독의 대상, 동원의 대상이었다. 문민정부와 국민의 정부에서는 많은 변화가 있었지만 이들 정부조차 어떠한 이유에서건 이들 권력기관만큼은 여전히 중요한 수단으로 손에 쥐고 있었다.

이들 기관을 수단으로 활용하면서 정부는 많은 것을 얻을 수 있었다. 함부로 비판하는 사람에 대한 정보도 얻을 수 있었고 이들을 적절히 통제할 수단도 얻었다. 불필요한 마찰과 갈등을 줄일 수 있었고 필요 시 강력한 중재권을 행사할 수도 있었다. 국가가 필요한 자원을 동원하는 데서도 매우 효율적인 수단이 되기도 했다.

그러나 이러한 체제가 초래하는 문제점은 이루 말할 수 없었다. 다들 기억하다시피 이는 권위주의 정부 시절에는 인권문제를 야기하는 가장 중요한 원인이었다. 또한 앞 절에서 설명한 바와 같이 우리 사회의 '억압적 요소'로 작용하면서 정부 내는 물론 사회 전반에 걸쳐 정보왜곡 현상을 심화시키는 가장 중요한 원인이 되기도 했고, 우리 사회의 발전에 필요한 창의성과 능동성을 신장시키는 데 장애요소가 되기도 했다.

그러나 가장 큰 문제는 권력형 비리의 온상이 되었다는 점이다. 문민정부나 국민의 정부에서 일어난 대형 비리사건들도 이 기관들이 제 기능을 했더라면 일어나지 않았을 사건이었다. 정보기관으로서 정확한 정보를 수집·분석하여 보고해야 할 곳에 보고를 하고, 사정기 관으로서 처리해야 할 일을 바르게 처리했으면 웬만한 일들은 사전에 모두 예방이 되거나 제어되었을 것이다. 그러나 실제 이 기관들은 오히려 더 큰 권력의 영향 속에 제 기능을 다하지 못한 것을 넘어, 다른 여러 정부기관에 압력을 넣어주는 역할까지 했으니 일이 잘못될 수밖에 없었다.

권력기구의 '탈권력화'

참여정부는 이러한 권력기구들을 국민의 기구로 돌려놓는 작업을 추진해왔다. 먼저, 가장 핵심적인 정보기관인 국가정보원(국정원)은 더 이상 과거와 같은 강력한 권력기구로서의 역할을 하지 않도록 그 기능을 조정했다. 정부가 출범하면서 바로 주례 대통령 독대보고를 폐지했는데, 국정원으로서 이것은 과히 충격적인 일이었다. 독대보고 는 대통령과 국정원 간 긴밀한 관계의 상징이자 국정원이 지닌 힘의 상징이었기 때문이다. 주요 기업인이나 장관들에게는 국정원장이 주례보고 때 갖고 들어가는 문건에 자신들과 관계된 내용이 포함되어 있는지에 대해 신경을 쓰지 않을 수 없는 상황이었다. 따라서 주례보고의 폐지 그 자체만으로도 국정원은 반쯤 '탈권력화'하게 되었다.

이어 정치정보의 수집이나 개인의 사생활 등에 관한 정보를 수집하지 못하게 했고, 그 대신 본연의 업무인 안보 업무에 보다 충실토록 했다. 또 각 부처 등 정책부서에서 필요한 정책정보 수집 및 분석 기능을 대폭 강화시켰고, 해외 산업정보 등에 관한 기능도 과거와 비교가 되지 않을 정도로 강화시켰다.

이러한 기능 전환으로 국가정보원은 더 이상 과거의 권력기관이 아닌 그야말로 전문정보기관으로 다시 태어났다. 장관들이나 기업들에 대한 개인적인 정보를 수집하고 보고하면서 가졌던 영향력은 크게 축소되는 대신 오히려 이들에게 유용한 정보를 제공해주는 서비스 기관의 역할을 하게 되었다.

권력기구의 또 다른 상징인 검찰도 탈권력화의 길을 걸었다. 우선 인사제도를 혁신함으로써 정치권을 포함한 권력집단과 검찰의 고리를 단절시켰다. 즉 검찰 인사에 외부 입김이 작용하지 못하도록 검찰인사위원회 기능을 강화시켰다. 종전에는 법무부장관이 고등검사장 중에서 위원장을 위촉했으나, 참여정부에 들어와서는 이를 외부인사로 위촉하게 했다. 최대 9명의 위원 중 외부 인사를 2인 두게 되어 있던 것을 3인을 두도록 했으며, 직위별 검사대표의 참여를 보장했다. 위원회의 법적 지위도 법무부장관의 자문기구에서 심의기구로 전환했다.

이어 각종 '게이트 사건' 등이 있을 때 정치적 외압의 고리로 여겨지던 '검사동일체의 원칙'을 수정했다. 이 원칙은 검찰을 '상명하복(上命下服)을 근간으로 하는 일체불가분의 유기적 통일체'로 만든 주된 요인으로서, 정치권 영향을 받은 검찰 간부들이 수사검사에게 압력을 넣은 수단으로 공격받아왔다. 검찰은 2004년 1월 검찰청법 개정 시에 '검사동일체의 원칙'이라고 되어 있는 제7조의 제목을 '검찰사무에 관한 지휘·감독'으로 바꾸었다. 아울러 '검사는 구체적 사건과 관련되어 상급자의 지휘 감독의 적법성 또는 정당성 여부에 대하여 이견이 있는 때에는 이의를 제기할 수 있다'고 규정하여 수사검사의 이의제기권을 인정했다.

또 검찰 모니터링 제도, 시민 옴부즈맨 제도 등을 도입하여 시민사회의 참여와 감시도 강화했다. 권력에 의한 통제를 약화시키는 대신 시민사회에 의한 통제를 강화하자는 의도였다. 그러나 아직도 이 부분에 다소 문제가 있다는 지적이 많다. 검찰이 자율적인 기능을 강화한 반면 이에 대한 통제가 너무 약하다는 것이다. 또한 이로 인해 갖가지 불합리한 일이 일어난다는 지적이 일고 있다.

바로 이 점 때문에 정부는 고위공직자비리수사처 신설 법안을 국회에 제출해놓고 있다. 시민사회와 함께 공공조직 내부에서도 상호 견제할 수 있는 체제가 마련되어야 한다는 취지에서다. 2007년 4월 현재 국회에서 그 처리가 지체되고 있는데, 이 법안이 국회를 통과하면 권력기구의 탈권력화는 한층 더 탄력을 받을 것이다.

국정원, 검찰 등과 같은 권력기구를 탈권력화하거나 자율적으로 운영하게 함으로써 오랫동안 우리 사회의 특징이었던 권위주의는 완전히 해체되었다. 문민정부와 국민의 정부에서도 대통령의 '총과 칼'의 역할을 해온 기관들을 이제 손에서 내려놓았다.

권위주의의 해체와 함께 우리 사회의 부패 정도를 말하는 각종 지수도 개선되고 있다. 국가청렴위원회가 실시하는 공공기관 청렴도 지수의 경우 2003년에는 7.71이었으나 2006년에는 8.87로 올라섰다. 같은 기간 금품·향응 제공률도 3.5%에서 0.7%로 줄었다.

국제투명성기구(Transparency International)에서 발표한 국가투명성 순위도 2002년에는 상위 39%였으나 2005년에는 상위 25%로 올라섰다. 국제투명성기구가 밝힌 것처럼 개선도가 뚜렷해서, 개선도 향상에 있어 평가 대상 국가 중 세 번째로 잘한 나라가 되었다.

자율과 분권의 신바람

신바람과 치맛바람

"봉사라고 하기는 하는데 그렇게 재미있지는 않네요." 자원봉사자 모임에 강연을 갔다가 들은 어느 주부의 이야기다. 아이들 다니는 학교에서 자원봉사를 하고 있는데, 아무래도 내 일 같지가 않다고 했다. 가서 시키는 일만 하고 오니 꼭 무슨 파출부 간 것 같은 생각도 드는데, 아이가 다니는 학교이니 하긴 하지만, 그게 아니면 할 생각이 없다고도 했다.

임파워먼트(empowerment), 즉 권한부여의 문제다. 권한이 주어져 있지 않고, 따라서 학교가 내 학교라는 생각이 들지 않으니 일에 신명이 날 수 없다. 만일 교장선생님께 이 문제를 이야기하면 어떻게 될까? 예컨대, '이분들을 학교 운영에 좀 더 적극적으로 참여시킵시다. 너나 할 것 없이 주인이라는 생각이 들어야 봉사도 제대로 할 것 아닙니까?' 라고 물으면 교장선생님이 어떻게 대답할까?

교장선생님 또한 이렇게 이야기하지 않을까? '교장조차 큰 권한이 주어진 것도 아닌데 무슨 결정을 같이할 일이 있느냐? 권한이 없다

보니 학교 운영위원회조차도 신바람이 나지 않는 판에, 무슨 자원봉사자나 지역사회 지도자들에게 신바람 나게 해줄 일이 있겠나?'

권한이 부여되지 않는 일에 신바람이 날 리 없다. 종교적 신념을 가졌거나, 개인적으로 특수한 사정이 있는 경우가 아니면 신바람이 나지 않는다. 일은 쉽게 노동이 되고, 공동체의 이익보다는 개인의 이익을 앞세우게 된다. 학교의 경우, 봉사조차도 학교공동체를 위한 '신바람'이 아니라 자식을 위해 할 수 없이 하는 '치맛바람'이 된다.

우리 주변을 살펴보면 이와 유사한 일, 즉 공동체 정신은 죽고 대신 개인의 이익을 끝없이 추구하는 행위들을 적지 않게 볼 수 있다. 한 가지 사례를 더 보기로 하자.

오래전에 서울시 어느 구청장에게 들은 이야기다. 큰 아파트 단지 내에 공원이 하나 있는데 그 관리를 구청에서 도와주고 있다고 했다. "그 공원이 민간 소유 공원입니까?" 내가 물었다. "그렇지요. 민간 소유입니다." "그럼 관리사무소에서 관리해야 하는 것 아닙니까?" 내 물음에 구청장이 대답했다. "예, 그렇습니다. 그런데 임명제 시절부터 구청에서 해주던 것이 관례가 되어서 그냥 그대로 해주고 있습니다. 더 이상 못 해준다고 하다가 주민들에게 혼이 났습니다. 그네가 고장 나도 구청이 책임지라고 하고, 나무가 죽어도 구청보고 책임을 지라고 합니다. 죽을 지경입니다"(김병준, 39~42).

참으로 어이없는 일이다. 다른 나라를 적지 않게 다녀봤지만 시청이나 구청이 소유한 공원을 시민이 자원봉사로 관리하고 있다는 이야기를 수없이 들어봤을 뿐, 시민이 소유한 공원을 시청이나 구청에서 관리한다는 이야기는 들어본 적이 없다. 그만큼 우리는 뭔가 잘못되어 있다는 말이다.

흥미로운 것은 시민들의 이러한 태도가 일반 시민에게만 나타나는 것이 아니라 앞서가는 지도자 사이에서도 마치 당연한 것처럼 나타나고 있다는 사실이다. 에피소드를 하나 더 소개하기로 하자.

고건 전 총리가 민선 서울시장을 할 때 시정개혁위원으로 참여하면서 시정개혁에 관여한 적이 있다. 그 과정에서 119 소방대가 증원을 해달라는 요구를 해왔는데 이를 놓고 격론이 벌어졌다. "왜 늘려야 합니까?" "일이 많습니다. 이런저런 사고도 많고 주민들을 돕기 위해 출동해야 하는 일도 점점 많아지고 있습니다." "주민들을 돕기 위한 출동이 어떤 것입니까?" "열쇠를 잃어버려 아파트 문을 못 연다고 전화를 하는 경우가 굉장히 많습니다. 또 손가락을 다쳤다거나 부상을 당했을 때도 연락이 오고……." "무엇 때문에 아파트 문이 잠기거나 손가락을 다친 경우까지 출동해야 합니까? 동네 열쇠가게 전화번호를 알려주고, 동네 병원 전화번호를 알려주면 끝나는 일이지 그게 소방대가 처리할 문제입니까?" "그랬다간 이놈 저놈 하고 야단이 납니다. 안 해줄 수 없습니다."(김병준, 40)

열쇠를 잃어버린 아파트 문을 소방대가 열어주면 그 비용, 즉 출동에 필요한 인건비와 연료비, 차량 감가상각비 등은 누가 물게 되는가? 당연히 한 번도 잃어버리지 않고 열쇠를 잘 챙겨 다니는 시민들까지 그 부담을 나누게 된다. 따라서 이러한 서비스는 적절한 가격책정을 하기 전에는 제공하는 것 자체가 문제가 될 수 있다. 놀라운 것은 그 논쟁에 참여한 적지 않은 전문가와 시민단체 대표들이 지방정부가 이러한 서비스를 하는 게 당연하다는 입장을 취하는 점이다. 너 나

할 것 없이 개인이 할 일, 공동체가 할 일, 시장이 할 일, 정부가 할 일에 대한 생각이 매우 혼란스러운 상태에 있는 것이다. 후일담이지만 소방대는 결국 아파트 문 열어주는 서비스를 스스로 그만두었다. 수요가 너무 많아져 도저히 감당할 수 없었기 때문이다.

시민공동생산(co-production)과 프로슈밍(prosuming)

우리가 왜 이렇게 되었을까? 많은 이유가 있겠지만 가장 중요한 이유는 역시 중앙집권적 권위주의 체제 아래에서 모두가 올바른 시민이 되지 못했기 때문이다. 우리는 언제나 권력의 주체가 아닌 객체였다. 통치와 다스림의 대상이었고, 규제와 감독의 대상이었다. 스스로 권력의 주인이 되어본 적도, 우리 사회의 주인이 되어본 적도 없었다.

강력한 중앙집권이 이루어졌던 조선시대에도 지역사회는 그 나름대로의 정치적 역량을 지닐 수 있었다. 도덕적으로 잘못된 행위를 하는 경우에 주민들 스스로 이를 징벌할 권한을 가지고 있었고, 공동체 정신의 유지를 위해 서로를 구속할 수 있는 규약이 있었다. 품앗이와 두레의 전통이 있었고, '우리 마을', '우리 동네'의 관념이 있었다.

그러나 근대화 과정에서의 중앙집권은 전혀 다른 성격을 지니고 있었다. 지역사회 단위의 결정권은 전면적으로 부정되고 국가의 모든 인적·물적 자원이 획일적인 행정체계 아래 동원되었다. 지역사회의 주인이었던 주민은 국가의 부속품으로 흡수되었다, 그 과정에서 시민사회는 신바람의 근원이 되는 정치적 효능감(political efficacy)을 잃어버렸다(김병준, 43).

이제 우리는 이러한 상황을 바꿔야 한다. 제1부에서 이야기한 시민의 공동생산행위(co-production)와 프로슈밍의 정신을 살려야 한다. 성인 인구의 60% 가까이가 매주 3~4시간의 자원봉사를 하는 미국과 같은 나라를 부러워만 할 것이 아니라 우리도 그러한 수준의 활동이 일어날 수 있도록 우리의 문화와 제도를 바꿔야 한다. 국가 간의 조세경쟁이 치열해지고 양극화 등 재정지출 수요가 늘고 있는 상황에 자원봉사를 축으로 하는 시민공동생산과 프로슈밍의 문제는 옳고 그름의 문제를 넘어 우리 사회의 건강성과 생명력을 유지하는 필수적 조건이 되고 있다.

어떻게 할 것인가? 답은 오래전에 이미 나와 있다. 권위주의 타파와 분권과 자율의 체제를 바탕으로 시민 개개인을 통치의 대상이 아닌 권력의 주인으로 만들고, 이를 기반으로 국가와 지역사회에 '통치'가 아닌 '협치(協治, governance)'가 이루어지도록 해야 한다. 또 이러한 체제를 기반으로 중앙집권적 권위주의 체제 아래 파괴되고 없어진 공동체 정신을 살려내야 한다. 앞의 글들에서 권위주의의 문제는 충분히 이야기한 바, 이제는 이러한 시각에서 지방분권의 문제를 이야기해 보았으면 한다.

분권과 자율을 향하여

참여정부는 정부가 들어서면서 '분권과 자율'을 국정이념의 하나로 채택했다. 이어 정부혁신지방분권위원회를 설치하여 지방분권의 로드맵을 그리고, 이 로드맵을 바탕으로 분권과 자율의 시스템을 강력하게 추진해왔다. 앞서 이야기한 공동체 정신의 고양은 물론, 지방정부 간 경쟁에 의한 혁신체제의 강화, 민주주의의 심화 등 다양한 목적을 성취할 수 있다고 보았기 때문이다.

참여정부가 추진해온 지방분권 정책은 크게 세 가닥으로 설명할 수 있다. 우선 그 하나는 행정권한의 지방 이양이다. 쉽지 않은 일임은 다시 말할 필요가 없다. 중앙집권체제에 익숙하거나 아니면 이해관계 를 지닌 사람들을 설득하고, 법률을 하나하나 개정해야 되는 등 여러 가지 어려움이 있다. 이러한 어려움 속에서도 참여정부는 중앙정부의 행정권한을 지속적으로 이양해왔다. 물론 강력한 분권을 원하는 분권 론자들의 입장에서는 불만족스러운 부분이 있을 수 있다. 그러나 정부 로서는 할 수 있는 한 최대로 강하게 추진해왔다.

이 자리에서 다 설명할 수 없지만 교육감과 교육위원을 주민이 직접 선출하게 했고, 아직은 제주도에 한해 실시하고 있지만 자치경찰 제를 도입하여 제주특별자치도 지사의 지휘 감독을 받는 자치경찰이 교통단속, 공공행사경비, 환경·보건·위생 단속을 실시하고 있다. 현재 국회에 계류 중인 자치경찰법이 국회를 통과하면 전국의 모든 기초자치단체가 자치경찰을 운영하게 된다.

이 외에도 2007년 4월 현재, 아직은 4개의 광역자치단체와 15개의 기초자치단체에서 시범적으로 실시하는 상태이긴 하지만 총액인건비 제도를 도입하여 자치단체 공무원의 정원을 자치단체장이 결정할 수 있도록 했다. 예산편성지침을 폐지하여 지방자치단체의 재정 운영 권을 신장시켜주었고, 아직은 제주특별자치도에 한해서이기는 하지만 지방중소기업청 등 특별지방행정기관을 폐지하고 그 기능을 특별자치도에 편입시켜 특별지사가 수행하도록 했다. 지역 차원에서의 보다 종합화된 행정을 할 수 있도록 한 것이다.

둘째, 재정의 지방이양이다. 이 역시 한정된 재원을 국가와 지방이 나눠 쓰는 문제라 쉽지 않은 과제다. 그러나 참여정부에 들어 몇 가지의 과감한 조치로 지방재정은 재정총액의 면에서나 재정 운영상의 자율성 측면에서나 적지 않은 변화를 보였다. 정부가 출범하자마자 도로사업 등에 한정되어 사용하던 지방양여금(2004년 기준 4조 4,000억 규모)을 지방교부금과 균형발전특별회계, 그리고 국고보조금으로 개편하여 지방자치단체가 보다 넓은 목적으로 쓸 수 있도록 했고, 2007년 기준으로 3조 원대에 이르는 종합부동산세를 신설하여 전액 지방자치단체가 사용할 수 있도록 했다.

지방자치단체가 자율적으로 쓸 수 있는 재원으로 분권과 관련하여 중요한 의미를 지니는 지방교부세는 2003년 기준으로 내국세 총액의 15%였으나 2007년 현재 19.25%로 늘어났다. 또 이 중에서 때때로 중앙정부의 자의적인 집행이 있다고 지적을 받았던 특별교부세는 대통령의 특별지시로 교부세 총액의 1/11에 해당하던 것이 2007년 현재는 1/25에 그치고 있다. 이 부분은 중앙정부의 권한축소와 관련하여 변화된 액수 이상의 큰 상징적 의미가 있다.

셋째, 지방자치단체의 행정권과 재정을 강화시키는 한편 주민소송 제도와 주민투표제, 주민소환제를 도입하여 지방자치단체에 대한 주민통제를 대폭 강화했다. 권한과 재정은 키우고 중앙정부의 통제는 약화시키는 반면 주민들에 의한 통제를 강화함으로써 지방자치단체가 '자기책임성'의 논리 위에 자율적으로 성장할 수 있도록 한 것이다.

2006년 1월부터 실시되고 있는 주민소송제도는 지방자치단체의 위법한 재무회계에 대해 주민이 소송을 제기할 수 있도록 한 제도로 2006년 10월 현재 5건의 주민소송이 제기되는 등, 실시되자마자 주민들에 의해 적극적으로 활용되고 있다.

주민투표제도는 지방자치법에 근거를 두고도 오랫동안 시행되지 못했다. 시행을 위한 법률을 제정하지 못했기 때문이었다. 참여정부 들어 법률제정을 적극적으로 추진하여 2003년 12월 법률을 마련했다. 2005년 7월에 있었던 제주도의 행정구조 개편과 2005년 11월에 있었던 방폐장 주민투표 등, 이 역시 주민이 주도하는 지방행정을 위한 중요한 제도로 정착하고 있다.

주민소환제는 전문가와 정치권 등에서 격렬한 논쟁을 유발한 제도다. 시민단체와 학계에서는 도입을 적극 거론한 반면, 정치권 등에서는 신중론이 강하게 제기되었다. 격론 끝에 현재 제주특별자치도에 한해 실시되고 있으나 발의된 적은 아직 없다.

앞서도 이야기했지만 지방분권에 관한 한 참여정부는 욕심껏 가지 못한 부분이 있다. 자치경찰의 문제, 특별지방행정기관의 폐지 문제 등에 여전히 적극적인 자세를 견지하고 있으나, 국회의 벽을 넘어야 하고 중앙집권 체제에 익숙하거나 이해관계가 있는 사람들을 설득해야 하는 어려움이 있었다. 그러나 어찌되었건 역대 정부들과 비교해볼 때 이 분야에 있어서도 적지 않은 일을 했고, 이 일은 향후 있을 분권화 작업과 분권운동의 큰 기반이 될 것이다.

우리에게는 꿈이 있다. 국민 모두가 동네 놀이터의 주인이 되고, 학교의 주인이 되고, 지역사회의 주인이 되고, 나라의 주인이 되는 꿈이 있다. 그래서 모두 같이 놀이터와 학교, 지역사회와 나라를 가꾸게 되는 꿈이 있다. 시민공동생산과 공공부문에서의 프로슈밍이 신바람 나게 일어났으면, 그리고 그 위에 우리의 역량이 다시 더없이 커졌으면 하는 바람이 있다.

지방분권이 이를 보장한다는 법은 없다. 자치단체장의 비리 등, 잘못된 분권이 잘못된 결과를 낳는 것을 우리 눈으로 수없이 보아왔다. 그러나 이것은 주민통제 제도를 강화하고 주민의 통제역량을 높여 해결할 일이지, 자율과 분권이라는 역사적 흐름을 뒤로 돌릴 이유는 되지 못한다. 중앙집권적 권위주의 체제는 이미 그 한계를 노정하고 있는 상황이다. 앞의 글들에서 이야기한 권위주의의 타파와 이 글에서 이야기한 분권과 자율체제의 정착은 분명 공동체를 살리고 그 위에 신바람을 불게 할 수 있는 충분조건은 아니다. 그러나 그것은 일종의 필수조건이다. 그것 없이 너와 나의 신바람을, 또 우리의 신바람을 기대할 수 없다.

제5장 | 성장과 미래를 위한
슈퍼 하이웨이

한미 FTA, 또 하나의 도전

두려운 나라, 미국

미국은 언제나 두려운 나라다. 크고 강하고 적극적이다. 그래서 때론 부러운 나라다. 미국 유학 시절, 시카고에서 있었던 친구의 결혼식에 유일한 하객으로 참석한 후 델라웨어(Delaware)로 차를 몰았다. 15시간은 족히 걸리는 길. 여관비를 아끼느라 잠을 자지 않고 76번 고속도로에 올랐다. 오르자마자 대형 컨테이너를 실은 트럭들의 행렬이 눈에 들어왔다. 고속도로 양쪽을 꽉 메운 그 행렬은 그야말로 끝이 없었다. 울긋불긋 조명을 단 트럭, 잠을 쫓느라 경적을 울려대는 트럭. 몇천 대인지 아니면 몇만 대인지 짐작도 가지 않았다. 시속 60마일이 되는 속도로 몇 시간이고 이어지는 그 행렬, 그 물동량에 기가 질리고 말았다. '아! 미국이 이런 나라구나. 세상이 망해도 제일 나중에 망할 나라구나.'

온 국민이 세계의 표준어가 된 영어를 마음대로 구사하는 나라. 엄청난 인적·물적 자원을 가진 나라. 세계 최고의 기술을 가진 나라. 법과 제도를 포함해 가진 것마다, 하는 것마다 세계 표준이 되는 나라.

세계 최강의 무력을 지닌 나라. 그리고 가장 중요한 것으로, 도덕적 해이를 용서하지 않는 제도와 문화를 가진 나라. 그래서 사회 전체가 자기의 이익을 놓치지 않도록 디자인되어 있는 나라.

이런 나라와 FTA, 즉 자유무역협정(free trade agreement)을 한다? FTA라는 것이 뭔가? 서로의 상품과 서비스를 관세나 수입규제 같은 무역장벽 없이 서로 마음대로 사고팔도록 하자는 것이다. 상대가 미국이다. 두렵지 않을 수 없다. 그 고속도로를 달리던 컨테이너 실은 트럭들이 냅다 서울 한가운데로 달려올 것 같고, 월스트리트(Wall Street)의 젊은 변호사와 회계사들이 우리의 법률시장과 금융시장을 다 삼켜버릴 것 같다.

예상되는 피해

아닌 게 아니라 2007년 4월 타결된 내용에 따르면 농축산물, 의약품 등에 적지 않은 피해가 예상된다. 농축산물에서는 그나마 피해를 최소화되기는 했다. 쌀이 양허, 즉 개방 대상에서 제외되었고 쇠고기 등 축산물에 대해서도 10년 혹은 15년 이상의 이행 기간을 확보했다. 또 과일류도 계절관세를 적용하여 수확기에는 현행의 관세를 그대로 부과할 수 있게 했다. 그러나 양국의 가격구조를 볼 때 어떤 형태로건 개방이 확대되는 만큼 때가 되면 수입이 늘 수밖에 없고, 그에 따른 피해도 피할 수 없을 것으로 예상된다.

의약품에서도 피해가 애초의 예상보다는 줄어들 것으로 보인다. 미국 쪽이 집요하게 요구했던 신약의 최저가격 보장을 받아들이지 않은데다 2006년 12월부터 약제비 적정화 방안을 이미 시행하고 있기 때문이다. 그러나 의약품 지적재산권 분야에서는 일정 정도 피해가 발생할 것으로 예상된다. 그동안 국내 제약회사들은 신약의 특허기간이 끝난 약(제네릭)을 주로 만들어왔다. 특허기간이 만료되기 전에 식약청에 품목허가를 받아두었다가 특허기간이 끝나는 대로 제네릭을 시판했고, 일부의 경우지만 신약 특허에 문제가 있다고 판단되면 특허기간 만료 전에도 시판했다. 그러나 특허를 침해한 제네릭 의약품이 판매되지 않도록 조치한다는 '허가 - 특허 연계'제도를 받아들임으로써 이제 특허기간 만료 전 제네릭 의약품 허가나 시판이 한층 어렵게 되었다.

결국 미국이 당초 요구했던 30개월간의 제네릭 출시의 자동정지까지는 아니지만 일정 부분 제네릭 출시가 지연되는 영향이 있게 되었고 국내 제약회사와 소비자로서는 그만큼 피해를 입게 되는 것이다. 한미 FTA를 반대하는 일부 인사들은 명확한 근거를 제시하지 않은 채 앞서 설명한 '허가 - 특허 연계' 문제와 원개발자의 자료를 보호해주는 '자료독점조항'을 합쳐 매년 1조 원 이상의 피해가 날 것이라 주장하고 있다. 그러나 보건복지부는 연간 약 1,000억 원 정도의 피해가 발생할 것으로 본다. 1,000억 원이라 해도 적은 돈은 아니다.

이뿐만이 아니다. 다른 영역에서도 적지 않은 걱정이 있다. 미국 측은 애초부터 관세를 낮추는 것보다는 비관세 장벽을 낮추고, 우리의 법과 제도를 바꿔 자국 투자자의 이익을 보장하는 데 주력했다. 관세장벽을 낮추고 없애는 데 주력한 우리와는 상당한 차이가 있는 것인데, 양쪽 다 나름대로 합리적인 이유가 있었다고 판단된다.

아무튼 이렇게 해서 우리가 수용한 것이 의약품 관련 제도개선 이외에 자동차 세제 개편, 투자자-국가 소송제도(ISD) 등이다. 자동차 세제 개편은 배기량 2000cc 이상의 자동차에 대해 10% 부과하던 특소세를 5%로 단일화시키기로 했으며, 배기량에 따라 5단계로 나누던 자동차세를 3단계로 축소하기로 했다. 어느 정도가 될지 모르겠지만 일단 대형차량과 수입차량이 늘어날 가능성이 있는 상황이다.

또 투자자-국가 소송제도도 걱정을 하는 분들이 적지 않다. 이 제도는 개인이나 기업 등 투자자가 상대방 정부의 차별적 조치로 인해 이익을 침해당했을 때 상대 정부를 제소할 수 있는 제도다. 이 제도는 투자자의 이익을 보호하고, 이를 통해 더 많은 투자를 유인할 수 있다는 장점이 있는 반면, 자칫 잘못하면 정부의 정책행위를 제약할 수 있는 위험이 있다. 정부의 새로운 정책이 투자자의 이익을 해칠 수 있는 차별적 조치로 인식되는 경우 소송이 제기될 수 있고, 국가가 패소를 할 경우 이를 보상해주어야 하기 때문이다. 한미 FTA를 반대하는 쪽에서는 미국 기업이나 투자자들의 소송역량이 강한 반면 우리 기업들의 미국 정부에 대한 입지가 상대적으로 약하다는 점에서 문제를 제기해왔다. 미국 주정부들의 정책이 소송 대상에서 제외된다는 점도 중요한 지적 사항으로 되어 있다.

걱정에 대한 걱정

한미 FTA는 협상을 통해 이루어졌다. 그리고 모든 협상은 일방적인 승리나 패배로 끝나지 않는다. 받는 것이 있으면 주는 것이 있고,

얻는 것이 있으면 잃는 것도 있다. 우리나 미국 모두 보호해야 할 이익이 있고 키워야 할 산업이 있다. 당연히 내주어야 할 것은 내주어야 한다.

앞에서 말한 예상 피해와 걱정은 미국이 얻고 싶어 하는 부분들이다. 또 우리가 내주는 부분들이다. 그나마 다행인 것은 앞서 이미 이야기한 바와 같이 그래도 내주는 것을 최소화했다는 것이다. 농업에서도 이행 기간을 적지 않게 얻었고, 계절관세 등도 최선을 다한 협상의 결과가 아니었나 생각된다. 의약품 부분에 아픈 부분이 있는 것은 사실이다. 그러나 가장 우려했던 최저가를 보장하라는 요구는 막아냈다. 건강보험 약가의 결정 및 등재와 관련하여 미국 쪽의 '독립적 이의신청'을 받아들인 것을 두고 말이 많은데 이 또한 지나친 반응이다. 쉽게 짐작할 수 있겠지만 이의신청 절차가 있다고 해서 이의신청이 다 받아들여지는 것은 아니다.

투자자 - 국가 소송제도도 마찬가지다. 걱정이 되는 것은 틀림없는 사실이다. 그렇다고 이를 빼놓고 협상할 수는 없지 않은가? 어떠한 형태로건 거의 모든 투자협정에 빠짐없이 포함되는 일반적 사항이다. 우리 또한 다른 나라에 투자하는 우리 기업의 이익을 위해 투자대상국에 요구하고 있는 사항이기도 하다. 다행히 우리에게 중요한 의미를 지니는 부동산, 환경, 보건, 안전 등의 영역은 소송의 대상에서 제외하기로 합의가 되었다.

그동안의 소송사례들을 언급하며 공격을 해오는 사람들이 있는데, 오히려 이분들이야말로 그동안 소송사례가 몇 건이 있었으며 그 규모가 전체 교역량에서 어느 정도를 차지하고 있는지를 살펴보아야 한다.

어떤 사람들은, 미국 기업들은 우리 정부를 향해 쉽게 제소를 할 가능성이 있는 반면 우리 기업은 미국 정부를 상대로 제소하기가 쉽지 않을 것이라 주장한다. 미국 시장이 워낙 크고 상징성이 있기 때문에 그렇다는 것이다. 그러나 이 또한 지나친 열등감이다. 제소하기가 쉽지 않은 것은 양쪽 다 마찬가지다. 기업의 이익을 마음대로 무시할 수 없는 것도 양국 정부 모두 같은 입장이다. 국내 분쟁에 있어서도 소송역량이 있다고 다 제소하던가? 누를 힘이 있다고 다 누르던가? 기업도 국가도 법과 조약 이전에 국제사회를 향한 이미지가 있고 명분이 있다. 힘이 있다고 장사도 하고 싶은 대로 한다고 생각하면 안 된다. 미국이 두려운 이유는 무엇이든 마음대로 해서가 아니라 마음대로 해서 안 될 것은 마음대로 하지 못하게 하는 내부통제 시스템이 있기 때문이다. 오히려 미국을 그렇게 가볍게 보지 말라고 권고하고 싶다.

한편, 우리가 얻은 것을 생각해보자. 미국은 세계 수입시장의 21%를 차지하는 나라다. 시장이 큰 만큼 경쟁이 심하고, 경쟁이 심한 만큼 조금만 유리한 위치에 있어도 시장점유율에 큰 차이가 날 수 있는 곳이다. 이 시장에 관세를 내지 않고 수출을 할 수 있다는 것은 결코 적은 의미가 아니다. 우리의 주 수출품인 전자(2~5% 수준)와 자동차(2.5%, 픽업트럭 25%)는 시장을 더 크게 넓힐 수 있는 기회가 주어지고, 섬유와 가죽 등 고관세 품목(10~20%)은 어려운 상황을 벗어날 수 있는 길이 열린다. 기존 시장도 그러하지만 우리가 경쟁력을 갖춘 IT나 전자 쪽 제품들이 미국 시장을 선점할 가능성이 커졌다는 것은 정말 큰 의미를 지닌다.

미국의 관세가 낮아 효과가 적을 것이란 지적이 있는데, 이는 잘못된 판단이다. 경쟁이 치열한데다 미국 소비자들은 가격에 대한 합리적 판단이 매우 높은 편이다. 게다가 우리가 포도주의 관세가 얼마인지 모른 채 FTA가 체결된 칠레산 포도주를 '가격 합리성'의 차원에서 많이 찾듯이, 미국 소비자들 또한 FTA가 체결된 나라의 제품에 대한 가격신뢰가 높을 가능성이 크다.

혁신의 방법

우리가 얻는 것을 한쪽으로 제쳐두고 오히려 반대로 한번 물어보자. 한미 FTA를 하지 않으면 어떻게 되는가? 뒤에 NIS(National Innovation System), 즉 국가과학기술혁신체계를 다루면서 이야기하겠지만 우리 경제는 자본과 노동으로 성장하는 '요소 투입형' 단계를 지나고 있다. 이 단계에 머물고 싶어도 더 이상 머물 수도 없다. 바로 옆의 중국만 해도 이 점에서 이미 우리의 목덜미를 잡고 있다. 높은 임금과 경직된 노사관계 등으로 우리 기업들마저 중국으로 동남아로, 또 인도로 빠져 나가는 중이다.

가야 할 길은 '혁신 주도형', 즉 지식기반 위에 기술혁신이 주도적인 역할을 하는 경제다. 이를 위해서는 우리 사회 전체에 혁신이 필요하다. 산업구조도 바뀌어야 하고 투명성을 높이고 건전한 노사관계를 확립 하는 등 기업 내의 내부혁신 작업도 빠르게 일어나야 한다. 특히 '혁신 주도형'의 경쟁력 있는 경제구조를 만들기 위한 산업구조의 조정은 무엇보다 중요하다.

무엇으로 이러한 변화가 일어나게 하겠는가? 방법은 크게 세 가지다.

첫째는 정부가 주도하는 방법인데 오늘과 같은 시점에 있어 그 한계가 뚜렷하다. 정부는 이제 산업구조조정에 앞장설 힘도 없고 명분도 없다. 기업과 노동자들을 보고 무엇을 하라 말라 할 수 있는 상황이 아니다. 앞에서 여러 차례 이야기했지만 이들의 뒤에서 지원하고, 혁신할 수 있는 환경을 만들고, 경쟁에서 뒤처진 사람을 다시 뛸 수 있게 하고, 패배한 사람에게는 안전망을 제공하는 일 등이 정부가 할 일이다.

두 번째 방법은 사회적 협의 방법이다. 이 또한 그 한계가 뚜렷하다. 산업구조조정과 내부혁신 등이 빠르게 요구되는 현실에 비해 우리 사회는 이를 위한 기반 자체가 제대로 갖춰져 있지 않다. 다양한 주체가 제각기 자기주장만을 되풀이할 뿐, 협의와 합의를 위한 준비를 하고 있지 않다. 정부가 나서 사회연대회의 등을 마련해보았지만 경쟁력 강화를 위한 산업구조조정이나 노사관계 등은 논의의 의제조차 되기 힘든 상황이다. 협의가 이루어지기를 기다리는 사이 중국을 비롯한 여러 나라가 자빠진 우리의 몸을 넘어갈 판이다.

결국은 세 번째 방법으로 시장에서 오는 압력을 지렛대로 활용하는 방법이 떠오른다. 우리 사회의 구성원 모두가 시장의 눈으로, 특히 세계시장의 눈으로 자신들을 되돌아보고 그 속에서 우리가 가야 할 방향을 짚어보자는 것이다. 시장의 압력이 작동하는 가운데 오히려 정부의 역할이 더욱 명확해지고 사회적 협의와 합의가 가속화될 가능 성도 있다. 시장압력 속에서 생존의 문제를 보다 생존의 문제로 보게 될 것이기 때문이다. 그러나 이 방법도 단숨에 채용할 수는 없다. 압력이 지나치면 혁신이 일어나기도 전에 넘어져 버리기 때문이다. 적절한 조정기간 및 적응기간의 확보와 이를 위한 정부의 치밀한 노력 등이 같이 가야 한다.

'까다로움'과 '열정'

미국은 세계시장의 가장 큰 부분이다. 따라서 미국과의 FTA는 자연히 우리 사회의 개인과 기업 모두를 세계시장의 관점에서 되돌아보게 할 것이다. 그래서 선택과 집중, 이길 수 있는 곳으로 사람이 모이고 기술이 모이게 할 것이다. 이길 수 있는 곳이 없다고 생각하는 사람이 꽤 있는 것 같은데 참으로 아이러니다. 기업을 비롯해 그동안 필드에서 직접 뛰어온 선수들은 이길 수 있다고 하는데, 관중의 일부는 계속 이길 수 없다고 한다. 휴대폰이나 자동차를 팔아본 사람들도 아니다. 실제로 자동차를 팔아온 사람들에게 물어보았다. "2.5% 관세 철폐가 별 의미가 없는 겁니까?" 돌아온 대답은 분명했다. "절대 그렇지 않습니다. 우리 자동차가 나가고 있는 가격대가 가장 경쟁이 치열한 부분입니다. 일본 쪽이 우리를 의식해 이 가격대에 집중적인 저가 공격을 해오고 있습니다. 2.5%면 큰 차이가 나지요. 지금도 팔고 있는데 왜 못 이깁니까? 걱정이 있다면 오히려 이 2.5%의 여유가 기술 축적 등 경쟁력 강화에 쓰여야 하는데 노동임금이나 올리며 나눠 먹고 말까 봐 그러지요."

지금 이길 수 없어도 바로 배워서 이길 수 있는 부분도 있다. 서비스 산업 부분이 바로 그렇다. 이번 FTA로 서비스 산업이 오히려 죽을 것이라 걱정하는 분들이 있는데, 한번 두고 볼 일이다. 그렇게 죽고 말 나라였다면 우리에게는 지금 우리 국민이 대주주인 대형 유통센터도, 세계로 뻗어나가는 닭고기 프랜차이즈도 존재하지 않아야 한다. '까르푸'와 '월마트', 'KFC'가 전국 곳곳을 휩쓸고 있어야 한다. 그러나 현실은 그렇지 않다.

앞서 우리 국민의 '까다로움'과 '성공을 향한 열정'을 이야기한 바 있는데, 이를 간과해서는 안 된다. '까다로움'과 '열정'이 있는 국민에게 한미 FTA는 오히려 좋은 교육과 훈련의 장이 된다. 당분간 교육과 훈련의 어려움을 겪겠지만 결국은 우리의 서비스 산업이 세계를 향해 나가게 될 가능성도 얼마든지 있다. 성공의 조건을 갖춘 국민이 왜 다른 대안도 없이 패배와 실패를 먼저 생각하는가?

다시 혁신 주도형 경제 문제로 돌아가서, 기술혁신과 경영혁신을 위해서는 외부에서 기술과 지식이 들어오게 하는 것도 매우 중요하다. 우리만의 기술을 모아봐야 그 효과가 떨어지기 때문이다. 적지 않은 학자들이 R&D 투자가 많은 상대국과의 교역이 확대될수록 총요소생산성(total factor productivity)이 높아진다고 주장한다. 즉 생산성 향상에서 기술혁신 등이 차지하는 비중이 커진다는 말이다(이시욱, 23. 재인용).

한미 FTA를 해봐야 해외 R&D가 들어오지 않을 것이란 주장도 있다. 설마 그렇겠는가? 세계 최대의 시장인 미국 시장에 대한 접근성이 높아지고 산업구조상 선택과 집중이 일어나는데 왜 자본과 기술이 들어오지 않겠는가? 게다가 전자와 IT 등, 특정 분야에서는 우리가 세계 최고의 기술을 지니고 있다. 이미 존재하는 내적 역량에 선택과 집중, 그리고 세계시장에 대한 접근성. 왜 들어오지 않겠는가? 백번 양보해서 설령 들어오지 않는다 하자. 그러면 무슨 대안이 있는가? 지금 당장 임금비중을 낮추고 R&D 비중을 늘리는 노사합의를 할 수 있겠는가? 국가 R&D 예산을 파격적으로 늘릴 수 있는 국민적 합의를 볼 수 있겠는가? 도대체 어떻게 하라는 이야기인가?

변절한 정부?

한미 FTA가 되면 쇠고기 값이나 농산물 값이 내려가 매년 1,000억 원 정도 소비자가 이익을 보게 된다는 '소비자 잉여론'이나, 일종의 '경제동맹'을 하게 됨으로써 안보가 더욱 단단해진다는 이야기, 그리고 이것이 다시 투자위험을 떨어뜨려 더 많은 투자자를 불러오게 된다는 등의 이야기는 하지 않았다. 걱정을 하는 분들의 이야기도 충분히 담지 못했다. 지적재산권과 관련된 문제나 개성공단 문제 등도 짚지 않았다. 하나하나 보태고 싶은 이야기가 많지만 이미 앞의 다른 글에서 충분히 지적되었기 때문이다.

끝으로 한 가지만 더 이야기하고 갔으면 한다. 참여정부의 성격과 관련된 문제다. 일부에서는 참여정부가 사회협약 모델 내지는 사회연대 모델로 가야 함에도 불구하고, 또 그렇게 가겠다고 약속을 해놓고서는 영미식 자유주의 모델 내지는 신자유주의로 가고 있다고 주장한다. '변절한 정부'라는 말도 있고, 심지어 '박정희 정부의 막내'라는 비아냥거림도 있다.

참여정부는 출범 초부터 '개방형 통상국가'를 지향해왔다. 심지어 대통령이 새천년민주당 후보 시절, 북한산 아래 올림피아 호텔에서 하루 종일 국정 운영 방향을 '내실형'으로 가져갈 것인가 '팽창형'으로 가져갈 것인가를 놓고 토론했던 기억이 난다. 결론은, 둘 다 중시하되

‘팽창형’이 먼저 와야 된다는 것이었다. 한미 FTA가 어느 날 갑자기 하늘에서 떨어진 것이 아니라는 말이다.

한 가지 더 중요한 것은 한미 FTA를 추진하는 과정에서 단 한 번도 우리 사회가 당면한 양극화 문제와 노동시장의 수요구조 변화에 따른 문제, 직업안전망과 사회안전망 문제를 잊은 적이 없다. 한정된 예산범위에서 사회투자 개념을 축으로 하는 ‘2030 비전’을 내놓았고, 그 속에서 다듬어진 정책들을 하나하나 실현해가고 있다. 개방이 진행되면 될수록 경쟁구도에서 탈락하는 사람들을 위한 정부의 역할이 커질 수밖에 없다는 사실도 잊은 적이 없으며, 사회적 연대와 사회적 합의의 중요성을 간과한 적이 한 번도 없다. 개방이 자칫 사회통합을 해치고 이것이 다시 우리의 경쟁력을 약화시킬 가능성이 있다는 점도 잘 알고 있다. ‘박정희’와 ‘신자유주의’를 다시 읽어주었으면 좋겠다.

모든 일이 그러하듯이 한미 FTA도 지금부터 우리가 어떻게 하느냐가 매우 중요하다. 우리는 어차피 무역의존도가 전체 경제규모의 70%에 달하는 통상국가다. 문을 닫고 살 수 있는 형편은 못 된다. 한미 FTA와 관련해서는 반대하는 분들에 의해 무엇이 문제이고 또 어떠한 함정이 있는지 충분히 지적이 되었다. 서로 의견은 다르지만 알 만큼 다 알고 있는 일들이다. 조심에 조심을 거듭해서 좋은 결과가 있도록 같이 노력하면 된다.

다시 이야기하지만 우리는 ‘까다로움’과 ‘열정’을 지닌 국민이다. 빠른 속도로 경제를 일으켰고, 빠른 속도로 민주적 질서를 완성해가고 있다. 멍석을 깔면 제대로 노는 국민들이다. 나라가 위태롭다 하면 전 국민이 집에 있는 금붙이를 가지고 나오고, 영어가 필요하다고 하면 있는 돈 없는 돈 다 들여서 반드시 영어를 하게 한다. 마음에 들지 않으면 반드시 고쳐놓아야 하고, 일을 시작하면 일이 될 때까지 일을 한다. 한미 FTA는 이런 국민들의 도전의 장이 될 것이다. 그냥 도전의 장이 아니라 우리의 '까다로움'과 '열정'이 한껏 발휘되는 도전의 장이 될 것이다.

글로벌 시대의 국토와 지역균형

미국의 지방(地方)

미국 유학 시절 델라웨어 주의 뉴악(Newark)이라는 도시에서 4년 반을 보냈다. 뉴욕과 수도 워싱턴 사이에 있는 인구 3만의 작은 학교도시였다. 뉴욕에서 고속도로를 달려 2시간 정도 걸리고, 워싱턴에 가려면 1시간 반, 필라델피아나 볼티모어까지는 1시간 정도의 거리였다.

개인적으로 어려운 시기였지만 그때 그곳에서 생활했던 것을 잊지 못한다. 작은 도시에서의 쾌적한 삶. 봄이면 봄대로 가을이면 가을대로 언제나 아름다운 자연환경과 잘 가꿔진 캠퍼스. 살던 아파트와 강의실은 걸어서 다니는 거리였고, 차를 타고 조금만 움직이면 생활에 필요한 것을 다 구할 수 있었다. 작은 도시지만 있을 것은 다 있었다. 좋은 교수들에 좋은 도서관, 그런대로 재미를 느끼는 각종 축제(fair). 도서관에 책이 없어 책을 빌리지 못한 일도 없었고, 그리고도 부족하면 워싱턴의 국회도서관(Library of Congress)을 찾았다. 국회도서관을 갈 때는 학교에서 차와 연료비, 고속도로 통행료가 지원되었다.

조금 여유가 있는 일요일 아침이면 걸어서 10분이면 닿는 메인

스트리트(Main Street)에 나가곤 했다. 잡화점에서 ≪뉴욕타임스≫(*New York Times*) 일요판(Sunday Edition)을 한 부 사서, 길가 벤치에 앉아 이것저것 들춰보고 있으면 세상에 더 부러울 것이 없었다. 그리고 오후에는 교회. 신앙이 있어서 나가기보다는 사람들을 만나러 나갔다. 작은 도시에서 다소 느린 삶을 사는 사람들. 지금 기억에도 모두 좋은 분들이었다.

우리의 지방(地方)

미국에서의 그러한 생활 때문이었을까? 한국에 와 직장을 찾으면서 굳이 서울을 고집하지 않았다. 은사 한 분이 서울의 웬만한 사립대학보다는 지방 국립대학을 가라고 권고를 했고, 그 말씀에 바로 이력서 한 장과 학위논문 몇 편을 들고 춘천에 있는 강원대학교를 찾았다. 서울에 있는 학교는 한번 알아보지도 않은 상태였다. 은사의 전화를 받은 교수님 한 분이 학장실로 안내했고, 이력서를 본 학장은 '한 30분 학교 구경을 하고 오라'고 했다. '학교 구경'을 하고 다시 학장실을 찾았을 때, 이번에는 학과의 교수 몇 분까지 나와 있었다. 학장실에 들어서 서로 인사를 건네고 자리에 앉았다. 그리고 들려오는 첫 마디. "절차를 밟아봐야 알겠지만 웬만하면 서로 같이 있도록 합시다."

춘천에서 2년을 보냈다. 그곳에 아파트를 마련하고 가족과 함께 생활을 했다. 그러나 그곳 생활은 미국에서의 생활과 전혀 달랐다. 우선 학술정보를 제대로 얻을 수 없었다. 학회를 열심히 쫓아다녔지만 비공식 모임이 중요한 의미를 지니는 우리 사회에서 서울에 있는 학자들을 따라갈 수가 없었다. 연구비를 확보하기도 여간 어려운 것이 아니었다. 공동연구를 해야 하는 경우는 더욱 그러했다. 지방대학이 가지는 인적 자원의 한계와 네트워크의 취약함을 절감했다.

나름대로 꿈을 가지고 갔지만 그 꿈은 하루가 다르게 무너져 갔다. 그러는 사이 아내가 다시 복직을 하겠다고 나섰다. 춘천으로 오는 바람에 외국인 회사 컴퓨터 프로그래머라는 괜찮은 직장을 그만둔 터였다. 막상 교수가 되고 보니 재정적인 어려움은 말이 아니었다. 지방 국립대학 교수 월급으로는 매달 상환하는 집값조차 내기 힘든 상황이었다. 어머니도 몸이 편치 않아 고생을 하고 계셨다. 춘천에서 같이 지내자고 했지만, 아무도 아는 사람이 없는데 그곳에서 어떻게 살겠느냐고 했다. 게다가 서울 소재의 사립대학 몇 곳은 수시로 학교를 옮길 것을 권유해왔다. 결국 2년 뒤 손을 들고 말았다.

서울로 옮기고 난 뒤 여러 가지 놀라운 일이 벌어졌다. 우선 수입이 달라졌다. 아내의 월급이 있는데다 교수 월급도 적지 않게 차이가 났다. 연구비가 크게 늘어난 것은 말할 필요도 없다. 활동의 기회가 넓어진 것은 물론 인적·기능적 네트워크가 생기기 시작했다. 20여 년이 지난 지금 한 지방대학 교수를 서울로 옮기게 한 이러한 사정은 얼마나 달라졌을까? 조금이라도 달라지기는 했을까? 서울 교수가 지방에 가면 지방 교수가 밥값을 냈고, 지방 교수가 서울에 오면 또 지방 교수가 밥값을 냈다. 이제 이런 것 정도는 달라졌겠지?

지역 간 경쟁의 시대

밥값 내는 문화가 어떻게 달라졌는지 모르지만 우리 사회의 지역 간 격차는 그동안에도 멈추지 않고 계속 벌어졌다. 인구만 보더라도 1971년에 전체 인구의 28.9%였던 수도권 인구는 2005년에 이르러 48.1%를 기록하고 있다. 매년 20만 명 정도가 늘어난 셈인데, 1966년 이후 비수도권 지역 인구가 연평균 2,000명 정도 늘어난 것과는 크게 비교가 된다. 인구뿐만이 아니다. 100대 대기업 본사의 91.5%, 공공기관의 84%, 벤처기업의 77%, 중앙부처의 100%가 수도권에 몰려 있다. 그 결과 금융거래와 조세수입의 70%가 수도권에서 발생한다. 지역 내 총생산도 수도권의 경우 1985년에서 2001년까지 매년 전국 평균의 113.1% 증가했으나 비수도권의 경우 90.4%에 그쳤다. 지금도 그 격차가 점점 더 심해지고 있다는 이야기다.

지역 간의 이러한 격차는 개인만의 문제도, 지역만의 문제도 아니다. 또한 과거의 문제도, 오늘만의 문제도 아니다. 국가 전체의 문제이고 내일의 문제다. 우리 국민 전체의 미래가 달려 있는 문제다. 지방대학 교수 한 사람이 '그래서 서울로 올라와 잘 먹고 잘살았다'의 해피엔딩은 더욱 아니다. 그것은 오히려 우리의 미래를 덮고 있는 어두운 구름이다.

우선 한 가지 문제만 보기로 하자. 오늘날은 더 이상 국가와 국가가 경쟁하는 시대가 아니다. 개방화가 가속화되고 자본과 노동, 기술과 정보가 자유롭게 이동하면서 국가 간의 경계는 이미 무너져 버렸다. 이제는 국가가 아닌 지역과 지역이 경쟁을 한다. 한국이 중국이나 일본과 경쟁을 하는 것이 아니라 서울이 정보와 금융의 허브가 될 수 있는가를 놓고 홍콩이나 도쿄와 경쟁을 하고, 부산이나 인천이 동북아의 물류 허브가 될 수 있느냐를 놓고 오사카(大阪)나 싱가포르와 경쟁을 한다.

이렇게 지역과 지역이 경쟁을 하는 시대에 우리의 상황은 어떠한가? 한마디로 점점 어려운 국면으로 치닫고 있다. 서울을 중심으로 한 수도권은 하루가 다르게 비대해지면서 경쟁력을 잃어가고 있다. 올라만 가는 주거비용, 환경오염, 교통난 등 접근의 비용이 높을 뿐 아니라 그 속에서 삶을 유지하기가 점점 힘들어지고 있다. 주요지역의 집값은 이미 도쿄 주요지역의 집값과 같거나 더 높은 수준에 와 있고, 환경과 교통에서의 상대적 안락성도 점점 떨어지고 있다. 반면, 수도권 이외의 지역은 미개발·저개발로 일부 도시지역을 제외하고는 경쟁력 자체를 가져본 적이 없다. 기술도 사람도 없고, 그래서 자본도 몰려들지 않는다. 수도권은 너무 크고 비대해서 경쟁력을 잃어가고, 비수도권은 이렇게 경쟁력 자체를 가져본 적이 없다. 지역의 피폐한 상황에 대해 적절히 대처하지 못한 사이에 우리 국토 전체가 경쟁력을 잃어가는 것이다.

균형발전에 대한 열정

국토재편이나 균형발전에 대한 참여정부의 열정은 남다르다. 노무현 대통령만 해도 오랫동안 이 문제에 천착해왔다. 2002년 4월 새천년 민주당 대통령 후보가 되고 난 후 개최한 첫 정책회의도 균형발전과 행정수도 이전에 관한 것이었다. 그 회의에서 당시의 후보는 참석한 전문가들을 향해 글로벌 시대의 수도권의 문제, 비수도권의 발전방향, 거대 도시의 집적이익 등에 대해 숱한 질문과 의견을 쏟아놓았다. 행정수도 이전에 대한 확신을 털어놓기도 했다.

공약작업과 대통령직 인수위원회 활동에서도 균형발전의 문제는 언제나 최우선 과제였다. 국정목표를 정할 때에도 최우선 고려되어 '더불어 사는 균형발전사회'가 3대 국정목표의 하나가 되었으며, 정부가 출범한 이후에는 곧바로 대통령 직속의 국정과제위원회로서 국가균형발전위원회를 만들어 새로운 차원의 균형발전 정책을 모색·추진하게 했다.

참여정부의 균형발전 정책은 몇 가지 점에서 큰 특징이 있다. 첫째, 그 강도나 열정에서 앞의 정부들과는 비교가 되지 않을 만큼 강하다. 대통령이 중심이 되어 그야말로 강력히 추진해왔다. 많은 사람이 인정하는 것이지만 참여정부만큼의 강한 의지가 없었다면 175개의 수도권 소재 공공기관을 지방으로 이전하는 일이나 행정중심복합도시를 건설하는 일과 같은 역사적 과제는 생각조차 할 수 없었을 것이다. 공공기관 이전의 경우 이전 대상 기관과 그 기관이 있는 지역 주민의 반발, 이전 대상 지역선정을 둘러싼 지역 간 갈등, 신행정수도와 관련된 헌법재판소의 위헌 판결, 그리고 이 자리에서 자세히 설명할 수는 없지만 국가균형발전특별회계의 신설을 둘러싼 부처 간의 갈등 등 숱하게 많은 어려움을 넘고 또 넘어야 했다. 행정중심복합도시만 해도 과거의 독재정권도, 그것도 수도권 인구가 지금보다 훨씬 적은 상황에서도 뜻대로 하지 못했던 일이었다.

둘째, 정책의 폭이 매우 넓다. 앞의 정부들의 균형발전 정책은 상당부분 수도권 지역에 인구와 시설이 집중되는 것을 막는 입지규제의 성격을 지녔다. 따라서 수도권정비계획법(1982년)에 의한 수도권 규제, 공장총량제(1994)에 의한 공장신증설 규제, 부담금을 물려 입지비용을 상대적으로 비싸게 하는 과밀부담금제도(1994) 등이 골간을 이루었다.

그러나 참여정부의 정책은 수도권에 대한 규제를 넘어 수도권 이외의 지역을 활성화하는 접근을 했다. 그 결과 행정중심복합도시의 건설이나 공공기관 이전, 혁신도시, 기업도시 등 다소 하드웨어적 성격이 강한 것에서부터 지방대학육성을 위한 누리사업(NURI)과 농어촌 낙후지역을 위한 신활력사업, 특정 산업분야에 있어 규제를 완화해주는 지역특화발전 특구사업 등 소프트웨어적 성격이 강한 사업에 이르기까지 국토재편과 균형발전을 위한 거의 모든 정책이 망라되었다.[*] 심지어 지방대학 출신의 공직진출기회 확대(총장 추천의 6급 특채 등)와 지역에 거주하는 인사들을 장관을 비롯한 정무직에 발탁하는 등 균형발전과 관련된 여러 가지 상징적이고 실질적인 조치가 취해지기도 했다. 권기홍 전 노동부장관(영남대)과 허상만 전 농림부장관(순천대) 등 지방 인사들이 대거 발탁되었고, 심지어 대통령의 인사를 보좌하는

[*] • 혁신도시: 공공기관 이전을 계기로 수도권과 대전·충남을 제외한 광역시·도에 하나씩 건설되는 특성화된 지역거점도시.

• 기업도시: 민간기업이 지역 및 도시와 협력하여 자족적 복합기능을 갖춘 도시를 만드는 사업. 전남 무안(산업교역형), 충북 충주(지식기반형), 강원 원주(지식기반형), 전북 무주(관광레저형), 충남 태안(관광레저형), 전남 영암·해남(관광레저형)이 시범사업 지역으로 선정되어 있다.

인사수석비서관을 지방 인사(정찬용)로 기용하기도 했다.

셋째, 균형발전을 생각하는 인식의 배경이 달랐다. 종전의 균형발전이 주로 국내에서의 기능분산 자체에 관심을 기울였다면, 참여정부의 그것은 개방 시대에서 일어나는 글로벌 차원의 지역 간 경쟁과 지식정보사회로의 변화에 따른 기술혁신의 중요성 등을 감안한 것으로 훨씬 다차원적이다. 예컨대 자본과 노동의 투입(요소 투입)보다는 기술혁신이 경쟁력의 원천이라는 점을 감안하여 혁신 주도형 발전전략을 취하고 있다. 공단을 하나 짓는 데 그치는 것이 아니라 특정 산업과 관련된 산업체와 대학 그리고 연구기관이 삼각의 축을 형성하며 서로 발전하는 산업 클러스터(cluster)를 형성하도록 한다거나, 기존 공단에 연구기능을 강화하여 또 다른 혁신 클러스터를 만드는 일 등이다. 공공기관 지방 이전을 계기로 만들어지는 혁신도시나 지역특화발전특구도 이러한 틀에서 디자인되고 있다. 쉬운 일은 아니라 하겠는데, 핀란드를 비롯한 여러 국가의 경우를 보며 점차 더 정교한 방법으로 발전시켜가고 있다.

넷째, 접근방법의 문제다. 균형발전에 대한 참여정부의 접근은 상향적 접근이라는 데 큰 특징이 있다. 지역 단위에 지역혁신협의회를 두어 이를 중심으로 지역 스스로 발전방향을 잡고 동력을 확보하여 궁극적으로 '자립형 지방화'가 가능하도록 유도하고 있다. 참여정부 정책의 핵심이 되는 '국가균형발전 5개년계획'도 이러한 상향식 방법을 통해 만들어졌다. 또 균형발전 특별회계의 운영에서도 지방자치단체가 우선 사업의 순서를 정할 수 있도록 하는 등 지역의 목소리가 반영되도록 배려하고 있다.

아울러 지방재정의 강화와 같은 지방분권 작업이나 대학교육 혁신 등 다양한 분야의 정책들과 연계되어 종합적으로 추진되고 있다는 점, 기업도시와 같이 민간의 활력을 활용하고 있다는 점 등도 빼놓을 수 없는 접근방법상의 특징이다.

가끔 아이들을 데리고 고향을 찾는다. 이들의 가슴에 고향은 과연 무엇일까? 지방은 무엇이고 지역은 무엇일까? 여기서 자랐지만 여기를 떠났던 우리 세대와, 서울서 태어나 서울서 자란 이들의 마음이 같을 수는 없을 것이다. 이제 곧 서울과 수도권에서 자란 세대가 우리 사회의 반 가까이를 점하고, 정부와 기업에서 중요한 결정을 내리게 될 것이다. 그나마 고향과 지역, 지방에 대한 생각이 보다 애틋한 사람들이 조금이라도 더 있을 때 우리는 이 문제를 좀 더 걱정해야 한다. 지금 이 순간을 놓치면 문제는 더 어려워질 수 있고, 우리의 미래는 더 어두워질 수 있다. 그래서 참여정부의 의지는 더욱 강하다.

과학과 기술로 여는 미래

요소 투입형 경제의 한계

1960년대부터 지금까지 40년 동안 우리 경제는 눈부신 발전을 했다. 1960년에 4억 달러 정도에 불과했던 무역규모는 2006년 6,000억 달러를 넘었고, GDP 즉 국내총생산도 1960년 당시 20억 달러 수준이던 것이 2006년에는 8,800억 달러로 늘어났다. 당시 우리보다 1인당 국민소득이 높던 케냐와 같은 국가가 오늘에 와서도 100달러 수준의 최빈국으로 머무르는 사이 우리는 2만 달러 고지를 바로 눈앞에 두었다.

이러한 성장의 이면에 반드시 주목해야 할 요소가 있다. 우리의 이러한 성장이 주로 노동과 자본의 투입에 의한 요소 투입형 성장이었다는 점이다. 그리고 이제는 이러한 형태의 성장이 더 이상 가능한 상태가 아니며, 이를 통해 우리 경제가 다시 도약할 수 없다는 점이다.

요소 투입형 성장이 가능했던 것은 기본적으로 두 가지 요소가 갖춰졌기 때문이었다. 하나는 저임금이고 또 하나는 자본동원력이다. 고도성장이 이루어질 당시의 권위주의 정부는 이 두 가지 요소와 관련하여 결정적인 역할을 했다. 노동부문을 억압하면서 임금상승을 막아주었으며, 관치금융 등을 통해 기업의 자본 축적을 도왔다. 정부의 이러한 도움으로 자본 축적을 계속할 수 있었던 기업들은 문어발식으로 기업을 계속 확장했다.

그러나 민주화가 진행되면서 상황이 크게 바뀌었다. 정부는 더 이상 이러한 역할을 할 수 없게 되었고 이로 인해 기업들은 큰 곤란을 겪었다. 심각한 수준의 노사분쟁을 겪기 시작했고, 임금은 급상승했다. 노사분쟁에 따른 근로일수 손실 등 갈등비용도 만만치 않았다. 정부의 지원에 의한 자본 축적 또한 어려워졌음은 말할 필요도 없다.

1997년 외환위기는 사실상 민주화 과정에 수반될 수밖에 없었던 권위주의 체제의 와해, 그로 인한 거버넌스 구조와 기업환경의 변화가 배경이 되었다고 해도 과언이 아니다. 새로운 시대에 적응하기 힘든 우리 경제의 내재적 모순과 드러날 수밖에 없었던 정부 능력의 한계가 불러온 사건이었다. 오히려 이를 통해 우리 기업의 체질을 개선하고 정부와 기업의 관계를 정상적으로 돌려놓는 계기가 마련된 것은 그나마 다행한 일이었다.

혁신 주도형 경제로

오늘날 정부는 더 이상 노동부문을 통제하지 못한다. 앞의 글들에서 이야기한 바와 같이 투자에 따른 위험을 덜어주지도 못한다. 이러한 상황에서 기업은 스스로 생존의 길을 찾아나갈 수밖에 없는데, 유감스럽게도 이러한 노력의 하나로 나타나는 것이 설비투자 위축이다. 1995

년부터 2004년까지의 설비투자 증가율은 연평균 3.2%로, 같은 기간의 경제성장률인 4.6%보다 크게 낮은 수준이었다. 요소 투입형 경제가 더 이상 가기 힘든 상황이라는 이야기다.

실제로 이들 기업에는 국내 환경의 변화뿐만 아니라 중국 등 신흥공업국가의 추격도 무서운 위협이 되고 있다. 우리와는 비교도 안 되는 낮은 임금으로 이들 기업을 움츠리게 하고, 우리가 가진 기술과 기업 노하우(know-how)를 모방하며 우리 기업의 목을 조여온다.

어떻게 이러한 상황을 탈출할 수 있을까? 달리 무슨 방법이 있을 수 없다. 고임금을 이겨낼 수 있는 산업구조로의 전환이 필요하며, 부가가치를 높이기 위한 기술혁신을 계속하는 수밖에 없다. 아울러 이러한 기술혁신이 지속적인 우리 산업의 경쟁력 강화로 이어질 수 있는 길을 찾는 수밖에 없다. 말하자면 우리의 산업경제 시스템을 기술혁신을 기반으로 하는 혁신 주도형 경제로 전환해야 한다는 말이다.

우리와 같이 노동임금이 높은 OECD 국가들은 이미 GDP 성장의 절반 이상을 기술혁신을 통해 달성하고 있다. 이들 국가에 소재한 기업들도 마찬가지다. 원천기술 등 무형 자산 가치가 기업 전체 가치에서 차지하는 비중이 날로 높아지고 있다. S & P(Standard & Poor's)의 조사에 따르면 세계 500대 기업의 경우 원천기술 등 무형 자산 가치의 비중이 1982년에는 38%에 불과했으나 1992년에는 62%, 2002년에는 80%로 올라가고 있다. 그만큼 기술혁신이 기업의 생존에 긴요짐을 의미한다.

우리 기업이라고 해서 그냥 있었던 것만은 아니다. IMF 경제위기를 겪으면서, 또 정부의 역할에 분명한 한계가 그어지면서 우리의 기업도 기술혁신에 많은 노력을 해왔다. 민간 부분의 경우 기술개발투자, 즉 R & D는 1962년에 정부부문을 합친 국가 전체 R & D 중 고작 3%에 불과했지만 2003년에는 74%를 차지했다. 기업부설 연구소도 1981년에 53개이던 것이 2004년 기준으로 1만 개에 이르렀다. 그 결과 1970년대의 경우 기술혁신이 경제성장에 기여한 몫이 13% 정도 에 불과했지만 2000년대에 들어서는 60%대로 늘어났다. 반면 노동과 자본의 기여는 30%대로 줄어들었다.

그러나 우리에게는 여전히 어두운 면이 크다. 원천기술이 없어 해외 로 지불하는 로열티(royalty)가 엄청나다. DVD 플레이어의 경우 매출 액의 20~30%를 로열티로 지불하고 있다. 또 해외부품 수입비중도 DVD 플레이어의 경우 70%, 휴대폰은 50%, 산업용 로봇은 65%에 달한다. 10대 성장 동력 관련 기술 수준도 선진국의 86% 정도이고 기술 격차도 2.1년에 이른다. 기술혁신과 혁신 주도형 경제로 가기 위한 더 큰 노력이 필요하다는 이야기다.

크게 늘어난 R & D 투자

혁신 주도형 경제로 가기 위한 정부의 과학기술정책은 크게 두 가지 측면에서 이야기할 수 있다. 그 하나는 R & D 관련 예산을 늘려 기술개발과 기술혁신을 장려하는 일이고, 또 다른 하나는 이러한 노력 이 우리의 산업경쟁력 강화로 지속적으로 이어질 수 있도록 해야 하는 일이다.

먼저 R&D 예산을 늘리는 문제인데, 참여정부는 출범 이후 이 부분 예산을 크게 늘려왔다. 2002년에 5조 6,000억 원 규모이던 R&D 예산은 2003년에 6조 5,000억 원이 되었고, 2007년에는 10조 원 규모에 이르게 되었다. 이것은 연평균 증가율이 12%에 달하는 것으로 미국(3.3%), 일본(-0.5%), 독일(-0.3%), 핀란드(4.5%) 등 주요 국가들보다 훨씬 높은 수준이다. 중국(16.0%, 2003~2005)에 비해서는 다소 떨어지지만 대만(2.7%, 2003~2005) 등 주요 아시아 국가에 비해서도 크게 높은 편이다.

민간부문에 대해서도 세제상의 인센티브를 주는 방식 등을 통해 R&D 관련 지출의 확대를 유도했다. 그 결과 2003년에서 2005년에 이르는 동안 민간기업의 R&D 투자는 연평균 14.5%의 상승률을 보였다. 그 어느 때보다 높은 성장이었으며, 주요 선진국은 물론 중국을 제외한 아시아 국가들보다도 현저히 높은 수준이다.

NIS의 구축

이와 같이 R&D 투자를 늘리는 한편, 기술혁신을 지속적으로 추진하고 이것이 지속적인 산업경쟁력 강화로 이어질 수 있도록 하는 노력이 진행되었다. 바로 국가기술혁신체계(National Innovation System), 즉 NIS를 구축하는 작업이다.

참여정부 이전의 과학기술정책 추진체계는 그 나름대로 의미가 있었다고 할 수 있다. 그러나 몇 가지 점에서 그 한계가 있었다. 첫째, 과학기술정책을 산업정책이나 경제정책의 하위개념으로 본 경향이 있었다. 어떻게 보면 요소 투입형 성장체계에서는 당연한 일이었다. 노동과 자본이 중시되는 반면, 과학기술은 남의 것을 빌려오거나 모방해오면 되는 정도로 보았기 때문이다. 이러한 체제에서는 당연히 과학기술정책이 그 중요성에 있어 경제정책이나 산업정책의 아래에 놓이게 되며, 때로는 이들 정책과 분리된 독자의 영역에 놓이게 된다.

둘째, 기술혁신을 위한 종합적인 틀이 제대로 마련되어 있지 않았다. 기술개발을 촉진하자면 이와 관련된 요소들이 종합적으로 고려되어야 한다. 즉 이공계 출신에 대한 처우 개선 등 우수한 인력확보와 관련된 문제에서부터 과학기술 교육, 연구비의 합리적 배분, 산학연계 프로그램의 운영, 개발된 기술의 산업화 등의 문제에 이르기까지 다양한 문제가 종합적으로 검토되어야 한다. 그러나 이 문제들은 각기 다른 부처에서 다루어졌으며, 이 부처들 간에 유기적인 협조도 잘 이루어지지 않고 있었다. 협조를 이끌어낼 수 있는 통합체계나 선도기관이 제도화되어 있지 않았다. 하나의 예가 되겠지만 이러다 보니 과학기술 인력은 대부분 대학에 종사하고 있으나 연구비는 주로 연구소 중심으로 배분되는 문제 등을 낳게 되었다.

셋째, 같은 맥락의 이야기가 되겠는데, 기술개발이 산업경쟁력 강화로 잘 이어지지 않는 폐단이 있었다. 이것은 기술개발지원은 과학기술부가 주로 담당하고 산업정책은 산업자원부와 정보통신부 등이 담당하면서 빚어지는 문제였다. 이 부처들은 필요 시 상호 협력을 하기도 하지만 중복되는 업무와 기능으로 수시로 마찰과 갈등을 빚었다. 상호 간의 기능적 연계가 잘 되지 않아 연구비 지원이나 기술개발이 산업경쟁력 강화와 제대로 연계되지 않는 경우가 많았다.

넷째, 연구비의 합리적인 배분과 이를 위한 평가가 제대로 이루어지지 않고 있었다. 각 부처에서 중복 지원하는 사례가 있는가 하면, 어떤 기술에 우선 투자되어야 하는지에 대한 합리적 판단이 결여된 경우도 많았다. R&D 예산이 늘어나는 만큼 그 효율적인 관리가 더욱 중요한 상황에 올바른 평가체계가 작동하지 않는 것은 작지 않은 문제였다.

이러한 문제들을 감안하여 참여정부는 국가기술혁신체계, 즉 NIS를 구축했다. NIS는 영국의 프리드먼(Friedman) 교수가 1987년 창안한 것으로, 기술과 산업분야의 혁신주체들이 혁신성과를 서로 공유하는 기술혁신의 성과가 산업에 응용되고 확산될 수 있도록 상호 협력하는 네트워크를 말한다. 기술혁신을 경제정책이나 산업정책의 하위개념으로 보는 것이 아니라 상위개념이나 연계개념으로 보고, 이들 영역에 종사하는 혁신주체들 간의 상호협력을 강조하는 것이 특징적이라 하겠다.

참여정부는 이 NIS의 중심축으로서 과학기술부를 지정하고 이를 부총리 부처로 승격시켰다. 그리고 부총리 아래 과학기술혁신본부를 두어 실무 작업을 관장하게 했다. 이는 과학기술부가 과거와 같이 기술개발업무 지원이라는 업무를 넘어 과학기술 인력 양성, 과학기술 관련 예산의 확보와 관리, 과학기술 관련 사업의 평가, 개발된 기술의 산업화 촉진 및 산업경쟁력 강화 등 과학기술과 산업정책에 관한 총괄적 조정을 하라는 취지였다. 즉 산업자원부와 정보통신부, 그리고 교육인적자원부와 보건복지부 등에 흩어진 기술과 산업관련 업무를 총괄·조정하는 리더십을 부여한 것이다.

이를 위해 각 부처에 흩어져 있던 기술혁신 관련 예산의 대부분을 과학기술혁신본부가 총괄하게 했다. 대신 과학기술부가 관장하던 집행업무의 일부는 산업자원부와 교육인적자원부 등 다른 부처로 이관했다.

정부는 이어 NIS의 틀 속에서 다루어야 할 주요 사업을 확정하여 발표했다. '5대 혁신분야'라는 이름으로 발표되었는데 여기에는 과학기술 인재양성과 활용을 포함한 '주체혁신', R&D 투자 확대 등을 담고 있는 '요소혁신', 성장잠재력 확충을 포함하고 있는 '성과·확산혁신', 과학기술 행정체계 개편 등을 담고 있는 '시스템 혁신', 과학기술 문화 확산 등을 강조하는 '기반혁신' 등이 포함되어 있었다. 이 부분에 대한 자세한 설명은 피하기로 한다.

참여정부의 이러한 노력은 세계의 과학계와 경제계로부터 큰 호평을 받았다. OECD는 '아직 평가하기는 이르지만 새로운 NIS를 향한 과감한 시도'라 했고, 핀란드 과학기술청은 '향후 한국이 세계 연구개발의 선두주자 중 하나로 부상할 것이며, 과학기술 행정체제 개편이 중요한 역할을 할 것'이라 했다.

이러한 노력의 결과인지 2006년 6월 미국의 RAND 연구소는 우리나라를 미국, 캐나다, 독일, 일본 등과 함께 과학 선진국 7개국 중 하나로 선정하여 발표했다. RAND가 중시하는 '16개 기술응용 분야 가운데 향후 14개 이상을 확보할 것으로 전망되는 국가' 중 하나로 선정이 된 것이다.

실제로 최근 몇 년간 우리는 이 분야에서 괄목할 만한 성장을 계속하고 있다. 스위스(Swiss)의 IMD(International Institute for Management

Development)에서 발표한 우리의 과학경쟁력은 2003년에는 16위에 머물렀으나 2007년에는 7위로 올라섰다. 기술경쟁력 또한 27위에서 6위로 올라섰다. 세계일류상품 수도 2002년 278개였으나 2006년 상반기에 547개로 늘어났다. 세계 최초의 휴대인터넷 와이브로(WIBRO)를 개발하는 데 성공했으며, 세계 최대 40인치 TV용 유기발광다이오드(AM - OLED) 시제품을 개발했다.

중소기업의 기술혁신 역량도 크게 강화되었다. 기술혁신형 중소기업 수는 2003년에 2,007개에 불과하던 것이 2006년 7월에 1만 3,163개로 증가했다. 이들 중소기업의 매출액 증가율은 일반기업의 3.5배나 되었다. 아울러 과학자들의 SCI(Science Citation Index) 논문 게재 건수도 1981년에 세계 53위에서 2005년에는 14위로 올라섰고, 미국 특허 등록 건수도 2005년 세계 4위까지 올라갔다.

정부 밖에서 우리 경제를 파탄이라고 하고, 우리에게 미래가 없다고 이야기하는 동안 우리는 묵묵히 미래를 향한 큰 걸음을 걸어왔다.

기업 생태계와 상생의 문화

'경쟁의 종언(Death of Competition)'

교수들 간에 한번 싸움이 생기면 그 싸움이 오래가는 경향이 있다. 심지어 한번 생긴 감정을 10년이나 그 이상 가지고 가면서 크고 작은 일마다 사사건건 부딪치는 사람도 있다. 흔히들 '선생'이 되어서 옳고 그른 것만 따지다 보니 그렇다고 하는데, 꼭 그렇지는 않다. 정작 중요한 이유는 서로 협력하지 않아도 기능을 수행하고 생존하는 데 별 지장이 없기 때문이다. 교수란 기본적으로 교수 개개인이 기능의 단위다. 혼자서 가르치고 연구해도 별로 어려움이 없다. 상대가 가르치는 과목에 대해서는 일종의 불가침협약이 있어 웬만한 경우가 아니면 서로 말을 아낀다. 그러니 몇 년이 되었건 서로 연구실 문을 닫고 혼자서 살고 싶은 대로 살아도 별 불편이 없다. 어찌 보면 대학의 매력이자 한계이다.

그런데 이제 대학사회조차 예전과 같지 않다. 사회변화가 심하고 지식정보가 대량으로 유통되면서 가르치고 연구하는 내용도 복잡해졌다. 또 대학 간 경쟁이 치열해지면서 대학과 교수 개개인에 대한 평가체계도 크게 강화되고 있다. 당연히 학제 간(inter-disciplinary) 연구의 필요성도 날로 높아지고, 연구의 규모도 혼자서는 감당할 수 없는 것이 대종을 이루고 있다. 아직은 직업적 안정성이 높아 연구실 문을 닫고 혼자 버틸 수는 있겠지만 과거와는 분명 다른 상황이다. 협력과 상생(相生)을 하지 않으면 살아남을 수 없는 환경이 만들어지고 있는 것이다.

대학이 이러할진대 기업을 포함한 일반사회 조직이야 오죽하겠는가? 기능적으로 연계된 조직 간의 협력체계가 갖춰져 있지 않으면 경쟁력 강화는 고사하고 살아남기도 힘든 상황이다. 특히 오늘과 같이 공급체인(supply chain)이다 가치사슬(value chain)이다 운운하며 조직들이 그 핵심기능을 제외한 나머지 기능을 아웃소싱(outsourcing)하고, 그 결과 기능적으로 상호 연계된 조직과의 네트워킹이 점점 더 중요한 의미를 지니는 상황에서는 더욱 그러하다.

『경쟁의 종언』(*The Death of Competition*)을 쓴 세계적 경영학자 무어(James Moore)는 이 문제를 '기업 생태계(business ecosystem)'란 개념으로 다루고 있다. 그가 말하는 기업 생태계란 일종의 네트워크를 이루는 경제공동체(economic community)로 생산자와 부품·소재 공급자, 경쟁자, 고객, 돈을 빌려주는 금융기관, 규제권한을 가진 정부기관 등 다양한 단위조직으로 이루어진다. 무어는 아무리 뛰어난 능력을 가진 조직이라도 이 공동체가 건강하지 못하면 그 경쟁력을 유지하기 어렵다고 말한다. 앞서 이야기한 대학의 예를 다시 들면 바로 옆에 강의 잘하고 연구 잘하는 교수가 없으면 본인의 교수역량과 연구역량도 결국은 떨어지게 된다는 뜻이다. 자극을 받지 않으니 스스로 나태해지고,

협조를 받고 싶어도 상대가 도움을 줄 만한 실력이 안 되니 이 또한 무망하다. 결국 자신의 역량도 함께 떨어지는 것은 물론 나아가서는 대학사회 전체의 경쟁력도 떨어지게 된다.

일반적인 제조업이나 서비스 산업도 마찬가지다. 경쟁기업과 협력 업체 등이 건강한 상태를 유지해야 산업 전체가 발전할 수 있다. 또 그래야만 이를 위한 금융지원 시스템이나 행정지원 시스템 등이 제대로 갖춰지면서 전체적으로 건강한 생태계가 조성될 수 있다. 바로 무어가 말하는 '공진화(共進化, co-evolution)', 즉 같이 진화하는 길로 가게 된다.

"방해하지 말고, 가로막지도 말고, 또 빼앗지도 말고 오히려 상생의 구도를 갖추라. 공룡이 모두 죽어가는 환경이 조성되는데 혼자 살아남을 공룡이 있겠느냐?" 무어의 메시지를 굳이 해석하자면 이렇다. 실제로 이러한 관점에서 인텔(Intel), 마이크로소프트(Microsoft), 휴렛팩커드(Hewlett-Packard), 소프트뱅크(Softbank) 등이 자사와 동일한 생태계에 소속된 기업들에게 혁신과 '공진화'를 위한 기술과 정보를 제공하고 있다. "이제 경쟁은 기업 간의 경쟁을 넘어 생태계 간의 경쟁이 되고 있다." 다시 무어의 말이다. 같은 생태계에 속한 조직들끼리 생존과 진화를 위한 협력을 해야 한다는 뜻이다.

상생(相生)의 메시지

기업 생태계와 관련된 논의는 우리의 산업구조와 관련하여 여러 가지를 생각하게 한다. 무엇보다도 우리의 대·중소기업 간 관계와 관련하여 중요한 메시지를 던져주고 있다. 메시지는 간단하다. 협력업체를 비롯한 중소기업이 건강한 경쟁력을 지니지 못하는 한 대기업 또한 어려울 수밖에 없다는 것이다. 말하자면 상생의 메시지다.

전통적인 시장논리에서는 중소기업의 문제는 대기업과는 별 관계가 없는 문제였다. 대기업은 그저 질 좋은 부품을 되도록 싼 값에 구입하면 그만이었다. 이것이야말로 시장논리로서 중소기업체 간의 경쟁을 촉진하여 산업 전체의 생산성과 경쟁력을 높인다는 의견도 있었다. 어쨌든 이러한 논리구조 아래 경쟁력이 떨어진 중소기업은 시장에서 퇴출되었고, 이것 또한 시장논리에 의한 당연한 결과로 받아들여졌다.

대기업들은 한 발 더 나아가 자신들의 우월적인 지위를 이용하여 중소기업에 대해 다양한 형태의 불공정 행위를 하기도 했다. 다른 경쟁기업에 납품을 하지 못하도록 제한하기도 하고, 개발된 기술에 대한 권한을 빼앗기도 했다. 납품단가를 정당한 수준 이하로 낮추기도 하고, 노사분규로 인한 손실 등 스스로 안아야 할 부담을 전가하기도 했다. 그 결과 대기업과 중소기업의 격차는 점점 심해져, 임금에 있어서만도 2004년 기준으로 중소기업의 평균임금은 대기업 평균임금의 57%에 지나지 않는 상황이 되었다.

대기업과 중소기업의 이러한 관계가 어떤 문제를 유발했는지 쉽게 짐작할 수 있다. 중소기업은 기술 축적을 할 여유가 없어 그 경쟁력이 점점 떨어지고, 대기업은 우수한 부품을 해외에서 조달하게 된다. 이러한 경향은 IMF 경제위기 이후 대기업들이 단가를 낮추는 데 일차적인 초점을 맞추는 과정에서 더욱 악화되었다. 대기업에게서 오는 단가인하 압박 속에 중소기업 역시 단가인하밖에 생각할 여유가 없었고, 그로 인해 외국 부품업체에 비해 기술경쟁력은 더 떨어지게 되었다.

아무튼 부품을 해외로부터 구입하니 수출을 해도 나라 경제에 크게 도움이 되지 않고, 대·중소기업 간 양극화 현상은 더욱 심화된다. 대기업에서 벗어나 독자적 영역을 가지고 있는 중소기업이 많으면 그나마 다행이겠으나 우리의 상황은 그렇지도 않다. 중소기업의 28%가 대기업의 1차(16%) 또는 2차(12%) 협력업체들이다. 3차 협력업체와 그 외 간접적으로 관계가 있는 중소기업까지 포함하면 잘못된 대·중소기업 관계가 우리 경제에 미치는 영향은 절대적인 것이 된다.

정부는 이 문제와 관련하여 앞의 어느 정부보다 깊은 관심을 가졌다. 이 점과 관련하여 두 가지 이야기해둘 것이 있다. 먼저 그 하나는 우리 경제와 중소기업의 문제를 이렇게 기업 생태계라는 관점에서 파악하는 것이 늘 있던 일이 아니었다는 점이다. 과거의 중소기업대책 은 대체로 중소기업 자체의 경쟁력을 높여주는 방향에서 제시되었다. 즉 정책자금을 지원하고 판로를 열어주는 등의 대책이 주류를 이루었 다. 그러나 참여정부는 중소기업을 직접 겨냥한 이러한 정책 위에 기업 생태계라는 관점에서 문제를 파악하고 이와 관련된 대책을 함께 내놓았다.

다른 하나의 특징은 국가의 최고 지도자인 대통령이 이를 주된 관심사항으로 직접 챙겨왔다는 점이다. 그만큼 강도 높게 추진되었다 는 뜻이다. 대통령이 직접 나서서 중소기업특별위원회 등 중소기업 관련 기구들의 기능을 보강하고, 기업과 자영업자에 대한 전면적이고 도 체계적인 실태조사를 지시했다. 이 역시 늘 있던 일이 아니라 처음 있는 일이었다.

아울러 과거에 수도 없이 발표되었던 중소기업대책의 문제점을 하나하나 분석했다. 그런 다음 대통령이 주재하고 대기업 총수 및 중소기업체 대표들이 참석하는 대·중소기업 상생협력 회의가 다섯 차례나 열렸다. 그리고 이 회의 결과를 바탕으로 2006년 6월에는 '대·중소기업 상생협력 촉진에 관한 법률'을 제정했다. 상생협력을 보다 제도화하고 이에 대한 사회적 인식을 전환시키기 위해 대·중소기업 협력재단을 만들었으며, 국무총리를 위원장으로 하는 '대·중소기업 상생협력위원회'도 설치했다. 그리고 이를 통해 3대 정책방향과 10대 추진과제, 40개 세부과제를 다듬었다.

이들 과제는 공정거래 확립을 위한 단속의 강화에서부터 중소기업의 기술혁신 지원과 재정적 협력에 대한 인센티브(incentive) 부여에 이르기까지 다양한 실질적 조치가 망라되었다. 예컨대 건교부의 경우 상생협력 파트너링의 형성과 확산, 하도급질서 확립 및 공정·투명화, 건설생산 체제의 선진화 및 성장 기반 확충 등을 3대 정책목표로 내걸었으며, 이러한 목표 아래 대·중소 건설업체의 공동기술개발과 해외 공동수주 지원, 불법 다단계 하도급 근절 등의 세부과제를 확정하여 시행하고 있다. 또 정보통신부의 경우는 시스템 사업을 하는 대기업과 부품·소재 사업을 하는 중소기업의 컨소시엄을 통한 공동 R&D 활성화, 장비나 소프트웨어 등의 다단계 납품구조 개선 등 구체적이고 실질적인 사업들을 구체적인 과제로 채택하여 실시하고 있다.

이러한 조치들과 함께 우리 사회에서 대기업이 가져야 할 소명의식도 함께 강조했다. 상생이란 것은 결국 하나의 문화로서 정착될 필요가 있고 그러기 위해서는 대기업이 먼저 생각을 바꿔주어야 하기 때문이었다. 이 과정에서 상생협력으로 대기업과 중소기업이 같이 '진화'하게 된 많은 사례가 소개되었으며 그것이 기업 생태계를 얼마나 건강하게 할 수 있는지도 소개되었다. 네트워크가 중시되는 사회에서 조직 간의 신뢰와 소통 능력이 얼마나 중요한 역할을 하며, 이 점에 있어 국외가 아닌 국내 중소기업이 훨씬 더 좋은 상대임을 입증하는 논리들도 제시되었다. 과거 같으면 대통령의 말 한마디로 끝이 날 일이었겠지만 오늘과 같은 상황에서는 이를 하나하나 정책과 세부사업으로, 그리고 논리와 명분의 그물로 끌어들여야 했다.

이러한 노력의 결과 대·중소기업의 상생협력관계는 크게 강화되었다. 상당수의 대기업은 상생협력을 위한 전담조직을 만들어 운영하고 있으며, 상생협력에 대한 투자도 크게 늘리고 있다. 2006년 현재 30대 대기업의 상생협력 투자는 총 1조 4,300억 원 정도. 전년도에 비해 무려 30% 이상 늘어났다. 주로 10대 기업에 의해 이루어지는 것이지만 차차 그 아래로 확산되는 움직임도 감지된다.

그러나 이보다 중요한 것은 정부의 이러한 노력을 통해 상생·협력이 우리 사회의 중요한 산업문화의 하나로 정착해나가고 있다는 점이다. 신문이나 잡지를 보면 기업 생태계에 관한 글이나 공급체인과 가치사슬에 대한 글이 부쩍 늘어나고 있는데, 이것이 바로 그 징표가 아닐까 한다.

넋두리

청와대 정책실장을 하고 있던 어느 날, 점심 식사 후 잠시 신문을 들었다. 신문은 여느 때와 같은 모양이었다. '경제정책이 없다'는 칼럼에 '기업이 죽어가고 있다'는 사설 등. 신문을 막 덮는데 벤처업계 대표들이 찾아왔다. 당연히 새로운 정책건의를 하거나 아니면 정부가 잘못하고 있다고 지적하러 온 것이라 생각했다. 그런데 그게 아니었다. 감사를 전하기 위한 방문이었다. 2004년 12월에 있었던 벤처기업 활성화 대책과 그 이듬해인 2005년 6월에 있었던 보완대책으로 벤처업계가 다시 살아날 수 있게 되었고, 이로 인해 코스닥 시장까지 살아나고 있으니 대통령께 감사를 전하기 위해 왔다는 것이었다.

오히려 송구한 마음에 더 챙기지 못해서 미안하다고 말씀 드렸다. 그러면서 하나하나 챙겨나가는 것이 얼마나 힘든 일인가 이야기하기 시작했다. 하다 보니 넋두리가 되어버렸다…….

중소기업과 자영업자들이 돈줄이 마른다고 아우성치지만 회계 투명성이 낮은데다 금융기관의 평가체제가 제대로 갖춰지지 않았으니 돈이 가기가 힘들다. 회계투명성을 높이고 평가체제를 강화하기 위해 정부가 죽어라 힘을 쓰지만 하루아침에 되는 일이 아니다. 그렇다고 다시 정부가 은행보고 돈 빌려주라고 윽박지를 수 있는가? 해서도 안 되지만 은행이 따라오지도 않을 것이다. 그나마 신용보증과 기술보증 제도를 손봐가며 최선을 다하고 있고, 벤처업계 지원을 위해서도 1조 원 규모의 모태펀드도 조성했다. 다음 정부나 그다음 정부에 가면 그분들이 우리 정부에게 크게 인사해야 할 것이다…….

영세 자영업자들, 미칠 정도로 딱하다. 얼마나 힘들겠는가? 영세 자영업자 비율이 미국은 7.5%이고, 일본은 10% 안팎이다. 그런데 우리는 무려 27%이다. 한 대 있으면 될 택시가 두 대 돌아다닌다는 이야기고, 하나 있으면 될 식당이 두 개, 세 개 있다는 이야기다. 장사가 잘 될 리 없다. 말이 장사를 하는 것이지 상당수는 사실상 반실업 상태다. 노동시장의 유연성이 낮은데다 직업훈련체계가 제대로 마련되어 있지 않고, 그로 인해 산업구조조정이 제대로 안 되다 보니 일어나는 문제다. 직업훈련체계도 참여정부에 들어와서야 강화하기 시작한 것이다. 그것도 돈도 넉넉지 않은데다 툭하면 '좌파'니 '큰 정부'니 하고 따지는 통에 제대로 가기도 힘들다.

'좌파'니 '큰 정부'니 하고 떠드는 사람을 보면 정말 세상 걱정 없이 사는 사람들 같다. 세상 변하는 것에는 아예 마음의 담을 쌓아버린 것 같다. 굳이 비유하자면 하루 종일 공부하다가 식사 후에 30분 산책하는 것을 두고 '공부는 않고 매일 돌아다니기만 한다'고 매 들고 나오는 격이다. 자영업자 문제만 해도 누가 이런 문제를 만들어놓았는지, 왜 이런 문제가 생겼는지 생각은 해보았는지 모르겠다. 생각이 없으니 자기가 한 줄도 모르고 오히려 매를 들고 나오는 사람도 있다. 웃고 말아야지…….

부동산, 다시 보는 '불패론'

'약발 다 된 약'

부동산 문제는 많은 문제의 원인이다. 오르기 시작하면 가진 사람과 가지지 못한 사람의 격차를 더 벌려놓는다. 빈부격차와 양극화는 더 심화되고 사회통합은 더욱 어려워진다. 부동산에 의한 소득은 일종의 불로소득으로서 일하는 사람들의 근로의욕을 꺾어놓기도 한다. 또 산업으로 가야 할 돈이 집이나 땅으로 몰리면서 자원배분 구조를 왜곡시키고, 임대료 등을 올림으로써 고임금 고물가의 원인이 된다. 그뿐만 아니다. 방을 하나 늘리는 데도 큰돈이 드니 아이 낳기도 힘이 든다. 그래서 이 문제는 저출산의 원인이 되기도 한다.

정부로서는 어떡하든 부동산 문제를 잡아놓아야 하는데, 정말 이처럼 괴롭고 힘든 일이 없다. 대부분의 정책문제는 합리적인 대안을 마련하면 그것이 어느 정도 먹혀들어 가는데, 이 문제만큼은 그렇지 않다. 정부정책에 대한 신뢰가 낮은데다 그나마 이를 훼손하고자 하는 시도가 너무 많고, '강남불패' 등 잘못된 믿음도 정말 어떻게 할 수 없을 정도로 강하다. 실제로 정부로서는 단순히 부동산 문제에 대한 대책을 세우는 것을 넘어 정부의 대책을 훼손하는 시도들이나 잘못된 믿음과 싸워야 했다.

다음에 소개하는 글은 먼저 '정부정책을 훼손하고자 하는 시도'에 관한 것으로 정책실장 재직 시절인 2006년 2월 '청와대 브리핑'에 게재된 것이다. 2005년의 8·31 대책에 대해 당시 어떠한 시도들이 있었고, 이에 대해 정책에 관여하고 있는 사람으로서 어떤 느낌을 가지고 있었는지를 볼 수 있어 그 일부만 잠시 소개한다.

천하의 명약이라도, 먹어야 병이 낫는다. 건네받아 손에 드는 순간에 병이 다 나아버리는 그런 약이 있던가? 잘 알다시피 8·31 대책만 해도 아직 손에 들고 있는 약이다. 포장도 채 뜯지 않은 것이 있는가 하면, 그나마 빠르게 집어먹는 것이라고 해봐야 이제 막 입으로 가져가는 중이다.

이런 상황에 우리는 (일부 언론에서) 벌써 '약발이 다 되었다'는 이야기를 듣고 있다. 채 입에 넣지도 않은 약을 두고 '약발'이 다 되었다니, 이를 어찌 보아야 할까? 혹시 '약발' 없기를 바라는 사람들의 목소리가 너무 큰 건 아닌지? 또 이들의 의도된 장난에 우리 모두 생각 없이 끌려 다니는 것은 아닌지? 별 생각이 다 든다.

이왕 '약발' 이야기가 나왔으니 정말 그렇게 이야기할 수 있는지 한두 가지 짚어보자. 먼저 실거래가 등기부 기재 문제인데, 언론이 보도에 소극적인 것과 달리 이 제도는 부동산 시장에 큰 변화를 가져올 것으로 예상된다. 소득원이 확실하지 않은 사람이 고가 아파트나 재건축 아파트 등 국민적 관심이 되는 물건을 사기가 쉽지 않아진다는 점이다. 예컨대 평생 번 돈이 1억 원밖에 되지 않는다고 신고를 하고 그에 상응한 세금만 낸 사람이 '번 돈'의 수십 배가 되는 20억 원대의 고가 아파트를 사면 어떻게 될까? 국세청이 이를 보고만 있을까? 좀 더 정확한 말로, 국민들이 보고만 있게 할까?

공시가격 주택 6억 원, 토지 3억 원 이상의 고가 부동산을 대상으로 하는 종합부동산세 역시 만만치 않은 제도다. ……공시가격 20억 원짜리 집은 올해 약 2,000만 원이 되고, 불과 3년 뒤인 2009년이면 거의 3,000만 원에 이르는 보유세를 내야 한다. '약발'이 없을까? 같이 한번 두고 보자. 적지 않은 사람들이 또 이렇게 이야기한다. "그래봐야 몇 년 못 간다. 정권이 끝나는 순간 종부세도 없어진다." 글쎄, 과연 그럴까? 종합부동산세로 거둬들이는 세수는 모두 중앙정부가 아닌 지방자치단체로 간다. 지방자치단체의 재정 여건을 고려할 때, 최소한 반 이상의 지방자치단체가 이 돈을 '생명수'로 여기게 될 것이다. 어떤 대통령이, 아니면 어떤 정권이 이 제도를 쉽게 폐지할 수 있을까? 시장, 군수나 지역주민이 가만히 있을까? 또 그 지역의 국회의원은 어떨까? 대통령의 뜻이라 하여, 아니면 당론이라 하여 이들 '수호천사들'이 입을 다물고 있을까? 제도가 제대로 시행되고 난 다음에는 오히려 너도나도 더 거둬주자고 나서지 않을까? 아직 입에 넣지도 않은 약을 두고 약발이 다 되었다고 하는 데는 머리가 어지러워진다.

지금, 글을 게재한 뒤 1년여가 지났다. 잘못 파악하고 있는지 모르겠지만 지금 이 순간에도 '약발이 다 되었다'라고 이야기하는 사람이 있을까? '세금으로는 절대로 부동산을 잡지 못한다'고 소리치는 사람들이 있을까? 최근에는 그렇게 쓴 글을 읽은 기억이 나지 않는다. 조금 후 다시 이야기하겠지만 공시가격 주택 6억 원, 토지 3억 원 이상의 고가 부동산을 대상으로 하는 종합부동산세만 해도 2009년에 가야 완성이 되는 제도로 아직도 3년을 더 가야 완성된다. 이제는 '너무 세니 낮추라'고 야단이다. 불과 1년 남짓 지난 뒤의 변화이다.

그런데 한 가지 재미있는 사실이 있다. 이렇게 '약발이 다 되었다'는 주장이 나오는 동안에도 다른 한쪽에서는 여전히 종부세가 '너무 높다'거나 '세금폭탄'이라며 공격하고 있었다는 점이다. '폭탄'이 어떻게 약발이 없을 수 있을까? 부정적이든 긍정적이든 '약발'은 있게 마련 아닌가? 아무튼 두 가지 상반된 입장을 접할 수밖에 없었는데, 흥미로운 것은 이 다른 두 입장이 다른 사람이나 다른 기관에 의해 이야기된 것이 아니라 같은 사람, 같은 기관에 의해서 이야기된 경우가 많다는 점이다.

'헌법만큼 바꾸기 힘든……'

잘못된 믿음에 대응하는 것도 참으로 힘든 일이었다. 교육문제와 마찬가지로 부동산 문제 또한 전 국민의 관심사항이다. 그래서 그런지 전 국민이 나름대로의 이론과 대책을 가지고 있다. 그러나 이러한 '이론과 대책' 중 쉽게 받아들이기 힘든 부분이 적지 않다. 또 반드시 교정하지 않으면 안 되는 부분도 있다. 정부로서는 참으로 힘든 일인데, 이와 관련하여 두 가지만 이야기했으면 한다.

첫째, '공급이 최고의 약이다'라는 논리다. 이 논리로 정부는 많은 공격을 받았다. '세금으로는 부동산을 잡을 수 없다'라는 또 다른 논리와 함께 정부를 곤혹스럽게 했다. 정부가 공급대책을 가지고 있지 않은 것은 물론 아니다. 2005년의 8·31 대책만 해도 향후 5년간 수도권에 1,500만 평의 공공택지를 확보한다는 계획을 포함하고 있었다. 또 이 계획에 따라 송파구 거여동 일대 200만 평의 정부 땅에 임대주택을 포함하여 모두 5만 가구 규모의 신도시를 개발한다는 구체적인 대책이 들어 있었다. 또 이미 추진되고 있던 김포와 양주 신도시의 규모를 337만 평 늘리기로 했다.

아울러 2006년의 11·15 대책에서는 수도권재정비촉진지구 및 뉴타운에서 2012년까지 36만 호를 공급하기로 했고, 용적률 규제가 엄격해 서민주택공급이 원활하지 못한 점을 감안하여 계획관리지역 내 2종지구단위계획구역의 용적률을 150%에서 180%로 늘리는 조치를 취했다. 뒤의 것은 주로 연립주택 등 서민주택공급을 원활히 하기 위한 조치였다.

그러나 '공급이 최고의 약이다'라고 주장하는 사람들 입장에서는 정부의 이러한 대책은 '공급'이 아니었다. 이들이 말하는 공급은 강남의 수요를 그대로 대체할 수 있는 지역에 강남 수준의 고급 타운을 건설하는 것이었다. 예컨대 성남일대 등에 최고급 아파트 단지를 건설하는 것 등을 말한다.

이게 과연 맞는 답인가? 전통적인 수요공급 논리를 생각하면 분명히 그렇다. 그러나 집은 부동산, 즉 움직이지 않는 물건으로 공급이 특정지역에 집중된다는 점에서, 또 공급을 무한대로 할 수 없다는 점에서라면이나 TV와 같은 일반상품과는 다르다. 이러한 특성을 무시한 단순 공급논리는 오히려 강남 집값을 부추기는 역할을 할 수 있다. 예를 들어 강남에 수요가 몰린다고 강남과 그 인근지역에 고급 아파트 공급을 늘려보자. 중상층이 몰리니 자연히 좋은 학교와 학원, 좋은 백화점이 몰리고, 이것이 다시 중상층과 투기자본을 끌어들이게 된다. 중상층이 집중되면서 나중에는 그 지역에 사는 것 자체가 신분적 지위를 상징하는 것이 되기도 한다. 다시 말하지만 지역이 한정되지 않고, 또 공급이 한정되지 않는 일반 상품과는 전혀 다른 양상이 전개된다. 잘못된 공급논리는 자칫 집값 상승, 그래서 '올라도 너무 오르는' 집값 상승의 단초를 제공한다.

따라서 공급은 다소 힘이 들겠지만 역내 균형발전 문제를 생각하면서 해야 한다. 중상층 주택을 공급하더라도 강남이나 그 주변이 아닌 지역을 생각해야 하고, 할 수 없이 그 지역에 공급을 하더라도 임대주택 중심의 공급 등 다른 방안들을 생각해보지 않으면 안 된다. 아울러 단순 공급논리보다는 다른 지역의 서비스 경쟁력(학교, 학원 등)을 강화하여 강남으로 몰리는 중상층 주택수요를 분산시키는 방안도 같이 생각해야 한다.

둘째, '정책변화 필연론'에 대한 믿음이다. 정부가 바뀌면 정책도 필히 바뀐다는 것인데, 이는 부동산을 생각하는 많은 사람들 사이에 거의 신앙에 가까운 믿음이 되어 있다. 이러한 믿음이 있는 곳에는 정말 백약이 무효가 된다. 대통령의 임기가 무한대가 아닌 바, 조만간 곧 유리한 상황이 전개된다는데 달리 마음먹을 이유가 없다. 괜히 섣불리 움직였다가 손해만 보게 되지 않을까 걱정을 한다.

사실 역대 정부는 주택정책을 경기조절의 중요한 수단으로 활용하

곤 했었다. 그래서 때로 규제를 풀었다 묶었다 하기도 하고, 양도소득세
등도 편의적으로 적용하기도 했다. 스스로 왔다 갔다 하며 '정책변화
필연론'의 기초를 제공한 것이다. 지금도 강남 부동산의 상징이 되어
있는 '타워 펠리스'는 양도소득세가 없다. 분양 당시 부동산 경기가
좋지 않자 정부가 일시적으로 당시에 분양받는 아파트에 한해 향후
팔 때 양도소득세를 내지 않아도 좋다는 조치를 취해준 것이다. 정책을
이런 식으로 운용했으니 국민들 입장에서는 어떻게 정책이 변화하지
않는다고 믿겠는가?

여기에 최근 들어 그 기능이 부쩍 강화된 국회의 입장 또한 적지
않은 변수가 된다. 여야를 막론하고 부동산 정책과 관련하여 정부와
입장을 달리하는 의원들이 있기 마련인데, 이들은 의원입법 등의 방식
을 빌어 정부정책을 제어하거나 변화시키기 위해 노력한다. 실제로
야당은 종합부동산세 제도가 국회를 통과한 지 얼마 되지도 않아
그 완화를 위한 법안을 제출하는 등, 국민들에게 변화 가능성을 암시하
는 움직임을 끊임없이 해왔다.

하여간, 지금 이 순간에도 정부가 바뀌면 정책이 바뀐다는 '확실한
믿음'이 우리의 부동산 시장과 주택시장을 지배하고 있다. 이들의
믿음이 강한 만큼 정부도, 장관이 바뀌고 국회 구성이 바뀌고 나아가
정권이 바뀌어도 쉽게 변하지 않는, 그야말로 '헌법만큼 바꾸기 힘든
정책'을 만들기 위한 노력을 해야 한다.

정부는 이를 위해 우선 주택경기를 살려 전체 경기를 살리겠다는
생각을 버렸다. 정부가 출범하면서부터 이미 버렸다. 경기가 좋지
않은 상태에서도 경제부처 장관들에게는 '부동산을 경기정책의 수단

으로 쓰지 말라'는 대통령의 지시가 이어졌다. 정책의 일관성을 유지하기 위해서였다. 또 앞서 이미 이야기했지만 참여정부가 채택한 가장 중요한 제도의 하나인 종합부동산세는 그 세수를 지방재정이 상대적으로 나쁜 지방자치단체에 배분해주도록 했다. 지원을 받는 지방자치단체가 이 제도의 '수호천사' 역할을 하도록 한 것이다.

'강남은 흔들리지 않는다?'

이와 같이 참여정부는 정부정책을 훼손하는 시도들과 잘못된 믿음에 대응하면서 부동산 정책의 기본원칙을 지켜왔다. 투기이익 환수, 거래 투명성 확보, 보유과세 확대, 적절한 공급 등이다. 여기에 최근에는 다시 부동산과 관련된 대출제한을 강화하고, 아파트의 분양 원가를 공개하는 제도를 추가했으며, 부동산 공급에 있어 공공부문의 역할을 확대하는 조치를 취하고 있다.

투기이익 환수를 위해서는 1가구 2주택과 6억 원 이상의 고가주택 등에만 실시되던 양도소득세 실거래가 과세를 2007년부터 전면실시하고 있으며, 재개발과 재건축 공동주택에 대해서는 기반시설부담금 제도를 도입하여 재개발 재건축으로 인해 발생되는 기반시설 설치비용을 건축행위자에게 부담토록 하고 있다. 또 거래투명성 확보를 위해서는 실거래가격을 부동산 등기부에 기재하도록 했는데, 부동산 등기부는 공정증서(公正證書)로서 허위기재나 부실기재를 하는 경우 형사처벌을 받게 된다는 점에서 이 제도는 투명성 확보와 투기억제의 결정적 수단이 되고 있다.

　보유과세 확대는 학계를 비롯해 그동안 수많은 사람들이 주장해온 것을 참여정부에 와서야 실현한 것이다. 역대 정부들이 이를 처리하지 못한 것은 그만큼 정치적으로 예민한 문제였음을 의미한다. 그러나 참여정부는 기본에 충실해야 한다는 관점에서 이를 적극적으로 추진하고 있다. 종합부동산세를 도입하고 공시지가 현실화율을 높이는 일 등이 모두 이에 속한다. 다만 서민들 주택까지 부담을 느끼게 할 필요가 없음에 유의하여 이 부분에 있어서는 매우 조심스러운 접근을 하고 있다. 서민들의 경우 집은 생활을 영위하는 데 필요한 최소한의 요소라는 의미가 있기 때문이다.

　적절한 공급과 관련해서는 앞서 이야기한 바와 같다. 다만 한 가지 꼭 짚어두고 갈 것은 참여정부에 들어서 서민들의 주거복지를 확대하는 입장에서 임대주택 공급을 크게 강조하고 있으며, 그 공급에서 공공부문의 역할을 확대하고 있다는 점이다. 2007년의 1·31 대책은 그 결정판이라 할 수 있는데, 임대주택 펀드를 조성한 후 연기금과 우체국 보험사, 투신 등으로부터 2019년까지 연평균 7조 원, 총 91조 원의 자금을 끌어와 매년 5만 호씩 총 50만 호의 비축용 장기임대주택을 마련하는 계획을 세워 발표했다. 이 장기임대주택은 서민용 주거를 위해서도 중요하지만 서민용 집값이 급등하는 경우 이를 조정하는 수급조절용으로도 활용될 수 있다.

　끝으로 2007년 1월 두 차례에 걸친 조치를 통해(1·11 / 1·31) 다주택자에 대한 주택담보대출 규제를 강화하는 한편(Loan to Value, LTV 규제 강화), 투기지역과 투기과열지구의 경우 총부채상환비율(Debt to Income, DTI)을 40%로 제한하는 조치를 취했다. 총부채상환비율 제도는 총소득에서 연간 원리금 상환액이 차지하는 비율을 보아 대출을 해주는 제도로 담보가치 중심의 대출을 상환 능력 중심으로 가져가게 하는 조치다. LTV와 DTI 모두 갑작스런 부동산 가격 하락으로 집 주인이 지나친 피해를 보거나 경제 전반에 지나친 타격이 오는 것을 예방하기 위한 조치임과 동시에, 돈이 지나치게 풀려 부동산 가격이 올라가는 것을 막기 위한 조치다.

얼마 전 강남지역을 지나가다 어느 부동산 관련 회사가 세워놓은 광고를 보았다. '강남은 흔들리지 않습니다.' 무슨 뜻인지 모르겠지만 곧 '강남불패론'이 떠올랐다. 흔들릴지 흔들리지 않을지 누가 100% 장담할 수 있겠는가? 다 같이 두고 볼 일이다. 그러나 분명한 것은 부동산 문제는 우리 모두의 문제라는 점이다. 해결하지 않으면 우리 모두가 피해를 입는다. 경제 전반의 경쟁력이 떨어지고 사회 전체의 상황이 악화되는데 그 안에서 누군들 편히 지낼 수 있을까?

우리 모두의 문제인 만큼 참여정부뿐만 아니라 앞으로의 정부도 이 문제에 대해서는 어쩔 수 없이 강한 입장을 지닐 것이다. 또 이 정부에서 만들어놓은 중요한 제도 또한 '헌법만큼 바꾸기 힘든 제도'로 남아 있을 것이다. 여기에 행정중심복합도시 등 지역균형개발 사업도 본궤도에 오를 준비를 하고 있다. '부동산 불패론' '강남 불패론'의 불패 가능성을 다시 생각해본다.

제6장 | 새로운 시대의 진짜 자본

신뢰, 새로운 구심력

日 去食 自古 皆有死 民無信不立

사회적 자본이나 신뢰 문제와 관련하여 자주 소개되는 이야기 한마디. 공자의 뛰어난 제자 중 한 사람인 자공(子貢)이 공자에게 나라를 다스리는 일이 무엇인지 물었다〔問政〕. 공자가 답하기를, "식량을 충분히 마련하고〔足食〕, 군비를 충실히 하며〔足兵〕, 백성들이 믿고 따르게 하는 것〔足信之〕이다"라고 했다.

자공이 그중 하나를 버려야 한다면 무엇을 버려야 하느냐고 다시 물었다. 공자는 "군비를 버려야 한다"라고 했다. 자공이 또 묻기를 나머지 둘 중에 하나를 또 버려야 한다면 무엇을 버려야 하느냐고 했다. 그러자 공자는 "식량을 버려야 한다〔去食〕. 자고로 사람이야 다 죽게 마련이다〔皆有死〕. 그러나 백성의 신뢰가 없으면 나라가 설 수가 없다〔民無信不立〕"라고 했다.

믿음과 신뢰가 무엇보다 중요하다는 말인데, 이 이야기는 2,500년이 지난 지금에도 여전히 유효하다. 잠시 후 다시 이야기하겠지만 그냥 유용한 정도를 지나 탈권위주의 지식기반사회의 정곡을 찌르는 이야기가 된다. 퍼트넘(Robert Putnam), 후쿠야마(Francis Fukuyama), 콜먼(James Coleman)과 같은 학자들은 이를 '사회적 자본(social capital)'이라 부르며, 인적 자본이나 물적 자본과 마찬가지로 우리 사회 발전에 꼭 필요한 요소로 보고 있다.

사실, 개인 간의 관계에서나 사회관계에서 신뢰가 없으면 모든 것이 어려워진다. 신뢰가 없으면 우선 마음을 터놓을 수 없다. 가지고 있는 지식이나 정보도 마음대로 이야기할 수 없다. 지식과 정보가 바로 돈이고 힘인데 서로 이를 공유할 수 없으니 개인과 사회 모두 손해를 보게 된다. 정보획득 비용도 그만큼 더 들 수밖에 없다. 오늘과 같은 지식정보사회 내지는 지식기반사회에서는 치명적인 결함이다.

거래비용(transaction cost) 또한 당연히 높아진다. 믿지 못하니 확인하지 않아도 될 사항을 하나하나 끝까지 확인해야 한다. 그 과정에서 서로 얼굴을 붉힐 일도 생긴다. 쓰지 않아도 될 각서에 계약서까지 써야 하는 경우도 있다. 이러다 보니 이틀이면 끝날 일이 일주일도 걸리고 한 달도 걸린다. 빠른 결정이 성패를 좌우하는 경우에는 실패의 결정적 원인이 되기도 한다.

협업(協業)이 잘 안 되는 것도 문제다. 오늘과 같이 구조적으로 복잡한 사회, 높은 수준의 전문성이 요구되는 사회에서는 네트워킹(networking)에 의한 협업이 크게 요구된다. 무슨 일이든 하나의 단일조직이 일을 하는 데 필요한 역량과 전문성을 모두 다 가지고 있기는 힘들기 때문이다. 그러나 신뢰기반이 낮으면 네트워킹을 하는 그 자체가 어려워진다. 서로가 서로를 믿지 못하니 상호 접촉하는 것 자체가 부담이 된다.

사라진 '총과 칼', 그리고 신뢰

유감스럽게도 우리나라는 OECD 국가들을 비롯해 비교적 앞서간다는 나라 중에서는 신뢰가 낮은 나라에 속한다. 2001년에 실시된 세계가치관조사(World Value Survey)에서는 한국의 사회신뢰지수가 2.7점으로 스웨덴(6.6), 일본(4.3), 미국(3.6)에 크게 뒤지고 있다고 지적했다(≪한국일보≫, 2006. 12. 27). 가족이나 동창 등 사적인 영역에서는 꽤 높은 신뢰기반을 가지고 있으나 공적인 관계에서의 신뢰는 매우 낮은 모습을 보인다. 그래서 뭐든 부풀리고 줄이고 하는 일도 많고, 싸움도 많고 소송도 많다. 다음은 이용훈 대법원장의 말이다: "인구 10만 명당 소송건수가 1,590여 건으로 일본에 비해 4~5배 많다. 과거에는 인치(人治)가 중시되었으나 요즘에는 법치(法治)를 중시하는 것 같다. 한편으로는 긍정적 현상일 수도 있지만 (인간 상호 간) 불신감이 팽배해 있는 것 같아 안타깝다"(≪뉴시스≫, 2006. 9. 13).

앞서 몇 가지 지적한 바와 같이 신뢰가 약한 것은 오늘과 같은 탈권위주의 지식기반사회에서 대단히 중요한 문제가 된다. 과거와 같이 모든 것을 정부가 통제하고 주도할 때는 이 문제가 그리 심각하지 않을 수 있었다. 서로 믿고 말고 할 것 없이 어차피 모든 것이 정부의 억압적 통제구도에 의해 조정되고 강제되었기 때문이다. 정부가 일종의 '강력한 사회자' 역할을 한 것이다.

그러나 이제 이 '강력한 사회자'가 사라졌다. '총과 칼'을 앞세운 권위주의 정부가 사라지고 자율과 참여를 기반으로 하는 민주정부가 들어선 것이다. '강력한 사회자'가 사라진 새로운 체제 아래 우리의 경제와 사회를 구성하는 모든 주체는 이제 스스로 서로 간의 관계와 거래를 정리해나가지 않으면 안 되게 되었다. 이런 상황에서는 자연히 신뢰가 중요한 변수로 떠오르게 된다. 이것 없이는 대화와 타협이 이루어질 수 없고, 안정적 거래의 기반이 되는 사회 전체의 통합성(integrity)과 안정성을 유지할 수 없기 때문이다.

이러한 상황 아래 정부는 신뢰 문제와 관련해서 세 가지 중요한 과제를 안게 되었다. 스스로 신뢰를 회복하는 것이 그 하나이고, 이를 바탕으로 시장 및 시민사회와 새로운 관계를 형성하는 것이 또 다른 하나다. 그리고 또 하나, 우리 사회 전체의 신뢰 기반을 강화하는 일도 정부의 중요한 과제가 되었다.

역보상(逆報償)의 메커니즘

우리가 왜 신뢰가 낮은 사회가 되었을까? 여러 가지 해석이 있다. 후쿠야마와 같은 학자는 우리의 가족주의 문화에서 그 원인을 찾고 있다. 가족이 모든 사회생활의 기본이 되어 소속감과 정체성을 부여하기 때문에 가족이 아닌 사람들이나 집단에 대해서는 덜 의존하게 된다는 것이다. 상호 덜 의존하게 되면 신뢰 있는 관계를 형성하고 유지하고자 하는 노력도 덜 기울이게 된다는 말이다.

어떤 이는 근대화 과정을 거치면서 전통적 가치가 무시되고 물질만능주의 사고가 팽배하게 된 것을 신뢰가 낮아진 이유로 설명하기도 한다. 또 인성교육이 무시된 입시 중심의 교육이 만들어낸 결과라 주장하는 사람도 있다.

이러한 해석들은 그 나름대로 설명력이 있다. 그러나 핵심을 잘 짚고 있는 것 같지는 않다. 특히 가족주의 문화를 원인으로 이야기한 후쿠야마의 견해는 받아들이기 힘들다. 우리 사회에서 가족이 중요한 기능을 하는 것은 틀림없지만 이것이 사회신뢰 저하의 직접적인 원인이 될 수는 없다. 그렇다면 가족 간의 관계가 좋지 않은 사람이나 보편적인 가족구도를 이루지 못한 채 살아가는 사람들의 사회신뢰도가 높게 나타나야 하는데, 어디를 봐도 그럴 것 같지는 않다. 가족에 대한 높은 신뢰가 사회신뢰를 저해하는 것이 아니라 오히려 가족에 대한 신뢰가 높을수록 사회신뢰가 높아지는 경향이 있지 않을까? 가족을 안정된 사회연대와 국가형성의 기본단위로 인식한 공자의 말씀이다. 연구해볼 만하다.

우리 사회에서 사회신뢰가 낮은 것은 무엇보다도 먼저 신뢰를 이끌어낼 만한 보상과 징벌의 체계가 없었기 때문이다. 보상과 징벌은 크게 두 가지 측면에서 이야기할 수 있는데, 하나는 법적 규범이고 또 하나는 사회적 규범이다.

먼저 법적 규범과 관련하여 우리 사회는 한동안 많은 문제를 안고 있었다. 우선 반민주 악법 등 법이나 규칙 자체가 정당성을 상실한 경우가 많았다. 지키지 못할 법을 너무 많이 만들었고, 일을 되게 하는 것이 아니라 일을 되지 않게 하는 법과 규칙도 많이 만들었다. 그리고는 이를 적용하는 데서는 수많은 일탈이 있었다. 자의적인 해석에 의해 누구는 봐주고 누구는 안 봐주고, 어떨 때는 되고 어떨 때는 되지 않았다. 자연히 힘 있는 사람들을 찾아다니는 것이 당연한 일이었고 부패는 필연적으로 그 뒤를 따랐다. 오죽했으면 '무전유죄 유전무죄

(無錢有罪 有錢無罪)'라는 말에 온 국민이 공감을 했겠는가.

행정을 집행하는 데서도 '믿지 않는 사람들'에게 더 큰 보상이 주어졌다. 재개발을 하면서도 정부를 믿고 먼저 보상을 받고 나간 사람은 보상이 제일 적었다. 반면 명동성당까지 가서 끝까지 버틴 사람은 그와는 상대도 안 되는 많은 보상을 받았다. 조용히 이야기할 때는 들은 척도 않다가, 소리치고 발길질을 하면 그때서야 말이라도 하게 해주었다. '믿는 자'는 '고문관'이 되고 '믿지 않는 자'에게는 더 많은 것이 주어지는 역보상이 곳곳에 자리 잡고 있었다.

법적 규범이 이러한 문제를 노정하는 사이에 사회적 규범 또한 무너져 갔다. 크게 두 가지를 이야기할 수 있는데, 먼저 긍정적인 내용의 규범을 이야기할 수 있는 사회적 근거가 무너졌다. 친일을 한 사람이나 그 자손이 다시 나라의 중심에 서고, 독립운동을 한 사람과 그 후손은 역사의 그늘로 사라졌다. 민주주의라는 누구도 부정할 수 없는 사회적 가치를 이야기하는 사람은 말을 꺼냈다는 이유만으로 말할 수 없는 고통을 앓아야 했다. 앞서 이미 이야기한 바 있지만 부동산 투기를 한 사람은 부를 계속 축적했고, 이를 하지 않은 사람은 패배자로 전락해야 했다. 도대체 무엇이 옳은 것이고 무엇이 잘못된 것인지를 분간할 수가 없는 상황이었다. 믿음과 신뢰를 권고하는 것 자체가 용납되기 힘들었다.

여기에 더해 '총과 칼'을 앞세운 권위주의 체제는 사회적 규범이 자리하고 있던 공동체와 자율결사체의 힘을 완전히 빼버렸다. 지역공동체도 학교공동체도, 또 시장 안에서의 네트워크도 관료주의의 틀 안에서 용해되었다. 사회적 규범에 의한 통제는 법적 규제에 의한 통제로 대체되었다. 이제 두려운 것은 '동네사람들이 어떻게 생각할까' 가 아니라 '파출소 순경이 볼 것인가'가 되었고, '남이 어떻게 볼까'가 아니라 '처벌을 어떻게 피할 수 있을까'가 되었다. 같은 업계에서 어떤 시각으로 보건, 시민사회가 어떤 눈으로 보건 그것은 중요하지 않았다. 특혜만 받고 처벌만 피할 수 있으면 그것이 곧 왕도였다.

새로운 구심력

이제 어떻게 할 것인가? 특히 정부는 어떻게 할 것인가? 어떻게 우리 사회의 신뢰기반을 강화하고, 스스로 신뢰를 회복하여 이를 바탕으로 시장과 시민사회와 새로운 관계를 정립할 수 있을까?

많은 것을 이야기할 수 있겠지만 가장 중요한 것은 역시 잘못된 법제를 고치는 일이다. 지키지 못할 법이나 쉽게 부패에 노출될 수밖에 없는 규제나 규칙, 특히 선량한 사람들까지 거짓을 행하지 않으면 안 되게 만드는 잘못된 법규는 과감하게 폐지하거나 고쳐주어야 한다.

명분 있는 약속을 하고 이를 지키는 일, 그리고 법 집행에서 자의성을 억제하고 원칙을 지키는 일도 매우 중요하다. 국민에 대한 약속으로서 합리적인 정책을 내놓고, 한번 내놓았으면 이를 철저히 시행하여 집행의 문제(implementation problem), 즉 시작과 끝이 판이하게 다른 현상이 발생하지 않도록 해야 한다. 집행에서 원칙을 지키고 자의성을 배제하는 것이 중요함은 물론이다.

사회 전체에 투명성을 강화하는 일도 매우 중요하다. 투명성은 신뢰를 위한 가장 기본적인 요소다. 투명하지 않은 곳에서는 쉽게 오해가 생기고 왜곡이 생긴다. 신뢰가 자랄 수 없음은 물론이다. 기업과 정부의 회계는 물론, 정부의 중요한 정책과정도 최대한 공개되고 기록되어야 한다.

아울러 자율과 분권의 기반을 강화하여 공동체가 자랄 수 있도록 해주어야 한다. 공동체는 사회적 규범이 자랄 수 있는 터전이다. 공동체도 사회가 변하면서 그 모습과 내용이 달라질 수 있다. 과거의 부락공동체가 차지하고 있던 공간에 협회와 같은 업종이나 전문가 공동체 등이 들어설 수 있다. 그 형태가 어떠하건 이들 공동체가 보다 활성화되어 사회적 신뢰를 높일 수 있는 사회적 규범들을 만들어가야 한다.

정부 스스로의 신뢰를 높이기 위해 그동안 무엇을 잘못했는지에 대한 확실한 반성이 있어야 한다. 과거에 대한 올바른 반성 없이 신뢰를 얻을 수 없다. 부자지간에도 자식이 뭔가 잘못했으면 앞으로 잘하겠다는 약속 이전에 그동안 무엇을 잘못했는지를 먼저 이야기해야 한다. 무엇을 잘못했는지 짚어보지도 않고 앞으로 잘하겠다고 약속할 수는 없는 일이다. 정부 역시 앞으로의 일을 이야기함과 동시에 과거에 무엇이 잘못되었는지에 대한 반성을 먼저 이야기해야 한다.

참여정부가 해온 일들을 보자. 지방분권과 규제완화를 통한 자율과 분권체제의 강화, 디지털 예산회계제도의 도입을 통한 정부 회계의 투명성 제고, 기업회계의 투명성 고양, 청와대 내에 제도개선협의회를 두고 강력히 추진했던 각종 잘못된 법과 제도의 개선, 의사결정의 투명성 제고 및 기록문화의 강화, 노사관계 등에서 원칙을 훼손하지 않는 대처, 과거가 아닌 미래적 의미를 담은 과거사 정리, 사법정의를 바로 세우기 위한 사법개혁 추진, 성역 없이 이루어지고 있는 검찰권과 경찰권 행사, 외압 자체가 사라진 국세행정 등. 모두 사회적 자본으로서의 신뢰를 높이기 위한 노력들이다.

우리는 한때 '총과 칼'이 구심력 역할을 했던 시대를 살았다. 이제 더 이상 그것이 가능하지도, 용납할 수도 없는 사회에서 우리는 무엇으로 우리 사회를 통합해가야 하는가?

'총과 칼'이 사라진 곳에는 어느새 상업적 이해관계가 단단히 뿌리를 내리고 있다. 시장 중심의 사회다. 그러나 이것만으로 우리 사회가 통합성과 건강성을 유지할 수 있을 것인가? 분명 아니다. 신뢰의 물결이 그 사이를 흐르지 않는 한, 공동체적 가치가 중요한 구심력으로 그 아래를 받쳐주지 않는 한 우리 사회는 제대로 설 수 없다.

다시 한 번 공자의 말씀이다. "신뢰가 제일이다. 버리려면 차라리 군비와 식량을 버려라." 공자의 말씀으로 우리 정부가 한 일을 다시 한 번 보자.

양극화 시대의 패자부활

500년 걸려 지은 집

1970년대 말, 작가 조세희의 『난장이가 쏘아올린 작은 공』을 읽고 충격에 빠졌다. 첫 반응은 '어떻게 이런 글이 출판될 수 있었을까?'였다. 박정희 대통령이 두 눈 뜨고 있던, 서슬이 퍼런 유신 시대였다. '검열하는 친구들이 무슨 이야기인지 잘 몰랐나 보다.' 그게 답이었다.

소설의 한 장면. '낙원구' 구청의 철거반원들이 '행복동' 달동네를 철거하러 온다. 난장이의 집은 자진철거를 거부하고 아침상을 차려 먹고 있었다. '우리의 밥상에 우리 선조들 때부터 묶어 흘려보낸 시간들이 올라앉았다.' 그때 철거반원들이 쇠망치를 들고 들이닥쳐 집의 시멘트 담을 부순다. 이내 담에 구멍이 뚫리고 내려앉는다. 그리고 마침내 집은 헐린다.

난장이의 지인 지섭이 철거반 감독에게 항의한다. "지금 선생이 무슨 일을 지휘했는지 아십니까? 편의상 오백 년이라고 하겠습니다. 천 년도 더 될 수 있지만, 방금 선생은 오백 년이 걸려 지은 집을 헐어버렸습니다. 오 년이 아니라 오백 년입니다."

이 집을 짓는 데 오백 년이 걸렸다는 말은 무슨 말인가? 천 년도 더 될 수 있다는 말이 무슨 말인가? 이 '행복동' 달동네에 사는 사람들은 조상 대대로 집 한 채 제대로 가지지 못한 사람이라는 뜻이다. 오백 년, 천 년이 걸려서야 그나마 겨우 이 판잣집 하나 짓고 살게 되었다는 말이다. 오백 년 걸려 지은 '희망'이 내려앉은 것이다.

희망이 사라진 땅에서 희망이 없는 사람들은 어떻게 살아갈 것인가? 작가는 두 가지 방법을 제시한다. 하나는 썩어 냄새나는, 희망이 없는 이 땅을 떠나는 것이다. 난장이는 높은 굴뚝 위로 올라가 쇠공을 던지면서 '달나라'로 떠난다. 그것은 곧 죽음이다.

두 번째 방법. 난장이의 시체를 등에 멘 큰오빠 영수를 보고 여동생 영희가 말한다. "아버지를 난장이라고 부르는 악당은 죽여버려." 이에 영수는 다짐한다. "그래, 죽여버릴게." "꼭 죽여!" "그래, 꼭!"

'죽거나 죽여버려라.' 이 강렬한 메시지 앞에 우리는 무엇을 말해야 하겠는가? 작가가 틀렸다고? 아니면 맞다고? 책을 읽을 당시에는 진한 감동과 함께, 마음 한구석에서는 작가가 잘못 보았거나 과장되게 표현한 부분이 있다고 생각했다. 우리 사회가 그렇게까지 사회적 유동성(social mobility)이 없는 사회는 아니라 생각했다. 정주영 씨를 비롯하여 당시 최고의 부자 중에 가난한 집안 출신이 없지 않았고, '어려운 집 자식이 공부 잘한다'는 이야기도 아직은 완전히 무너지지 않은 상태였다.

그런데 웬일일까? 최근에 와서 다시 이 소설을 생각한다. 지식경제로 가면서 양극화는 점차 심화되는 양상을 보이고, 부동산과 사교육비의 상승에 희망 자체를 꺾어버리는 사람들이 곳곳에 나타나고 있다.

'어려운 집 자식이 공부 잘한다'는 이야기는 어디 가서 매 맞지 않으면 다행인 소리가 되었고, 영어가 곧 능력이 되는 세상에 미국 연수를 가는 아이와 가지 못하는 아이는 어려서부터 서로 다른 삶을 향한다. 새삼 이 소설이 무겁게 느껴지는 이유다.

다시 살아나는 '난쏘공'

실제로 많은 사람이 우리 사회의 제한된 사회유동성에 많은 문제를 제기하고 있다. 우선 수직적 유동성(vertical mobility), 즉 상향적 계층이 동이 제한되고 있다는 사실을 크게 우려하고 있다.

얼마 전 있었던 한 조사는 부동산을 가진 사람과 그렇지 않은 사람 간에 자산증가 속도에서 차이가 현격함을 보여주었다. 부동산을 가진 사람은 부동산 가격 폭등으로 더 큰 부자가 되는 반면, 그렇지 않은 사람은 주거비용이 높아지면서 더욱 어려운 형편이 된다. 충분히 이해할 수 있는 상황이다.

교육비는 더 큰 문제가 된다. 2005년 통계청 조사에 의하면 소득 상위 10%의 월평균 교육비는 62만 원이다. 반면 하위 10%는 10만 원에 불과하다. 그 차이가 무려 6배가 넘는다. 그리고 이것은 그대로 학업 능력의 차이로 나타난다. 월 500만 원을 넘게 버는 집 아이의 수능 평균점수는 317점. 그러나 이에 비해 200만 원 이하 집 아이는 287점. 무려 30점 차이가 난다. 소득이 높은 집안의 자녀가 좋은 학교를 가고, 그래서 다시 부와 지위가 대물림되는 현상이 일어나고 있다.

형편이 어려운 사람도 어떻게 하든 사교육을 시켜보겠다고 노력을 한다. 하기 싫은 일도 하고, 심지어 빚을 내서라도 자식들을 학원에 보낸다. 그러나 재정적 여력이 없는 경우 그러한 노력은 한계가 분명할 수밖에 없다. 재경부와 금융감독원의 조사에 따르면 2002년 11월 초부터 2006년 7월 말까지 발생한 신용카드 연체건수는 총 123만 건. 이 중에서 11%가 교육비 때문이었다고 한다.

이런 추세가 계속되면 우리 사회는 영원한 승자와 영원한 패자로 나눠진다. 어려운 사람들은 경쟁에서 계속 밀려 유치원에서 대학에 이르기까지 줄곧 패자의 입장에 서게 된다. 그 일부는 어려서부터 희망을 아예 접어버린다. 좋은 직장은 아예 포기할 수밖에 없고, 스스로의 무능력을 자식에게 다시 물려주는 상황에 몸서리치게 된다.

수평적 유동성(horizontal mobility), 즉 횡적 이동이 제한되고 있는 것도 큰 걱정이다. 평생교육체계와 사회교육체계가 약해 한번 잘못되어 직장을 잃거나 경쟁력을 잃게 되면 다시 살아날 길이 없다. 핀란드와 같이 노동인구의 대부분이 평생교육체계에 들어와 있는 경우 직장을 잃거나 잃을 가능성이 있는 경우 언제든 새로운 기술을 배워 다른 직장을 찾을 수 있다. 기업은 기업대로 필요로 하는 인적 자원을 쉽게 얻을 수 있는데다, 인적 구조조정 또한 상대적으로 쉬워 새로운 산업분야로의 이동이 용이하다.

우리의 경우는 이러한 안전망이 없으니 노동자의 입장에서는 한번 떨어지면 그대로 절벽이다. 기껏해야 퇴직금 받아 음식점을 하거나 택시기사를 할 판인데, 음식점도 택시도 이미 넘치고 넘친다. 무엇을 쉽게 할 수 있겠는가? 그러니 다니는 회사가 아무리 어려워도 스스로 그만둘 수가 없다. 머리띠를 두르고 싸워야 한다. 기업도 노동자도 새로운 분야로의 횡적 이동이 그만큼 어려워지고 국가 전체의 산업경쟁력과 고용문제는 더 어려운 상황에 빠진다.

수평적 유동성이 제한되어 있다는 사실 역시, 앞서의 수직적 유동성 문제와 마찬가지로 '한번 패자는 영원한 패자'가 되는 상황을 만든다. 자신의 능력 때문이 아니라, 부모를 잘못 만나 태생적으로 패자가 되어버린 사람들. 어렵게 얻은 직장에서, 아니면 어렵게 시작한 사업에서 한번 잘못된 것이 영원한 불행이 되어버린 사람들. 이들이 우리 사회를 어떻게 볼까? 자신의 불행이 자식에게 그대로 전달되는 것을 보는 이들이나, 부모의 불행을 그대로 안아야 하는 자식들은 우리 사회를 어떻게 이해할까?

'죽거나 죽여버려라.' 작가 조세희가 1970년대에 던진 메시지가 다시 살아서 돌아오는 일은 없을까?

Voice, Exit, Loyalty

경제학자 앨버트 허시먼(Albert Hirschman)은 어떤 상황이나 일에 대해 인간이 취할 수 있는 행동의 양태를 크게 세 가지로 이야기한다. 불평하고 항의하거나(voice) 떠나거나(exit) 그냥 받아들이고(loyalty) 산다는 것이다. 작가 조세희는 이 중 두 가지, 즉 '항의하거나(죽여버려!)' '떠나거나(죽거나)'를 이야기 한다. 이 두 가지가 지금 와서 더 크게 들리는 데는 그만한 이유가 있다. 제1부에서도 이야기했지만 자신의 잘못된 처지에 대한 원인을 자신의 잘못으로 귀착시키는 '자기비난형(self-blaming)'이 줄어드는 반면, 이를 사회나 국가의 잘못으로 돌리는

‘타인비난형(other-blaming)’이 점점 더 많아지고 있기 때문이다.

이제 우리는 이러한 위험을 제거하지 않으면 안 된다. 영원한 승자와 영원한 패자가 없도록 해야 한다. 특히 한번 패자가 되면 대를 물려가며 패자가 되는 일은 없도록 해야 한다. 패자부활전이 있는 사회, 승자도 자만하고 나태하면 패자가 될 수 있는 사회를 만들어야 한다. 승자도 되고 패자도 될 수 있을 때 승자도 패자도 서로를 배려하게 되고, 세상은 최소한 ‘살 만한(loyalty)’ 세상이 된다.

패자부활의 방법

패자부활과 관련하여 참여정부는 많은 고민을 했다. 한정된 재원 내에서의 이야기지만 다양한 사업을 구상하고 실천에 옮겨보기도 했다. 이 사업들은 참여정부가 지향하는 ‘사회투자국가’의 중요한 부분을 이루고 있기도 하다.

우선, 수직적 유동성을 높이기 위해 교육부문에 이러닝(e - learning) 체제를 크게 강화했다. 고등학생을 위한 EBS 수능강의를 운영하고, 초등학생과 중학생을 위해서는 사이버 가정학습을 실시하고 있다. ‘방과 후 학교’를 열심히 챙기고 있는데 이 사업은 대통령의 주요 관심과제 중 하나다.

이 모든 사업이 사교육을 대체하거나 아니면 사교육비를 최대한 낮춰보자는 뜻을 담고 있다. 패자가 영원한 패자가 되는 것을 막아보자는 것이다. 대학 본고사 부활과 기부금 입학, 그리고 고교등급화를 허용하지 않겠다는 입장도 이와 무관하지 않다. 이들 모두 수직적 유동성을 크게 제한하며 패자를 더욱 어렵게 만들 수 있는 제도들이다. 또 부동산에 대해 강한 입장을 취하고 있는 것도, 대학생들의 학자금 융자제도를 크게 개선한 것도 이러한 유동성 문제와 관계가 있다.

개인적인 이야기이지만 2006년 7월 교육부총리에 취임하면서 수직적 유동성을 높이기 위한 몇 가지 사업을 머릿속에 가지고 있었다. 고등학교 졸업 후 바로 대학을 가지 않고도 우리 사회의 핵심으로 성장할 수 있는 길을 열어주는 방안 등을 강하게 추진할 생각이었다. 그러나 얼토당토 않는 공격에 교육부총리를 그만두게 되었고, 그 '꿈'은 여전히 꿈으로만 남아 있다. 검찰에 고발되어 조사를 받을 때도, '무혐의'가 되어 몸이 가벼워졌을 때도 억울하다는 생각이 먼저 들지는 않았다. 권력의 핵심에 있으면서 이 정도로 맞지 않은 사람이 어디 있느냐고 반문을 했다. 그러나 교육을 통해 수직적 유동성을 크게 높이겠다는 '꿈', 이 땅의 젊은이들이 미래를 포기하지 않게 하겠다는 그 '꿈'이 박제가 되어버린 현실은 너무나 가슴이 아팠다.

다시 돌아가서, 수평적 유동성을 높이는 문제 역시 정부의 큰 관심사항이었다. 적극적 노동시장정책의 일환으로 취업 알선업무와 직업훈련 사업 등을 대폭 강화해왔으며, 이를 위해 전국의 고용안정센터를 전면적으로 개편하고 그 기능을 강화했다. 비정규직이라서 스스로 신분불안을 느낄 수밖에 없었던 1,500명 이상의 상담원을 '특별채용시험'을 거쳐 단계적으로 공무원화할 계획이기도 하다.

이 자리에서 자세히 소개할 문제는 아니지만 중소기업과 영세 자영업자들을 위한 대책들 또한 이 문제와 관련하여 큰 의미를 지닌다. 시장상황과 경쟁상황에 대한 정보가 없어 서로가 서로를 죽이는 과당

경쟁이 벌어지곤 하는데, 이런 곳에는 정확한 정보를 제공하여 이를 피할 수 있도록 해주고(SPi 시스템), 중소기업 관련기관에 산재한 6,000명 이상의 상담원을 연계시켜 중소기업과 자영업자들이 보다 쉽게 위험을 피할 수 있도록 하고 있다.

패자부활과 재정

그러나 정부의 이러한 노력은 그 나름대로 뚜렷한 한계를 보인다. 효과적으로 추진하기 위해서는 상당한 규모의 재정이 필요한데 우리의 형편이 그렇지 못하기 때문이다. 우리나라의 재정규모는 2005년 기준으로 GDP 대비 29.1%에 해당한다. 스웨덴의 56.3%나 핀란드의 50.1%에 비해서는 물론, 미국의 36.6%와 일본의 37.0%에 비해서도 크게 떨어진다.

이렇게 쓸 돈이 많지 않다 보니 교육력 격차를 해소하는 데서나 평생직업훈련체계를 강화하는 데서나 한계가 주어질 수밖에 없다. 이 부분은 언젠가 국민적 차원에서 심도 있는 논의가 있어야 할 사안이다.

혹자는 국가가 재정을 투입하여 소득을 교정하고, 또 이를 통해 패자부활을 도모하는 것은 구시대의 낡은 방식이라 공격한다. 일자리를 만드는 것이 최우선이며, 일자리는 시장을 통해서 만들어져야 한다고 한다. 또 이는 다시 기업이 쉽게 투자를 할 수 있게 하고 돈을 번 사람이 소비를 할 수 있게 하는 데서 출발해야 한다고 주장한다.

그러나 이는 하나는 알고 둘은 모르는 소리다. 양극화가 왜 진행되고 있으며 그 양상이 어떠한지에 대한 이해가 없기 때문에 하는 말이다.

고용 없는 성장의 문제가 왜 생겨나며, 이에 대한 고민을 어떠한 방향에서 해야 하는지를 생각해보지 않는 데서 나오는 주장이다. 오늘날 양극화는 '잘 나가는 쪽'의 효과가 '그렇지 못한 곳'으로 자연스럽게 흐르지 않기 때문에 나타나는 현상이다. 즉 Trickling Down이 되지 않아 생기는 문제다. 예컨대 소비를 해도 해외에서 하거나 해외 명품을 구매하니 우리 산업이나 고용에 큰 도움이 안 되는 것이다. 이 점은 이 책의 제1부에서 거론했기 때문에 더 이상 언급하지 않기로 한다.

'모두에게 할 일을 주고, 일한 대가로 먹고 입고, 누구나 다 자식을 공부시키며 이웃을 사랑하는 세계.' 작가 조세희가 꿈꾸는 세상이다. 작가는 자신이 지향하는 세상이 '죽거나 죽여버려라'의 세상이 아니라 이웃을 사랑하는 '사랑의 세계'라 말하고 있다. 참으로 흥미롭다. 소설 속의 '죽거나 죽여버려라'는 그 '사랑의 세계'로 가기 위한 인식의 기초인가? 머리가 무겁다. '죽거나 죽여버려라'가 아니라 사랑으로 '사랑의 세계'를 만들 수는 없을까? 머리가 더 무거워진다.

사람이 자원이고 자본인 세상

평생학습, 유럽이 부러운 이유

1996년 유럽연합(EU)은 이 해를 '유럽 평생학습의 해'로 선포했다. 개방화가 가속화되고 지식기반사회가 도래하면서 평생학습의 필요성이 더욱 커졌기 때문이었다. 실제로 당시 유럽 사회는 사회변화가 급속히 진전되면서 오래된 산업이 사라지고 새로운 산업이 출현하는 등 산업구조와 직업구도에 큰 변화가 일고 있었다. 노동인력이 재교육과 재훈련을 받지 않으면 새로운 산업이 쉽게 일어날 수 없고, 그렇게 되면 산업경쟁력이 약화되며 실업의 위험도 높아질 것이었다. 이에 유럽연합은 개인과 사회, 그리고 국가와 유럽연합 모두를 위해 평생학습을 강화하여 노동시장의 유연성을 높이고, 이를 통해 보다 안정되고 경쟁력 있는 산업구조를 구축하고자 한 것이다.

아무튼 이 선포를 통해 유럽연합은 '유럽의 혁신과 경쟁력 강화, 번영과 부의 실현'이 교육과 직업훈련에 있음을 확인했다. 그리고 국가와 기업, 노동조합 등은 이에 대한 관심을 높이고, 또 투자할 의무가 있으며 개인 또한 이에 적극 참여할 의무가 있음을 천명했다.

유럽연합의 이러한 노력 때문일까, 아니면 유럽의 오랜 경험에 바탕을 둔 노사상생(勞使相生)의 철학 때문일까? 유럽 국가들을 둘러보면 이들의 평생학습체제에 대해 큰 부러움을 느낀다. 특히 세계 제1의 경쟁력을 자랑하는 핀란드의 경우는 '학습의 즐거움(joy of learning)'을 국가비전으로 설정하고 전 국민의 능력개발을 지원하는 체제를 구축하고 있다. 성인의 평생학습 참여율은 2004년 기준으로 78%나 된다. 핀란드 이외에도 오스트리아, 덴마크 등도 평생학습 참여율이 2004년 기준으로 각각 89%와 80%를 기록하고 있다.

이에 비해 우리의 평생학습 참여율은 2004년 기준으로 22%. 턱없이 낮은 수준이다. 앞서 소개한 나라들과 크게 차이가 나는 것은 물론 OECD 국가들의 평균 참여율 52%의 반에도 못 미친다. 참여율이 아니라 학습의 내용과 질을 보면 더 크게 차이가 날 것이다. 말로는 '사람이 미래의 열쇠'라 하고, '자원이 부족한 나라에서 사람과 기술 말고 믿을 것이 뭐 있느냐' 하면서도 정작 현실에서는 이렇게 큰 구멍이 나 있는 것이다.

더 이상 대학이 아닌 대학

인적 자본 육성에서 평생학습만큼, 혹은 그보다 더 중요한 것이 대학교육이다. 그러나 이 부분에서도 우리는 몹시 우울하다. 우리 사회가 필요로 하는 인재를 제대로 길러내지 못한다는 지적이 도처에서 나오고 있다. 대한상공회의소가 2006년 실시한 최근 5년 동안 대학을 졸업한 사람들을 상대로 한 조사에서, 조사 대상자 10명 중

6명(60.3%)이 우리의 대학교육이 기업의 요구를 반영하지 못하고 있다고 대답했다. 기업의 요구를 반영하고 있다고 대답한 사람은 열 명 중 한 명에 지나지 않았다.

대학교육이 꼭 기업의 요구를 반영해야 되느냐 묻는다면 할 말이 없다. 그렇지 않아도 대학을 상업적 도구로 여기는 것이 문제인 판에 질문 자체가 가치 없는 것이라 해도 할 말은 없다. 그러나 그런 입장에서 백번을 접고 들어간다고 해도 열 명 중 한 명이 긍정적인 답을 할 정도면 참으로 심각하다. 그나마 전문대학 출신을 빼고 일반대학 출신만 계산했을 경우에는 10명 중 0.7명의 수준이었다. 잘못되지 않았다고 이야기할 수 있을까?

기업인에 따라서는 오히려 대학에서 4년 동안 아무것도 가르치지 말고 그냥 잘 붙들어두었다가 보내주었으면 좋겠다고 이야기하는 사람도 있다. 결국은 다시 가르쳐야 하는데 어설프게 가르쳐 보내니 더 골치가 아프다고 한다. 농담과 냉소가 강하게 섞인 이야기지만 웃고 지나갈 이야기도, 무시하고 지나갈 이야기도 아니다.

다행히 최근 일부 대학을 중심으로 변화와 혁신의 바람이 불고 있다. 교수들 스스로 과목과 강의의 내용을 자신의 뜻대로만 하는 것이 아니라 특정 기업과의 협의를 통해 짜나가는 학교도 있다. 교수들로서는 스스로 가지고 있는 교과편성권과 교수요목 작성권한을 내놓은 것이라 자존심 상하고 고통스러운 일이 될 수는 있지만, 대학교육의 사회적 적실성을 높이기 위한 노력인 만큼 매우 고무적인 일로 보인다. 그러나 이는 아직도 지극히 예외적인 경우에 해당한다.

기회 잃은 사람들

인적 자본 축적의 또 하나의 중요한 축은 기업과 행정기관 등의 사회조직이다. 이들 조직은 조직 자체의 경쟁력을 강화하기 위해, 또는 퇴직 대상 직원들을 위한 복리후생의 차원에서 다양한 재교육과 재훈련을 실시한다.

앞서 소개한 평생학습이나 대학교육과는 달리 최근에 와서 이 부분은 꽤 활기를 띠고 있다. 사회변화가 심화되면서 조직 내부의 혁신 또한 더욱 강조되기 때문이다. 1999년 미국 부통령이 주재한 직업능력 정상회의에서 나온 '21세기 직업능력(21st Century Skills, 21st Century Jobs)' 보고서에 따르면 오늘과 같이 변화가 심한 사회에서는 이러한 재교육과 재훈련이 설비투자보다 더 생산적이라 보고하고 있다. 즉 기업이 설비투자를 10% 늘릴 경우 생산성은 3.6%밖에 향상되지 않지만 교육훈련에 10% 더 투자할 경우 생산성은 8.4%가 증가한다는 것이다. 이것이 기업이나 행정기관이 스스로 재교육 재훈련에 신경을 쓰는 이유다.

그러나 우리의 경우 이 부분은 두 가지 요인에 의해 그 효과가 크게 제약된다. 우선 이러한 재교육 재훈련이 대부분 대기업을 중심으로 이루어지고 있다는 점이다. 중소기업은 이를 체계적으로 운영할 여유를 가지고 있지 못한데, 우리의 경우 전체 고용인원의 88%가 중소기업에 종사하고 있다. 그만큼 이러한 재교육과 재훈련의 사각지대가 크다는 말이다.

비정규직의 존재도 문제가 된다. 비정규직은 성격상 재교육과 재훈련의 기회를 가지기 힘든데, 통계청이 2006년 8월 실시한 '경제활동인구조사 부가조사'를 보면 우리나라에서의 비정규직 수는 무려 545만 명으로 전체 임금노동자의 35.5%에 해당한다. 전체 노동자의 3분의 1 이상이 제대로 된 기회를 얻지 못하고 있다는 이야기다.

어떻게 할 것인가?

어떻게 할 것인가? 어떻게 하면 인적 자본이 제대로 길러지고, 또 축적되겠는가? 답은 어렵지 않다. 앞에 지적된 문제를 풀면 된다. 자영업자와 비정규직을 포함하여 우리 사회의 누구라도 쉽게 직업훈련을 받을 수 있는 체제를 갖추면 되고, 대학을 대학답게 만들면 된다. 굳이 한 가지 더 보탠다면 이를 종합적으로 추진할 수 있는 행정체계를 갖추면 된다.

참여정부 들어 이 부분에 있어 많은 변화가 있었다. 우선 고용지원센터가 그 기능에 있어서나 조직과 인력에 있어서나 크게 보강되었다. 대통령이 직접 관심을 표명하고 또 현장을 방문해가며 이루어낸 일이었다. 이 고용지원센터를 통해 직업훈련을 원하는 사람들을 직업훈련 체계로 연결시키고 있다.

2006년에는 공공 직업훈련을 전담해온 기능대학과 직업전문학교 총 43개 기관을 통합하여 11개의 '한국 폴리텍 대학(7개 지역거점 대학, 4개 특성화 대학)'으로 개편했다. 교육과 훈련의 대상을 주부, 재직자, 비정규직, 군전역자, 탈북자 등으로 확대하고 각 지역 산업주체들과의 연계를 강화하는 등 그 역할과 기능을 확대하고 있다.

아울러 기업 등 민간부문에서 이루어지는 인적 자원 육성 노력에 대해서도 여러 가지의 인센티브를 부여해가며 그 활성화를 도모하고 있다. 정부 스스로 공무원을 대상으로 하는 교육과 훈련을 강화시키고 있음은 말할 필요도 없다.

이러한 노력을 통해 정부는 2004년 현재 12.7%에 그치고 있는 '15세 이상 인구 중 취업 및 직무능력 향상 직업훈련 참여율'을 2010년까지 25%로 올린다는 계획이다. 재정투자도 2004년 현재 1조 2,600억 원에 그쳤으나 2006년 1조 6,600억 원으로 늘어났다. 2010년까지는 2조 8,400억 원으로 늘리는 계획을 세워놓고 있다.

대학과 관련해서도 여러 가지 노력을 해왔다. 각종 지역개발 사업이나 균형발전 사업에 산학연 클러스트(cluster)를 형성하게 하고, 그 중심에 대학이 놓이도록 유도하고 있다. 또 산업체와의 고리를 강화하기 위한 대학마다 산학협력단을 설립할 것을 권고했으며, 이를 통해 대학과 산업체 그리고 연구기관을 묶는 산학연 연계체제를 강화하고 있다. 산학협력단은 대학 내에 설립된 독립법인으로 산업체와의 관계에 있어 대학이 보다 책임 있는 주체로 활동할 것을 약속하는 계기가 되고 있으며, 산업현장에서 요구하는 보다 적실성 높은 인력을 양성하는 데서도 중요한 역할을 하고 있다.

인적 자본의 육성과 축적을 위한 정부 차원의 행정조직 개편도 이루어지고 있다. 교육인적자원부 내에 인적자원정책본부를 두어 교육부·산자부·정통부·노동부·과학기술부 등에 산재해 있는 인적 자본 육성 및 관리 업무를 총괄하게 할 계획이다. 정부로서는 이를 위해 법안을 제출한 지가 오래되었으나 국회가 이를 사립학교법과 연계하여 처리키로 하는 바람에 2007년 4월에야 국회를 통과하게 되었다. 늦게나마 다행한 일이라 하겠다. 이 본부가 설치되면 교육부는 그야말로 '인적자원관리부'로서의 역할을 제대로 할 수 있는 기반이 생기게 된다. 여기에서는 관련 부처의 공무원들이 모두 모여 그동안 각 부처에 의해 단편적으로 이루어졌던 업무를 종합적인 시각에서 기획하고 조정하게 된다. 새로운 접근을 위한 일대 혁신인 셈이다.

사회적 합의가 필요한 이유

그러나 유감스럽게도 정부의 이러한 노력에는 한계가 있다. 인적 자본 육성의 문제는 사회적 합의를 필요로 한다. 기반을 조성하는 데 필요한 재정을 마련해야 하고, 노동자 역시 교육과 훈련을 받는 데 동의해주어야 한다. 대학 역시 혁신과 개혁에 대한 약속을 해주어야 한다. 그러나 우리 사회는 아직 이에 대한 합의가 채 이루어지지 않은 상태다.

빈번히 열리는 대규모 노동관련 집회를 보며, 저 집회 대신 정부와 사회에 대해 평생학습과 직업안전망을 보장하라는 목소리를 차분히 담아 전달해주면 얼마나 좋을까 생각해본다. '우리라고 구조조정 하지 말라고 떼만 쓰고 싶겠느냐? 자존심 상한다. 직업교육을 바탕으로 한 직업안전망이 제대로 되어 있지 않으니 지금처럼 소리 내는 것 아니냐? 어떻게 해서든 평생교육을 강화해서 기업도 좋고 노동자도 좋은 세상을 만들어 달라. 재원이 문제라면 우리도 국민을 설득하는데 앞장을 서겠다.' 대규모 집회를 열어가는 대신 이렇게 차분히 이야기해

올 수는 없을까?

　날로 경쟁력을 상실해가는 대학. 대학이 스스로 문을 열 수는 없을까? 스스로 시장(市場)의 평가를 받겠다고 나서고, 교수들 스스로 대학의 구조조정에 앞장설 수 없을까? 정작 중요한 대학의 사회적 적실성 제고 등의 문제는 뒤로 한 채 좋은 학생들만 골라서 뽑겠다며 '본고사 부활' 등에만 매달리는 모습을 우리는 어떻게 보아야 할까? 미국 유학 시절. 존경하는 교수께 들은 이야기 한마디가 지금도 생생하다. "제대로 알고 제대로 가르치는 사람은 양배추 속에도 지식을 집어넣을 수 있다. 학생이 못 알아들으면 네가 가진 지식과 논리, 그리고 가르치는 방법을 의심해라." 소위 'SKY 대학,' 즉 서울대·연대·고대에 입학하는 상위 3~4%의 학생들이면 최소한 '양배추'는 아니다. 가르치기에 따라 세계 최고의 인재로 길러낼 수 있다. 꼭 1%나 0.1% 이내에 드는 학생들을 받아서 가르쳐야 되겠는가? 이것은 가르치는 사람의 자존심에 관한 문제다.

　대학에 돈을 투자해야 한다고 한다. 틀림없는 이야기다. 지금의 재정력으로는 인적자원육성의 기반이 되기 힘이 든다. 그러나 돈을 받을 자세가 되어 있지 않는 곳에는 돈을 넣기가 힘이 든다. 상대가 통제할 수 없는 집단일 때는 더욱 그러하다. 처음에는 재정적 인센티브를 만들어가며 이리저리 유도해보지만, 상대가 강할 때는 이러한 시도는 곧 무너진다. 인센티브는 얼마가지 않아 누구나 받는 당연한 권리가 되고, 그 결과 구조적 모순과 도덕적 해이는 그대로 남은 채 돈만 써야 하는 경우가 발생한다. 우리 대학이 이러한 설명과 전혀 무관한 상태일까?

1999년 독일 퀼른(Köln)에서 있었던 G8 정상회담에서는 '평생학습의 목적과 희망'이라는 평생학습 헌장이 채택되었다. 그리고 이를 통해 모든 국가는 국민들에게 새로운 기술과 지식을 연마하게 할 필요가 있으며, 기업은 노동자 교육에 투자를 할 의무가, 개인은 이러한 학습에 스스로 참여할 필요가 있음을 강조했다. 평생학습을 경제사회의 경쟁력 강화와 통합을 위한 절대적인 수단으로 인식한 것이다.

2004년 미국 경쟁력위원회(Council on Competitiveness)는 미국의 경쟁력 강화를 위한 여러 가지 방안을 내놓았다. 핵심은 지속적인 혁신이 일어나야 한다는 것이었다. '혁신하든지 아니면 사라져라(innovate or abdicate)'라는 문구를 보고서의 앞에 내걸 정도로 혁신을 강조했는데, 이를 위한 가장 강력한 수단의 하나로 거론된 것이 바로 교육이었다. 교육을 통해 다양하고 혁신적이며 기술적으로 훈련된(diverse, innovative, and techmically-skilled) 노동인력을 지속적으로 길러내야 한다는 것이다.

이들 헌장이나 보고서가 아니더라도 인적 자본 육성의 중요성은 우리 모두 명확히 알고 있는 사실이다. 이제 남은 것은 이에 대한 사회적 합의를 분명히 하는 것이다. 그 중요성을 국민 앞에 다시 한 번 설명하고, 그동안 서로들 무엇을 잘못했으며 앞으로는 어떻게 할 것이라는 점을 분명히 한다면 우리의 미래는 훨씬 더 밝아질 것이다. 특히 정부·기업·대학·노동조합 등 이와 직접적으로 관련된 주체들이 그 도덕적 의무와 실천적 의무를 국민 앞에 분명히 할 수 있다면 그것만으로도 우리는 다른 세상을 맞게 될 것이다.

제7장 | 기본이 강한 정부

정부다운 정부의 기본: 기록과 통계

우리의 기록, 세계 기록유산의 10%

『화성성역의궤(華城城役儀軌)』를 본 적이 있는 사람은 하나같이 그 기록이 체계적이고 상세한 데 놀란다. 조선조 정조대왕 시절 수원 화성 축성공사의 전 과정을 10권 8책으로 기록한 것인데, 공사 중 오고간 공문서와 왕의 지시사항, 각 건물별로 사용된 자재의 내용과 수량, 감독관과 장인의 수와 이름, 수입과 지출의 내용 등이 꼼꼼히 적혀 있다. 지어진 건물의 모양과 사용된 도구들이 그림으로 그려져 있는가 하면, 축성과 관련된 각종 행사의 내용이 상세히 기록되어 있다. '큰노미' '작은노미'하며 이름도 분명치 않은 일반 백성들의 역할과, 이들이 받아간 돈이 얼마인지를 하나하나 기록한 데는 그저 입이 벌어질 뿐이다.

『화성성역의궤』뿐만이 아니다. 이 의궤와 함께 유네스코(UNESCO) 의 '기록유산(Memory of World, MOW)'으로 지정되어 있는 『조선왕조실록(朝鮮王朝實錄)』, 『훈민정음(訓民正音)』, 『직지심체요절(直指心體要節)』, 『승정원일기(承政院日記)』도 마찬가지다. 보는 이의 눈을 의심케 할 정도로 잘 정리되어 있다.

특히 『조선왕조실록』은 여러 가지 기록을 보유하고 있다. 조선왕조가 500년에 걸친 긴 왕조였다는 사실에 기인하겠지만 우선 기록 기간에서 세계 최장의 기록을 가지고 있다. 세계에 널리 알려져 있는 중국의 『대청역조실록(大淸歷朝實錄)』이 296년으로 300년이 채 못 되는 데 비해 『조선왕조실록』은 장장 472년의 기록이다. 내용 면에서도 정치, 외교, 사회, 경제, 학예, 종교, 천문, 지리, 음악에서 서민생활, 자연재해, 천문현상 등에 이르기까지 국가 활동의 거의 모든 부분이 포함되어 있다. 글자 수도 총 6,400만 자로 1,600만 자에 불과한 중국의『황명실록(皇明實錄)』과 비교된다.

『조선왕조실록』은 또한 기록의 진실성과 신빙성에서도 큰 자랑거리다. 기록을 담당한 관료는 독립성과 기술(記述)의 비밀성을 철저히 보장받았다. 또 이를 보관하는 데서도 총 4부를 복사하여 전국에 따로 보관하는 등 그 철저함이 대단했다. 요즘 말로 하면 '백업(back-up) 시스템'이 완벽하게 갖춰져 있었던 셈이다.

『승정원일기』도 조선왕조 최대의 기록물로서 놀라운 기록유산이다. 요즈음으로 치면 대통령 비서실의 기록이 되겠는데, 그날그날의 날씨에서부터 왕의 일거수일투족, 그리고 왕을 중심으로 한 국정 운영 상황을 생생하게 기록하고 있다. 임진왜란 등으로 상당량이 소실되어 270여 년분만 남아 있지만, 총 글자 수가 2억 5,000만 자에 이르는 명실 공히 세계최대의 연대 기록물이다. 중국 역대 왕의 활동과 업적을 기록한 『중국 25사』가 4,000만 자인 것과 비교하면 큰 차이가 난다.

한마디로 우리는 자랑스러운 기록문화를 가진 문화민족이다. 앞서

이야기한 바와 같이 유네스코 지정 기록유산 건수는 모두 5건, 건수로는
세계 전체 기록유산 120여 건의 4% 정도다. 그러나 기록의 분량과
질을 감안하면 우리의 기록문화는 훨씬 더 빛이 난다. 전문가들은
우리의 기록이 세계기록유산의 10% 정도에 해당한다고 말한다(≪경기
일보≫, 2006. 6. 13).

기록문화의 복원

그러나 우리의 이러한 기록문화는 일제강점기를 지나면서 훼손되기
시작하여 최근에 이르기까지 그 맥을 제대로 잇지 못하고 있었다.
수많은 일들이 폐기와 은폐의 대상이 되어 우리의 기억에서 지워졌고,
이로 인해 역사 그 자체가 소실되는 아픔을 겪기도 했다.

그나마 '국민의 정부' 시절인 2000년에 와서야 '공공기관의 기록물
관리법'을 제정하여 기록문화의 복원에 나서게 되었는데, 여러 가지
이유로 이마저도 제대로 시행되지 못하고 사문화되는 양상을 보여
왔다.

기록은 국가와 정부의 기본적 행위다. 기록이 없다는 것은 역사가
없는 것이다. 스스로에게 좋은 일만 기록하는 것도 그렇다. 역사를
기만하는 것이고 국민을 속이는 행위다.

기록은 미래를 위한 것만도, 또 후손을 위한 것만도 아니다. 기록은
지금 이 순간 정부를 운영하는 사람들로 하여금 역사의 무게를 느끼게
하고, 미래의 눈으로 오늘을 보게 한다. 따라서 기록을 하지 않거나,
잘못 기록하는 것은 역사 앞에 바로 서지 않겠다는 것을 의미한다.

또 스스로의 행위에 대해 책임을 지지 않겠다는 것을 의미한다. 결코 용납될 수도, 용납되어서도 안 되는 일이다.

참여정부는 이 용납될 수 없는 일에 대해 일대 메스를 가했다. 공·사석에서 행해진 대통령의 발언과 대통령이 주재하는 모든 회의, 정부의 정책행위 등을 있는 그대로 기록하기로 했다. 대통령에게 보고되는 보고서는 물론, 이에 대한 대통령의 지시와 그 지시에 대한 참모들의 후속조치 등도 빠뜨리지 않고 기록하게 했다. 책임 있는 자세로 역사 앞에 당당히 서기로 한 것이다.

청와대에서 운영하는 이-지원(e-知園) 시스템은 이 모든 것이 완벽하게 이루어지는 전자정부 시스템이다. 대통령이 주재하는 모든 회의와 대통령에게 보고되는 문서, 참모들 간에 유통되는 문서, 대통령의 지시와 그에 대한 참모들의 반응, 주요 정책과제의 추진현황과 그에 대한 대응, 심지어 청와대 내에서 주고받은 정책 아이디어와 대통령이 행한 각종 발언까지 모두 기록이 된다.

청와대뿐만 아니라 각 중앙부처와 지방자치단체, 그리고 공공적 성격을 띤 민간기록에 대해서도 유사한 작업이 이루어지고 있다. 중앙부처의 경우 청와대의 이-지원에 해당하는 '온-나라' 시스템이 가동되고, 지방자체단체 기록물의 경우 이들을 수집하여 DB화하는 작업이 추진되고 있다. 정부는 물론 공공적 성격을 지닌 기관 전체가 역사 앞에 당당히 설 수 있는 문화를 만들어가고 있는 것이다. 2007년 만들어진 두 개의 법률, 즉 '공공기록물 관리법'과 '대통령기록물 관리법'은 바로 이를 위한 법률이다.

정부의 이러한 노력으로 인해 최근 정부기록물의 수가 크게 늘어나고 있다. 이승만 정부 이후 '국민의 정부'에 이르기까지 약 45년간 만들어진 국가기록물이 30만 건 정도인 데 반해 참여정부가 2006년 12월까지 채 4년도 되지 않는 기간에 생산한 기록물이 무려 60만 건 가까이 된다. 특히 대통령 관련 기록물들은 이후 다 정리해보아야 알겠지만 그 수와 내용, 기록의 진실성에서 앞의 정부들과 비교가 되지 않을 것으로 예상된다. 이제 국가가 국가로서의 기본을 갖춰가고 있다.

잘못된 통계와 잘못된 결정

정부가 출범할 당시 국가의 기본에 속하는 사항으로 또 하나 크게 비어 있는 것이 보였다. 다름 아닌 통계 인프라였다.

다시 말할 필요가 없겠지만 정부의 행위는 결정의 연속으로 이루어진다. 정부 그 자체가 결정행위의 집합이라고 봐도 좋을 정도다. 어떠한 상황을 문제로 볼 것인가 말 것인가를 결정해야 하고, 그러한 문제에 대한 대안을 모색해야 하고 또 그중 하나를 정책으로 선택해야 한다. 아울러 이를 집행하기 위한 수단을 찾아야 하고 집행이 끝난 다음에는 평가 여부와 평가 수단 및 평가 기준 등을 놓고 고민을 해야 한다. 수없는 결정의 연속이다.

이와 같이 정부의 행위를 결정의 연속이라 할 때 정부의 성패는 당연히 결정의 질에 의해 판가름 난다. 즉 크고 작은 결정을 제 때 제대로 하느냐에 따라 정부가 성공하기도 하고 실패하기도 한다.

결국 결정의 질을 높이는 것이 관건이라는 이야기가 되겠는데, 이와 관련하여 올바른 통계와 이를 제공할 수 있는 통계 인프라의 존재 여부는 큰 의미를 지닌다. 통계를 통해 어떠한 상황을 문제로 인식하는가 하면, 통계를 통해 대안을 모색하기도 한다. 잘못된 통계는 잘못된 인식을 낳고, 잘못된 인식은 잘못된 결정을 낳는다. 간단한 통계만 있어도 쉽게 파악했을 문제를 통계가 없어 문제가 있는지조차 모르고 넘어가는 경우도 허다하다.

강화되는 인프라

제1부에서 양극화 문제를 제기한 후 그 대책을 세우기 위해 관련 통계를 찾았더니 제대로 된 자료들이 없더라는 이야기를 했는데, 사실 이러한 일은 양극화 문제에 국한된 일이 아니었다. 유사한 일이 비일비재했다. 대통령이 비정규직 중 자발적 비정규직이 얼마나 되느냐고 물어도 자신 있게 대답하는 기관이 없었고, 신용불량자 중 여러 개의 금융기관에 채무를 진 사람들이 얼마나 되는지를 물어도 대답이 없었다. 그때까지 나와 있던 대책은 도대체 무엇을 근거로 만들어진 것인지 이해가 잘 되지 않았다.

빈곤층 실태에 대한 자료도 마찬가지였고, 중소기업에 관한 통계도 마찬가지였다. 구체적인 사항을 제대로 나타내는 통계를 찾기가 쉽지 않았다. 또 있어도 통계의 생명이라 할 수 있는 시의성, 정확성, 신뢰성에서 그 품질을 믿을 수 없는 것이 많았다. 제대로 된 자료 자체가 원래 없는 것인지? 있긴 있는데 찾지 못하는 것인지? 아니면 이리저리 흩어져 있어 수합 자체가 어려운 것인지? 어떻게 이런 중요한 문제에 대해 제대로 된 통계자료가 그렇게도 없을까. 알다가도 모를 일이었다.

앞의 기록관리 문제와 마찬가지로 이 점에 있어서도 정부는 메스를 가했다. 새로운 통계 인프라 구축에 돌입한 것이다. 통계학자들로 TF를 구성해 개혁과제를 추출하고 관계부처의 의견을 모았다. 또 이를 바탕으로 로드맵을 작성하고 통계법 개정안을 마련했다. 나라의 기본을 단단히 한다는 입장에서 큰 폭의 개혁 작업을 했다.

통계 인프라 강화를 위해 정부는 첫째, 정부조직법을 개정하여 1급 기관으로 되어 있던 통계청을 차관급 부처로 승격시켰다. 또 통계청장에게는 국가통계를 승인하는 기존의 권한 위에 통계품질을 관리하는 권한도 부여했다. 통계청의 통합·조정 기능을 강화하기 위해서였다.

이 점과 관련해서는 우리나라의 통계작성 시스템을 잠시 들여다 볼 필요가 있는데, 우리의 경우 통계는 통계청만 작성하게 하는 것이 아니라 각 부처를 포함한 정부기관들과, 한국은행이나 한국전력공사와 같은 다양한 비정부기관도 작성할 수 있도록 되어 있다. 2006년 현재 통계를 작성하도록 되어 있는 기관의 수는 무려 139개, 자연히 중복작성과 통계품질 저하 등의 문제가 발생한다.

통계청장이 이를 종합조정하고 품질을 관리할 수 있으면 문제는 훨씬 나아질 수 있다. 또 실제로 이를 위해 통계법상 국가통계를 통계청 장이 사전 승인하도록 되어 있기도 했다. 그러나 1급인 통계청장이 이를 통제하기란 쉽지 않았다. 이른바 힘이 센 부처들은 통계청의 승인절차를 무시하는 경우가 적지 않았다. 차관급 부처로의 승격과 통계품질관리를 위한 새로운 권한의 부여는 바로 이러한 문제를 풀기 위해서였다.

둘째, 중앙행정기관과 지방자치단체, 그리고 공사와 공단 등 각종 공공기관이 보유하고 있는 행정자료를 국가통계 작성에 활용할 수 있도록 했다. 그동안 이들 기관이 스스로 가지고 있는 행정자료를 내놓지 않는 경우가 많았는데, 이제 이를 요청할 수 있는 법적 근거가 마련됨으로써 새로운 조사로 인한 개인이나 기업 등의 응답부담과 예산부담을 줄이고 통계의 정확성을 더 높일 수 있게 되었다.

셋째, 통계에 대한 품질관리를 강화했다. 그동안 전체 국가통계가 500여 개에 이르고 있었지만 이들 통계의 품질을 높이기 위한 장치가 부족했다. 체계적인 진단도 잘 이루어지지 않았다. 그러나 2007년 4월 개정된 법률은 통계 작성기관으로 하여금 소관 통계에 대해 정기적인 품질검사를 하게 했으며, 그 검사의 결과를 통계청장에게 제출하게 했다. 또 통계청장은 이들 기관에 의한 자체진단이 미흡하다고 판단되면 정기 및 수시 품질진단을 실시할 수 있도록 했다.

넷째, 국가통계의 이용을 활성화한다는 측면에서 통계청으로 하여금 국가통계 종합데이터베이스를 구축하여 운영하도록 했다. 그동안은 통계작성 기관마다 소관 통계를 개별적으로 보유하고 제공했던 관계로 이용자 입장에서는 어느 기관이 무슨 통계를 가지고 있는지 알기가 쉽지 않았는데, 이를 종합화함으로써 그러한 불편을 덜게 되었다.

다섯째, 국가정책 결정에 필요한 새로운 통계개발 노력을 강화했다. 노인취업통계, 기업체 실태통계, 전력판매지수, 가계 비금융자산통계, 비공식부문 취업통계 등이 새롭게 추가되었다.

앞서 이야기한 기록관리와 마찬가지로 통계 또한 국가의 기본에 속하는 사항이다. 민주화와 시장 중심의 구도가 강화되어 국가가 우리 사회 구성원들의 행위를 통제할 수도 없고 통제해서도 안 되는 상황이 될수록, 지식정보사회가 심화되어 정확한 정보가 더없이 중요한 자산이 될수록 통계의 중요성은 더 높아진다. 다리를 하나 놓고 건물을 하나 짓는 것과 비교할 바가 아니다.

그럼에도 불구하고 이 부분은 눈에 잘 보이지 않고, 국민적 관심이 크지 않다는 이유만으로 그동안 뒷전으로 밀려나 있었다. 정부에서 마련한 통계법 개정안이 1년 가까이 국회에 붙들려 있다가 2007년 4월 그 빛을 보게 되었다. 국회에서의 논의를 거치면서 정부가 의도했던 것을 다 얻지는 못했지만, 그나마 통계 인프라를 강화할 수 있는 길이 마련된 것이 아닌가 한다. 기본이 잘되어 있는 국가가 강한 국가다.

'무덤'에서 '요람'으로: 공직사회 개혁

'공무원 퍼팅(putting)'

골프를 하는 사람이면 다 아는 이야기지만 '공무원 퍼팅'이란 것이 있다. 홀에 공을 밀어 넣어야 하는데 짧게 쳐서 들어가지 않는 경우를 말한다. 즉 소신이 부족해서 힘 있게 밀지 못했다는 이야기다. '소신 부족'이 공무원의 특성이 되어 있는 셈이다.

공무원을 빗댄 부정적 표현이 이것뿐일까? 융통성 없이 꽉 막힌 사람을 보면 '공무원 같다'고 하고, 까닭 없이 어깨 힘주고 있으면 '관료적'이라 한다. '복지부동(腹地不動)'에 '복지안동(腹地眼動)', 그리고 '철밥통'도 공직사회를 풍자해서 나온 말이고, 보험에서 유래한 '도덕적 해이(moral hazard)'라는 말이 우리 사회에서 광범위하게 사용되게 된 것도 공직사회의 개혁을 논의하면서부터였다.

사실을 이야기하자면 이러한 표현들은 다소 과장되어 있다. 공무원으로서는 억울한 기분이 들 수 있는 말들이다. 공직사회의 문화가 많이 바뀌었을 뿐만 아니라 민간부문에서도 탐을 내는 창의적이고 능력 있는 인재들이 무수히 산재해 있다. 최근에 있었던 한미 FTA

협상과정에서 본 것처럼 공무원들의 전문성과 열정에 놀랄 때도 많다.

그렇다고 하여 이러한 표현들을 전면적으로 부정할 상황은 또 아니다. 상당 부분 고개를 끄덕일 수 있는 부분이 있는데, 앞으로 더 잘하자는 뜻에서 이를 전제로 이야기를 해보자.

고위직이건 하위직이건 공무원 되기가 쉽지 않은 것은 다 아는 사실이다. 시작할 때는 누구나 시험 하나는 거쳐야 하고, 아니면 최소한 일정한 자격요건과 경력을 갖춰야 한다. 흔히 하는 말로 '하늘의 별 따기'. 웬만한 자격과 능력으로는 꿈도 꾸지 못한다. 당연히 공직에 들어올 때는 모두 인재들이다. 기업을 비롯한 어느 조직의 구성원보다 소신 있고, 창의력과 열정이 넘치고, 책임감 있는 사람들이다. 게다가 국가나 공익에 대한 남다른 생각까지 있을 수 있다.

그러나 세월이 가면서 이들은 점점 '공무원'이 되어간다. 물론 모두가 다 그렇게 되는 것은 아니지만 여러 가지 점에서 비범한 능력을 가진 사람이 평범한 사람이 되어간다. 소신과 창의력이 약화되고 책임감도 희미해지는 경우가 발생한다. 이래서 우리는 관료조직과 공직사회를 흔히 '인재의 무덤'이라 부른다. 일단 들어오고 나면 더 이상 인재가 되지 못한다는 뜻이다.

왜 이럴까? 기업은 오히려 평범한 사람을 뽑아 비범한 사람으로 만들어간다는데 관료조직은 어떻게 해서 '인재의 무덤'이란 소리를 듣게 되었을까? 이유는 여러 가지다. 적재적소에 배치를 하지 않아서 그렇다고 할 수도 있고, 연공서열의 인사관행으로 경쟁이 없게 되어 그렇다고 할 수도 있다. 또 지나치게 계층적인 조직문화 속에 창의력을 발휘할 기회가 없어서 그렇게 되었다고 할 수도 있고, 툭 하면 책임만

묻는 잘못된 관행이 원인이라 할 수도 있다.

그 원인이 어디에 있건 우리는 이 구조를 바로잡아야 한다. 일은 결국 사람이 한다. 조직 내에 제대로 된 인재가 없는 한 제대로 된 정책도, 제대로 된 행정도 있을 수 없다. 특히 오늘과 같은 지식정보사회에서, 또 기업을 포함한 민간조직의 역량이 날로 커지는 상황에서 공무원의 역량이나 자세가 이를 따라가지 못한다면 큰 문제가 생기게 된다.

파헤쳐지는 '무덤'

참여정부는 '인재의 무덤'을 '인재의 요람' 또는 '인적 자원의 보고(寶庫)'로 바꾸는 작업을 진행해왔다. 결국은 공직사회의 문화와 관련된 것이라 하루아침에 완성되는 일들은 아니다. 그러나 필요한 제도개혁을 통해 잘못된 문화가 생성되는 구도를 원천적으로 고쳐나가고 있다. 지금까지 해온 각종 제도개선과 혁신 작업을 잘 정착시켜나가면 곧 '요람'과 '보고(寶庫)'가 그 모습을 드러내게 될 것이다.

정부가 추진한 대표적인 작업을 몇 가지 소개할 필요가 있겠는데, 가장 먼저 이야기하고 싶은 것이 평가체계의 정비다. 사람은 본래 평가받는 대로, 또 상벌이 주어지는 대로 움직인다. 즉 좋은 평가를 받을 수 있는 방향으로 움직이게 되어 있고, 벌이 주어지는 쪽보다는 상이 주어지는 쪽으로 움직인다.

이러한 점에서 우리 공직사회는 적지 않은 문제가 있었다. 잘못된 인센티브, 즉 공무원들의 행태를 부정적인 방향으로 유도할 수 있는 요소를 지니고 있었다는 말이다. 예컨대 직무감찰 중심의 감사 관행은 공무원으로 하여금 스스로 몸을 움츠리게 하는 경향이 있었고, 누가 무엇을 했는지 알 수 없는 조직 운영 구조나 결재 시스템은 공무원의 능동성과 창의성을 죽이는 원인으로 작용했다.

이를 개선하기 위해 정부는 팀제의 적극적인 활용 등 행정조직을 보다 과업 중심으로 개편하는 작업을 행했다. 분권과 자율의 체제를 강화하는 한편, 책임의 소재를 명확히 함으로써 보다 능동적이고 창의적인 활동을 할 수 있도록 했다. 현재 각 부처 조직을 앞 정부의 조직과 비교해보면 차이를 확연히 느낄 수 있다.

아울러 평가 및 성과관리 시스템을 전면적으로 정비하고 강화했다. 당장 감사원부터 직무감찰 중심의 감사보다 정책이나 행정행위의 결과를 중시하는 평가 중심의 감사를 하도록 독려했다. 정부 출범 초기 평가전문가인 윤성식 고려대 교수를 감사원장으로 지명한 것도 바로 이러한 이유에서였다. 그러나 국회는 이러한 의도를 이해하려고 노력하기보다는 개인의 가족사 등 개인에 관한 이해할 수 없는 질문들로 애를 먹인 후 뚜렷한 이유 없이 임명을 거부하고 말았다. 참으로 기가 막힌 일이었다.

다행히 그 이후로도 감사원은 평가 중심의 체제를 강화해왔다. 평가연구원을 설립하여 이 부분에 대한 개선을 지속적으로 행하고 있고, 잘못된 것을 주로 지적하던 관행에서 벗어나 공무원들의 적극적이고 창의적인 행위에 대해 인센티브를 주는 제도를 운영하고 있다.

성과관리 체계도 크게 강화되었다. 우선 각 부처의 연두업무보고 체계가 확 달라졌다. 과거에는 다양한 정책을 단순 나열하는 식으로 보고를 하고 끝을 냈으나, 이제는 주요 정책의 목표를 구체화하고 그 성과를 평가할 수 있는 지표까지 제시하도록 되었다. 구체적인 지표까지 제시되었으니 각 부처로서는 이를 위해 최선을 다하지 않을 수 없다.

아울러 2006년 4월부터는 '정부업무평가기본법'을 제정하여 시행하기 시작했다. 정부정책에 대한 평가를 최초로 법제화한 것인데, 이를 기반으로 2006년의 경우 국가핵심정책 3,312개, 재정성과 과제 597개, R&D 과제 297개, 정보화 과제 375개를 성과관리 대상으로 지정했다. 이를 지원하기 위해 e-IPSES라는 전자통합평가시스템을 운영하고 있기도 하다.

각 부처에 대한 이러한 성과관리 강화는 곧 공무원 조직이나 공무원 개개인에 대한 평가로 이어진다. 장관이나 조직의 리더 입장에서는 이들에 대한 평가 없이 조직 전체의 생산성과 효율성을 높일 수 없기 때문이다. BSC(Balanced Scored Card, 균형성과관리) 제도의 도입 등은 바로 이러한 맥락에서 이루어진 것이라 해석할 수 있다.

이러한 노력을 통해 각 부처를 비롯한 정부기관은 물론 그 소속 공무원들의 생산성도 크게 높아지고 있다. 하나의 예가 되겠지만 특허청의 경우 BSC를 비롯한 다양한 평가체계의 운영으로, 2002년 기준으로 23개월 가까이 걸리던 특허 심사처리 기간을 2006년 말 기준으로 9.8개월 수준으로 단축하여 세계에서 가장 빠른 수준의 처리를 할 수 있게 되었다. 이에 따른 경제적 이익도 연간 약 1조 5,000억 정도가 되는 것으로 추정된다. 심사오류율도 큰 폭으로 낮아지는 등 서비스 품질 또한 크게 향상되었다. 조직 전체는 물론 공무원 개개인도 과거와 다른 모습을 보이고 있다.

또 하나의 파격, 고위공무원단의 도입

'인재의 무덤'을 '인재의 요람'과 '인적 자원의 보고'로 만들기 위한 또 하나의 파격적인 조치가 있었다. 다름 아닌 고위공무원단 제도의 도입이다. 고위공무원단 제도 아래 1급에서 3급에 이르는 고위공무원들은 부처의 벽을 넘어 하나의 인력 풀을 형성하게 된다. 각 부처의 장관들은 부처 경계 없이 필요한 인력을 이 공동의 풀에서 찾아 기용할 수 있고, 풀에 소속된 공무원 역시 부처에 관계없이 본인이 원하는 직위에 공모할 수 있다. 이 과정에서 과거의 1급 공무원이 3급이 있던 자리로 갈 수도 있고, 3급이었던 공무원이 1급이 있던 자리로 갈 수도 있다. 말하자면 고위공무원 사이에 무한경쟁의 장이 열리게 된 바, 이들 공무원은 스스로 능력을 향상시키지 않으면 안 되게 되었다.

고위공무원단 제도는 미국, 영국, 캐나다, 네덜란드 등 선진국에서 이미 시행하고 있다. 그 효용성에 대한 논쟁도 이미 끝난 상태다. 그러나 우리는 그동안 이 제도를 도입하지 못하고 있었다. 문민정부 이후 줄곧 논의는 있어왔지만 실시할 생각은 감히 하지 못하던 제도다. 참여정부는 출범 직후 이를 로드맵 과제로 확정한 후 주도면밀한 준비를 거쳐 2006년 7월 마침내 실시하게 되었다. 이를 위해 3년 동안 1급에서 3급까지 실·국장급 이상 1,437개 직위를 대상으로 한 직무분석(job analysis)이 이루어지기도 했다.

인사행정 학자들은 고위공무원단 제도를 두고 우리나라 인사행정의 역사를 새로 쓰게 되었다고 이야기한다. 그도 그럴 것이 이를 통해 계급주의와 연공서열의 인사 관행이 사라지게 되었고, 무사안일과 책임회피의 경향이 사라지게 되었다. 대신 일 중심의 관행이 자리 잡으면서 고위공무원단에 소속된 공무원은 물론, 이에 신규진입을 시도하는 4급 공무원까지 자신의 경쟁력을 키우지 않으면 안 되게 되었다.

인사행정이란 것이 제도로만 이루어지는 것은 아니다. 기대된 효과를 얻기 위해서는 오래된 문화와 관행도 바뀌어야 한다. 고위공무원단 제도 또한 하루아침에 바로 정착하여 기대된 효과를 가져오지는 못할 것이다. 오랜 계급주의적 전통이 그리 쉽게 사라지겠는가? 그러나 한 해 두 해가 가면서 이 제도는 반드시 제대로 정착되어갈 것이다. 너무 크게 말하는 것 같기는 하지만, 우리의 문명사적인 흐름이 그러한 방향으로 흐르고 있기 때문이다.

달라지는 공직사회

평가체계의 강화와 고위공무원단의 도입과 함께 공무원 교육훈련체계를 전면적으로 개편했다. 이 자리에서 자세히 이야기할 수는 없으나 과거의 형식적인 교육과 훈련은 크게 개선되었다. 타의에 의해 강제로 이루어지던 학습을 자발적 학습으로, 때 되면 하던 학습을 상시학습으로, 형식적으로 진행되던 학습을 문제해결 위주의 학습으로, 이론 중심의 학습을 실무 중심의 학습으로 전환하는 작업들이 이루어져 왔다.

교육과 훈련 역시 하루아침에 모두 고쳐지는 일도 아니고, 그 효과가 당장에 나타나는 일은 더욱 아니다. 이 역시 문화와 관행의 문제이기 때문이다. 또 그 효과가 제대로 나타나기 위해서는 이를 받쳐주는 인센티브가 잘 디자인되어 있어야 되고 교수요원과 시설의 확보도 따라주어야 한다. 따라서 아직까지 완벽한 모습과는 상당한 거리가 있을 수 있다. 그러나 앞서 이야기한 제도 개혁들과 맞물리면서 참여정부의 교육과 훈련체계 개편은 나름대로 빠르게 정착하고 있다. 아직 일부이기는 하지만 중앙공무원교육원의 경우에는 민간부문에서 오히려 교육을 의뢰해오는 경우도 있다.

언제나 우리 공직사회가 '인재의 요람'이나 '인적 자원의 보고'가 될 수 있을까? 언제나 '공무원 퍼팅', '철밥통', '복지부동' 등의 이야기가 사라질 수 있을까? 누구도 쉽게 장담할 수 없다. 그러나 고위공무원단과 같이 누구도 감히 실시하지 못했던 제도가 이 정부 아래 실시되고 있다. 개방과 경쟁의 문화, 성과와 책임의 문화가 강화되는 기반이 조성되고 있다. 또 이를 바탕으로 이미 적지 않은 변화가 공직사회 내부에 일어나고 있기도 하다. 머지않아 더욱 새로워진 공직사회와 공무원의 모습을 볼 수 있을 것 같다.

매뉴얼 공화국?: 위기관리

위기에 약한 나라

2003년 1월 25일, 슬래머 웜(Slammer Worm) 바이러스가 인터넷을 통해 우리나라에 유입되었다. MS - SQL(마이크로소프트사의 데이터베이스 관리체계)를 90% 이상을 감염시켜 불과 10분 만에 인터넷뱅킹, 온라인 쇼핑몰, 항공기 예약 등 온라인 거래가 마비되었다. 8시간 만에 완전 복구되어 다행이었지만 이것이 하루 이틀 지연되었다면 어떤 일이 벌어졌을까?

2003년 2월 18일 오전, 대구 지하철 중앙로역에서 경로석에 앉아 있던 50대 남자가 객차에 휘발유를 뿌리고 불을 질렀다. 대처만 잘했다면 한두 사람이 다치고 말 일이 어처구니없게도 192명이 사망하고 148명이 부상하는 대형 참사로 커졌다. 대구 시민은 심리적 공황에 빠졌고 국민들은 공공기관의 부실한 재난관리 시스템에 분노했다.

위기에는 예측이 가능한 'known crisis'와 예측 자체가 불가능한 'unknown crisis'가 있다. 'unknown crisis'는 그야말로 마른하늘에서 벼락이 떨어지듯 예상할 수도 없는 위기다. 이런 위기는 사후 대응만 잘할 뿐이지 예방도 거의 불가능하다(김경해, 29~30).

반면 'known crisis'는 터지고 나면 다들 '그럴 줄 알았다'라고 한 마디씩 하는 그런 위기다. 술을 지나치게 마시고 다니는 사람은 지금은 멀쩡해 보여도 언젠가 갑자기 쓰러질 'known crisis'의 가능성이 있다. 대구 지하철 참사만 해도 열차 내 가연물질의 정도 등 여러 가지 상황을 따져보면 어느 정도 예상할 수 있었던 'known crisis'였다. 이러한 'known crisis'는 적절히 주의를 기울이고 잘 관리하면 그 피해를 크게 줄일 수 있다.

우리는 한동안 위기에 약했다. 'known crisis'와 'unknown crisis' 모두에 약했다. 짓고 세우고 앞으로 가기에 바빴지, 돌아보고 살펴보고 하는 일은 대체로 뒷전으로 미루어졌다. 'unknown crisis'는 또 그렇다 쳐도, 충분히 예상할 수 있는 'known crisis'에 대해서도 별 대응준비를 하지 않고 있다가 막상 일이 터지면 허둥대는 모습을 보여주곤 했다.

공공부문뿐 아니라 민간부문도 이러한 경향이 없지 않았다. 외국의 앞서가는 기업들에 비해 앞으로 닥칠 문제에 대해 신경을 덜 쓰는 경향이 있었다. 월스트리트나 런던의 증권시장에 상장하고 싶은 우리 기업들이 바로 이런 부분이 약해 상장에 실패하는 경우도 있었다고 한다. 즉 전쟁이나 화재, 재난, 전산장애, 금융위기 등에 대한 대비가 되어 있지 않아 평가가 낮아지는 일이 있었다는 것이다.

포괄적 안보

앞서가는 기업의 경우 요즘 BCP(Business Continuity Planning), 즉

‘업무연속계획’을 중시한다. 재해나 재난을 당했을 때에도 업무를 지속할 수 있는 위기관리 프로그램을 강조한다는 이야기다. 위기 속에서도 대고객 서비스를 비롯한 기업활동을 계속할 수 있는 기업과 그렇지 못한 기업은 기업가치에서 큰 차이가 날 수밖에 없다. 최근 기업은행 임직원 90여 명이 본점 건물에 화재가 발생했다고 가정하고 용인 수지에 있는 BCP 센터에서 업무를 수행한 적이 있는데, 바로 이러한 것이 BCP의 대표적인 예다.

기업과 마찬가지로 국가와 정부 또한 국민과 자국 내 외국인의 안전에 위기가 올 수 있는 모든 상황에 대해 대처할 수 있는 시스템을 갖추고 있어야 한다. 그래야만 국민과 기업이 안심하고 그 활동을 계속할 수 있다. 위기관리가 바로 국가 경쟁력의 중요한 요소가 되고 있는 것이다.

그러나 앞서 이야기했듯이 우리는 이 부분에 대단히 취약한 모습을 보여왔다. 기관에 따라 큰 차이가 나겠지만 전체적으로 제대로 준비가 되어 있지 않았다. 기껏 있다고 하면 북한의 도발적 행위에 대응하는 계획이나 대형 시위 등에 대한 대비책 정도였다.

그러나 참여정부에 들어와서 이 부분이 크게 달라졌다. ‘전쟁 등 군사적 충돌뿐만 아니라 대형 재난과 재해, 국가기능 마비 등 다양한 위기유형에 대해 종합적이고 체계적인 예방 및 관리시스템을 구축하라’는 대통령의 지시에 의해 ‘포괄적 안보’ 개념이 도입되었다. 그리고 이를 바탕으로 우리 사회를 불안하게 할 수 있는 모든 요소에 대해 대비책을 강구하게 되었다. 정부가 출범한 첫해인 2003년 6월의 일이었다.

포괄적 안보는 정치, 군사, 외교에 국한되었던 전통적 안보 개념을 사회경제 영역에까지 확장한 것이라 볼 수 있다. 테러와 같은 국제범죄가 포함되는 것은 물론, 허리케인·태풍·쓰나미 등과 같은 초대형 자연재해와 대구 지하철 사고나 성수대교 붕괴와 같은 대형사고를 모두 포함한다. 더 나아가서는 금융, 정보통신, 원자력, 의학 등 국가의 핵심기능까지도 포함하는 개념이다.

쓸 만한 매뉴얼 공화국

포괄적 안보 개념 아래 곧바로 여러 가지 개혁과 혁신이 이루어졌다. 먼저 경제 분야에서의 위기관리 체계가 강화되었다. 1999년 구축된 대외부문 조기경보시스템(early warning system, EWS)을 크게 확대하여 금융, 원자재, 부동산, 노동부문에 대한 조기경보시스템을 1년여에 걸쳐 완성해 2005년 1월부터 정식 가동시켰다. 이들 부문의 주관기관들은 개발된 지표를 통해 위험 수준을 '정상'·'관심'·'주의'·'경계'·'심각' 등의 5단계 차원에서 상시 점검하며, 이에 대해 '예방'·'대응'·'사후관리'를 하게 되어 있다. 또 문제가 발견되는 경우 대통령이 주재하는 경제상황점검회의나 이 회의를 총괄하는 재정경제부에 신속하게 보고하도록 되어 있다.

특히 한번 위기를 겪었던 금융의 경우는 은행, 보험, 증권, 자산운용, 카드·할부금융, 상호저축은행 등 6개 권역별로 건전성과 유동성 등을 매일 점검하며, 이를 토대로 금융산업 잠재위험지수를 산출하도록 되어 있다. 문제가 예상되는 경우에는 즉각 예방조치 등 적절한 대응이 따르는 것은 물론이다.

그 외 재난과 재해 등, 많은 부분에서 위기관리 프로그램이 작성되었다. 포괄적 안보 개념 아래 주로 NSC, 즉 국가안전보장회의가 위기관리의 전면에 나섰는데 NSC는 지금까지 발생했던 재난과 국가기능 마비 사건들을 면밀하게 분석한 후 일련의 위기관리 프로그램을 만들기 시작했다. 개성공단에서 일어날 수 있는 돌발사태부터 파병부대의 우발사태, 고속철도 대형사고, 조류독감, 금융전산 마비까지 가능한 한 모든 위기를 포함했다.

그 결과 만들어진 것이 위기관리 종합 매뉴얼(manual)이다. 이 매뉴얼 세트는 1개의 기본지침, 33개의 위기관리 표준 매뉴얼, 278개의 위기대응 실무 매뉴얼, 5개의 주요상황 대응 매뉴얼, 2,339개의 현장조치 행동 매뉴얼로 구성되어 있다. 미국을 비롯하여 다른 어떤 나라에서도 찾아볼 수 없는 세계 최고의 수준이라 확언할 수 있다.

참여정부에 비판적인 사람들은 정부의 이러한 노력을 두고 '매뉴얼 공화국'이라고 비난하기도 한다. 그러나 냉소를 받았던 매뉴얼은 위기의 순간마다 그 역할을 톡톡히 했다. 「폭설 대응 매뉴얼」이 만들어지기 이전인 2004년 3월 폭설로 인해 고속도로에서 1만 1,000여 대의 차량이 최장 37시간 동안 고립되는 사건이 발생했다. 그러나 매뉴얼을 작성한 이후인 2005년 3월 4일 100년 이래 최고의 폭설이 내렸지만 매뉴얼에 따라 신속히 대응한 결과 그 피해를 최소화할 수 있었다. 2005년 12월 21일의 폭설 때는 그 규모가 엄청났음에도 불구하고 1,000여 대의 차량이 최장 17시간 동안 고립되는 정도로 피해를 줄일 수 있었다. 매뉴얼에 따라 건교부, 국방부, 경찰청, 도로공사, 소방방재청, 지방자치단체, 적십자사 등이 각자 맡은 바대로 유기적이고 동시적인 대응조치를 했기 때문이었다.

2005년 8월 28일 뉴올리언스(New Orleans)의 대형 허리케인 카트리나(Catarina) 사태 때에도 「재외국민보호 매뉴얼」에 따라 교민 보호에 신속하게 대응하여 현지 언론과 각국으로부터 찬사를 받았다. 2005년 1월 20일 동해 북한수역에서 한국 상선이 침몰했을 때에도 「북한 관할 수역 내 민간선박 조난 매뉴얼」을 즉각 가동했다. 2006년 3월 15일 DMZ 내 북측 지역에 불이나 남쪽으로 확산될 때 「DMZ 내 산불 대응 매뉴얼」에 따라 통일부와 국방부가 신속히 북측의 동의를 얻어 산불을 조기에 진화할 수 있었다. 같은 날 KBS 두바이 특파원이 팔레스타인 가자 지구에서 무장테러세력에게 피랍되었을 때도 미리 준비된 매뉴얼대로 대책본부를 설치하고 공식·비공식 외교채널을 동원했고 다행히 기자는 하루 만에 석방될 수 있었다. 이런 매뉴얼 공화국, 쓸 만하지 않는가?

영화의 한 장면

2006년 7월 5일 새벽 북한이 미사일을 시험 발사했다. 국제사회에서는 이 사건을 동북아 안보에 큰 위협이 되는 것으로 간주했다. 매뉴얼에 따라 NSC 상임위원회의가 즉각 소집되어 위기상황을 논의하고 있었다. 그런데 당혹스럽게도 이날 아침 일본의 해양탐사선이 독도를 탐사하겠다고 독도 주변으로 진입하고 있었다.

돌발 상황이 여기저기서 터지고 있었지만 청와대 내에 있는 국가안보종합상황실은 매뉴얼대로 정보를 처리하고 그대로 조치를 취해나갔다. 회의실에서는 북한 미사일 시험 영상정보와 일본 탐사선의 탐사활동 영상이 실시간으로 제공되고 있었다. 독도 인근에서 경계 중인 해경 함정에 설치된 위성영상카메라가 일본 탐사선의 움직임을 찍어 실시간으로 국가안보종합상황실로 전송하고 있었던 것이다.

실황을 그대로 보며 매뉴얼에 따라 분주하지만 차분하게 대처해나가는 모습. 어떻게 보면 당연히 있어야 할 장면이다. 그러나 이러한 장면을 보게 된 것은 매뉴얼 작성과 관련하여 이미 이야기했지만 그리 오래되지 않은 일이다.

매뉴얼 작성과 관련된 일뿐만 아니라 청와대 내의 국가안보종합상황실의 물리적 구조도 최근에 와서야 정비된 것이다. 그간 대통령경호실에서 사용하던 지하실을 개조하여 만든 것으로 이 정부에 들어와서 공사를 시작했다. 정보망과 영상망을 연결하여 주요한 정보와 상황을 시시각각 대형화면에 시현할 수 있도록 되어 있으며, 관계기관들을 바로 연결할 수 있는 핫라인은 물론 이들 기관과 영상회의를 할 수 있는 완벽한 시스템이 갖춰져 있다. 365일 24시간 쉼 없이 가동하여 포괄적 안보 개념에 입각한 위기상황 관리를 하고 있다.

국가위기를 관리하기 위한 우리의 이러한 최첨단 상황정보망은 누가 보아도 감탄을 금치 못한다. 얼마 전 국가안보종합상황실의 실무자들이 미국 백악관의 위기관리상황실을 보러 갔다. 우리의 시스템이 백악관의 그것보다 훨씬 앞섰다는 사실에 이들도 놀랐다고 한다. 기본이 단단한 나라, 참여정부가 관심을 가진 또 하나의 중요한 영역이다.

문제가 제대로 문제되는 사회
의제형성과 결정의 속도

무의사결정(non-decision making)

양극화, 위기관리, 직업훈련체계의 강화를 포함한 인적 자본의 육성 등 앞서 언급한 정책문제들이 대표적인 경우가 되겠지만 우리는 가끔 대단히 중요한 정책적 이슈들이 우리의 관심에서 벗어나 있는 것을 발견하곤 한다. 상황이 악화되고 난 다음에야 문제를 문제로 느끼는 경우도 많다. 너무 멀리 가는 이야기가 될지 모르겠지만 조선시대에는 부국강병의 문제를 간과하여 훗날 나라를 빼앗기는 비운을 겪기도 했고, 최근에는 금융에 대한 관심과 대응 부족으로 IMF 경제위기를 몰고 오기도 했다.

정책을 연구하는 사람들은 이러한 현상을 '무의사결정(non-decision making)'이라 부른다. 무의사결정이라 함은 어떤 중요한 문제가 정책적 의제가 되지 못하고 '죽어버리거나 사라지게 되는' 현상을 말한다(Bachrach and Baratz, 203). 집안일에서부터 국가 대사에 이르기까지 어디서건 쉽게 볼 수 있는 현상이다. 정책을 연구하는 사람들 사이에서는 가장 기초적이고 상식적인 개념의 하나이기도 하다.

무의사결정이 일어나는 원인은 다양하다. 폭력 등 물리적 강제력으로 입을 막아버리는 경우도 있고, 문제를 제기할 만한 사람이나 세력을 돈으로 사버리는 경우도 있을 수 있다. 또 제도가 잘못 디자인되어 있으면 특정 문제가 문제로 제기되지 않는 수도 생긴다. 재벌이 언론을 소유하게 되면 재벌개혁에 관한 이야기가 잘 나오지 않게 되는 것 등은 그 좋은 예다.

문화와 오래된 관행, 잘못된 인식 등에 의해서도 무의사결정이 심각하게 진행된다. 조선조에서 부국강병의 이슈가 제대로 떠오르지 못한 데는 사대주의 사상과 문치를 중시하는 유교사상 등이 영향을 미쳤다고 할 수 있다. 또 가난이 국가나 사회의 책임이 아닌 개인의 책임이라는 생각이 강한 경우에는 오늘과 같은 복지정책이 정책적 이슈로 떠오르기 힘들다. 양극화 문제의 경우도 'trickling down'을 믿으면, 즉 위쪽 사람들이 잘살게 되면 이들의 돈이 아래쪽으로 흘러가 아래쪽 사람도 같이 잘살게 될 것이라 믿으면 이를 해소하기 위한 정책적 고민을 하지 않게 된다.

우리 사회의 무의사결정의 수준은 어느 정도일까? 우리가 반드시 다루어야 할 문제, 그리고 반드시 해결하고 넘어가야 할 문제 중 얼마만큼을 우리가 제대로 다루고 있을까? 세월이 흐른 다음, 오늘날 우리가 조상들을 보며 '도대체 어떻게 하여 부국강병의 문제를 잊을 수가 있었느냐'고 묻듯이, 우리의 후손들이 우리를 향해 '그때 도대체 무슨 마음으로 그러한 문제를 그렇게 방치해둘 수 있었느냐'고 따져 물을 일은 없을까? 아니면 IMF 위기처럼 바로 5년 뒤, 10년 뒤 우리 스스로에게 '왜 그때 그 문제를 제대로 보지 못했을까'라고 물을 일은 없을까?

자신이 없다. '그런 일은 없을 것이다'라고 단언할 자신이 없다. IMF 위기를 초래한 금융문제, 성수대교와 삼풍백화점 사건으로 대표되는 시설물 안전진단의 문제, 바로 오늘 우리를 괴롭히고 있는 양극화 문제 등 이미 수많은 문제가 우리의 관심 밖에서 무시되거나 간과된 경험을 가지고 있다. 그리고 지금 이 순간에도 양극화 문제와 고용 없는 성장의 문제, 국가 재정의 역할 재정립 문제, 공동체의 역할 강화 문제, 교육개혁의 문제 등 수많은 현재 및 미래 과제들이 적절한 관심을 얻지 못한 채 표류하고 있다. 그나마 이들 과제는 정부의 눈에 들어온 것들이다. 정부나마 문제를 제기하고 있는 것들이다. 우리 눈에 보이지 않는 더 중요한 과제들이 더 많이 있을 수 있음은 말할 필요도 없다.

지역주의 구도의 문제

빠르게 변화되는 세상. 문제를 문제로 제대로 인식하고 이에 대해 적절한 관심을 기울이지 못하면 우리는 세계사의 뒤로 사라질 수밖에 없다. '까다로움'과 '성공을 향한 열정'이라는 성공조건을 갖춘 국민이라 할지라도 문제가 문제로 떠오르지 않으면 아무것도 할 수가 없다.

따라서 우리는 우리 사회에 존재하는 중요한 문제들이 정책의제로 적절히 떠오르지 못하게 하는 요소들과, 또 이들에 대한 적절한 정책적 토론과 결정이 이루어지지 못하게 하는 요소들을 하나하나 찾아내어 고쳐나갈 필요가 있다. 그렇지 않으면 '성공하는 국가'는 그만큼 더 멀어진다.

이를 위해서는 실로 많은 것을 바꿔나가야 한다. 폐쇄적인 사고를 열린 사고로 바꿔야 하고, 지속적인 혁신에도 불구하고 아직도 일부 남아 있는 권위주의적 잔재들을 더 들어내어 자유로운 토론이 이루어지도록 해야 한다. 또 사회 전체적으로 다양성이 보장될 수 있도록 해야 한다. 경직된 사회일수록, 다양성이 떨어진 사회일수록 중요한 문제를 놓칠 가능성이 그만큼 더 크기 때문이다.

그러나 이 모든 것보다 더욱 중요한 것이 있다. 다름 아닌 우리 정치의 지역주의 구도다. 이 지역주의 구도는 정책의제 형성과 관련하여 가장 중요한 위치를 점하고 있는 정치권에 도덕적 해이를 유발시킴으로써 무의사결정의 가장 근본적인 원인이 된다.

잘 알다시피 지역구도 아래 많은 정치인이 특정 정당 공천과 함께 당선이 보장된다. IMF 위기나 양극화 문제 같은 것을 힘들여 탐구하지 않아도 문제가 없다. 사회변화가 어떻게 일어나고 이러한 변화에 대응하기 위해 우리 사회가 무엇을 해야 하는가에 대해 큰 관심을 가질 이유가 없다. 어차피 표는 이러한 정책적 노력과 관심 여부에 영향을 받지 않는다. 시민단체 평가에서 최하위를 기록해도, 사람을 때려도 공천만 받으면 당선되는 상황에 무엇을 걱정하겠는가? 상대방 정당이나 지도자를 적당히 공격하며 지도부와의 관계만 돈독히 해놓으면 그만이다. 지역구 주민들의 지역감정만 살짝 건드려놓으면 당선은 더욱 확실해진다.

지방정치는 더욱 심각한 양상을 띤다. 특정지역의 경우 자치단체장 선거만 해도 말이 선거이지 사실상 또 다른 임명제다. 지방자치 실시로 임명권자만 대통령에서 정당의 지도자로 바뀌었을 뿐이다. 공천만 받으면 당선이 되니 자치단체장의 관심은 늘 정당의 지도부나 지역구 출신 국회의원에 가 있다. 주민참여와 지방자치단체 간의 경쟁을 통해서 지속적인 혁신을 도모한다는 지방자치의 큰 목표 하나는 그만큼 멀어질 수밖에 없다.

중앙 정치권과 지방 정치권의 이러한 도덕적 해이와 모순은 결국 국가정책결정과정 전체를 부실하게 만든다. 국가와 사회 발전에 전혀 도움이 되지 않는 독설이 오가는 가운데 정작 중요한 문제는 국민의 관심 밖으로 밀려나고, 하찮은 문제로 나라가 뒤흔들린다. 때로 언론의 선정주의적 보도 관행과 결부되면서 문제는 더욱 심각해진다. 서로 험담이나 주고받고 욕이나 하는 사이 세상은 저 앞으로 나가고 정치적 냉소는 더욱 깊어지게 된다.

다행히 이러한 지역주의 구도가 최근 조금씩 완화되는 조짐이 보인다. 부산·경남지역에서 여당 후보가 당선되는 일이 일어나기도 하고 실제 득표율에서도 조금씩 나아지는 현상이 목격된다. 영남지역에 기반을 둔 제1야당에 대한 호남지역 주민의 인식도 조금씩 달라지는 양상을 보인다. 격동의 시대, 변화의 시대에 그나마 다행한 일이다.

또 하나의 문제, 의사결정의 속도

격동의 시대, 변화의 시대에는 의사결정의 질과 속도가 경쟁력을 좌우한다. 질에서 변화에 대응할 만한 수준이 되지 못하거나 결정의 속도가 변화의 빠르기를 따라가지 못하면 그 사회나 조직은 뒤로 처질 수밖에 없다. 둘 중 어느 하나가 빠져도 문제가 발생하게 된다.

여기에서는 주로 속도의 문제만을 이야기하겠는데, 변화의 속도가 빨라지면서 이 문제는 그야말로 국가개혁의 가장 핵심적인 과제로 떠오르고 있다.

하나의 예로 지난 10여 년간 심심치 않게 '일본 침몰론'을 듣고 있는데, 이것이 그럴듯하게 들리는 이유 중 하나가 바로 이 의사결정 속도 문제다. 일본은 모든 것이 의사결정을 빠르게 할 수 없는 구도로 되어 있고 이로 인해 그 경쟁력을 유지하기 힘들 것이라는 주장이다. 자기주장을 강하게 하지 않는 정치문화적 특성, 국회 내에서 특정세력을 옹호하며 개혁정책을 가로막고 있는 '족의원(族議員)'의 존재, 뿌리 깊은 관료주의 등이 주요한 원인으로 지적된다.

앨빈 토플러(Alvin Toffler)도 그의 최근 저서 『부의 미래』(*The Revolutionary Wealth*)에서 '동시화(synchronization)' 문제를 제기한다. 어떠한 조직이건 변화의 속도를 따라가야 하는데 이를 따라가지 못하는 집단이 많다는 이야기다. 그에 따르면 기업은 100마일, 노조는 30마일, 정부는 25마일, 법과 제도는 1마일의 속도로 오늘날 일어나는 변화를 따라가고 있다. 노조와 정부 그리고 법과 제도는 조만간 문제가 생길 수밖에 없다는 이야기다.

우리의 경우 한때, 빠른 의사결정으로 유명한 나라였다. 제3공화국 이래 한동안 결정의 속도는 매우 빨랐다. 대통령의 입에서 나온 것은 모두 결정이었고, 정부가 한다고 마음을 먹으면 그것이 곧 국가의 결정이었다. 국회가 있기는 했지만 이를 막을 힘이 없었고, 언론조차 문제제기를 할 수 없는 상황이었다. 시민단체나 이익단체 등은 제대로 생성조차 되지 않았다.

그러나 민주화가 진행되면서 모든 것이 달라졌다. 시민단체와 각종 이해관계 세력, 언론 등이 제각기 제 목소리를 내고, 국회의 권한도 날로 강화되고 있다. 정부 내 각 부처의 자율성도 높아져 정부 내 의견을 수렴하는 데만도 상당한 시간이 걸리기도 한다. 과거 같으면 일사천리로 진행되었을 일도 몇 년씩 걸리는 경우가 발생하고, 그 처리가 어려워 아예 정책결정의 장에 아예 올려놓지 못하는 일도 생긴다. 격동의 시대, 변화의 시대에서 중대한 문제가 아닐 수 없다.

속도를 올리는 방법

이 문제를 어떻게 풀 것인가? 어떻게 하여 우리 사회의 의사결정의 속도를 변화의 속도에 맞출 것인가? 그리하여 우리 사회와 국가의 경쟁력을 유지·확대해나갈 수 있을까?

방법은 크게 두 가지다. 그 하나는 과거의 권위주의 시절로 돌아가는 방법이다. 대통령이 다시 막강한 권한을 소유하고, 국정원·검찰·국세청 등의 권력기관을 이용하여 각종 이해관계세력을 제압해나가는 방법이다. 실제로 우리 사회에는 아직도 이것이 길이라 믿는 사람들이 예상외로 많다.

그러나 이것은 길이 아니다. 시민의 권리의식이 커진 상황에서 권위주의 체제는 더 이상 존재할 수 없을 뿐만 아니라 그 유지비용과 부작용이 상상을 초월할 정도로 크다. 결정의 속도만큼, 아니면 그보다 훨씬 더 중요한 '의사결정의 질'을 확보하는 데에도 결정적 장애가 된다. 빨리 결정할 수 있는지는 몰라도 합리적 결정은 하기는 힘이 든다는 이야기다. 또 결정을 한다고 해도 제대로 집행하기 힘든 구도가 될 가능성도 높다. 결정과정에서 제대로 반영되지 않은 이해관계와 신념이 집행과정에서 모두 튀어나올 것이기 때문이다.

다른 방법은 민주주의를 기반으로 한 새로운 의사결정 체제를 구축하는 것이다. 특히 입법부와 행정부의 관계와, 각종 이해관계 세력과 정부와의 관계를 새로이 정립하는 것이 중요한 과제로 등장한다.

먼저 입법부와 행정부의 관계와 관련해서는 그 답이 무엇이 될지는 더 두고 봐야 하겠지만, 크게는 입법부와 행정부를 일치시켜 두 단계의 결정구조를 하나로 통합해버리는 내각제 도입에서부터 당정협의를 활성화시키는 문제에 이르기까지 여러 방안을 생각해볼 수 있다.

내각제의 경우 입법기관과 행정기관이 서로 한 몸이 되는 의사결정 메커니즘으로, 영국의 대처(Margaret Thatcher) 수상이나 블레어(Anthony Blair) 수상이 많은 개혁정책을 실현할 수 있게 한 제도적 기반이었다는 점에서 많은 것을 시사한다. 그러나 정경유착의 구도가 완벽하게 정리되지 않으면 자칫 일본과 같은 형태가 될 수 있다는 점에서, 또 문화적으로 우리가 쉽게 받아들일 수 없는 제도라는 점에서 문제가 제기된다.

당정협의를 강화하는 방안, 여야와 정부의 지도자가 같이 참석하는 협의체를 두는 방안 등 다른 다양한 방법 등도 생각해볼 수 있다. 그러나 이 자리에서의 자세한 논의는 피하기로 한다. 다만 그 방법이 무엇이건 간에 이 문제는 반드시 해결되어야 한다는 점만 한 번 더 강조해두기로 한다. 행정부가 개혁과 혁신을 위한 법안을 국회에 제출하면, 국회가 다시 이를 길게는 몇 년씩 쥐고 있는 체제, 때로는 법안이나 정책의 내용이 문제되는 것이 아니라 각종 정치적 이해관계가 문제되어 제대로 처리되지 않는 상황. 이를 그대로 두고 '선진 한국'과 '성공 국가'를 기대할 수는 없다.

행정부는 잘하고 있는데 국회가 잘못하고 있다는 이야기는 아니다. 국회의원들에게 문제가 있어 그렇다는 이야기는 더욱 아니다. 지역구도 등 우리 모두가 책임져야 할 환경적 요인과 국회와 행정부 간의 관계를 결정짓는 잘못된 제도와 관행 등이 어우러져 문제가 발생하고 있음을 이야기하는 것이다.

사실 참여정부는 출범과 함께 이 문제를 깊이 고민했다. 어떻게 하면 변화의 속도를 따라가는 의사결정을 할 수 있을 것인가? 어떻게 하면 우리 시대가 요구하는 정책적인 문제들을 제대로 입법화할 수 있을까? 대통령의 오래된, 그리고 주된 관심사 중 하나였다. 다른 나라의 제도와 관행에 대해 심도 있는 연구가 행해졌고, 하나의 정책이 행정부에서 입안되기 시작하여 국회를 통과하여 제대로 집행되기까지의 평균시간을 계산해보기도 했다.

이러한 고민을 바탕으로 대통령은 제1야당과의 대연정(大聯政)을 제의하기도 했고, 대통령과 국회의원의 임기를 일치시키고 대통령의 임기를 4년 연임으로 하는 개헌을 추진하기도 했다. 대연정은 여야가 마주 앉아 우리 사회가 풀어야 할 문제를 함께 풀어가자는 뜻을 담고 있었고, 대통령과 국회의원의 임기를 일치시키는 것은 중요한 결정을 지체시키는 가장 큰 이유라 할 수 있는 '여소야대(與小野大)'의 문제를 완화할 수 있다는 이유에서였다. 그러나 이 모든 시도는 정치권에서 제대로 받아들여지지 않았다. 대단히 아쉽고 유감스러운 부분이다.

시민사회와 각종 이해관계 세력과의 관계를 재정립하는 데서도 정부는 적지 않은 노력을 기울였다. 저출산 및 고령화 문제의 해법을 찾기 위해 2006년 초 출범한 저출산·고령화대책 연석회의는 그 좋은 예다. 이 회의는 정부, 기업, 노동계, 여성계, 종교계, 시민사회가 함께 참여하는 회의로, 잘 운영되는 경우 우리 사회 내의 합의도출 속도를 높임으로써 의사결정의 속도 향상에 크게 기여할 것으로 예상된다. 쉬운 일은 아니지만 올바른 방향의 시도가 이루어지고 있는 셈이다.

인물 중심 논의구도, 유감

대통령 선거가 다가오면서 국민의 관심은 온통 누가 대통령이 될 것인가에 몰려 있다. 우리 사회에서 대통령만큼 중요한 자리도 없으니 지극히 당연한 일이라 할 수 있다.

그러나 간과해서는 안 될 사실이 하나 있다. 대통령만 잘 뽑으면 만사가 해결되는 것이 아니라는 점이다. 이유는 간단하다. 대통령이 혼자서 모든 일을 할 수 있는 체제가 아니기 때문이다. 과거와 같이 대통령이 곧 정부인 시절에는 대통령만 잘 뽑으면 그만일 수도 있었다. 그러나 지금은 아니다. 정부 내의 분권도 상당 수준 이루어져 있고, 특히 국회와의 관계는 과거와는 판이하게 다른 모습을 보이고 있다. 심지어 여당의원들이 대통령과 정부의 주요 정책을 향해 거침없는 비판을 하고, 협조를 거부하는 일도 벌어지는 것이 오늘의 상황이다.

따라서 우리는 대통령이 누가 되느냐에 대한 관심 이상으로 새 대통령이 어떠한 정치적 환경 아래에서 정책을 입안하고 집행하게 될 것인가를 고민해야 한다. 풀어야 할 문제가 정책의제로 잘 떠오르지 않는 체제를 그대로 두고, 또 빠르고 합리적인 의사결정을 내릴 수 없는 상황을 그대로 두고 대통령만 잘 뽑는다고 문제가 해결될 리 없다.

이러한 점에서 입법부와 행정부의 관계, 그리고 여당과 대통령의 관계를 재정립하고자 했던 개헌논의를 뒤로 돌린 정치권의 결정은 다시 한 번 생각해도 대단히 유감스러운 일이다.

우리 다 같이, 다시 한 번 물어보자. 어떻게 하면 중요한 문제가 정책의제로 떠오르게 하겠는가? 어떻게 하면 정책결정의 합리성과 속도를 동시에 확보할 수 있겠는가? 이를 위해 필요한 정치사회 개혁은 또 무엇인가? 변화의 시대, 격동의 시대에 있어 '성공하는 국가'로 가기 위해 우리가 하지 않으면 안 되는 고민이다. 사람에 대한 관심과 함께 그 사람들이 일하게 되는 시스템에 대한 관심도 함께 기울여야 한다는 말이다.

제8장 | 지난 4년을 읽는 법

왜 로드맵인가?

'받아들이기 힘든 대통령'

노무현 대통령이 새천년민주당의 후보가 되었을 때 '후보가 되기보다 후보 지위를 지키는 것이 더 어려울 것'이란 말씀을 드린 적이 있다. 어떻게 보면 잘 되어가는 판에 '초를 치는' 소리가 되었겠지만 당시의 심정은 정말 그랬다.

우선 새천년민주당의 당내 사정이 문제였다. 다들 기억하겠지만 당시의 노무현 후보는 당내 주류세력의 지지로 선출된 것이 아니었다. 노무현 후보의 선출은 당에 대한 국민적 지지가 바닥에 떨어진 가운데 당의 주류세력이 어쩔 수없이 선택했던 '국민참여경선'의 결과였다. 국민참여경선 제도는 후보선출을 위한 선거인단의 50%를 일반국민에 할애했던 바, 당 조직의 영향력을 크게 감소시켰다. 당원에 할당된 50%도 그중 30%를 일반당원에 배정함으로써 대의원 중심의 구도를 크게 완화시켰는데, 이 역시 조직의 영향력을 약화시키는 배경이 되었다. 어쨌든 이 제도를 통해 당의 주류세력 입장에서는 다소 '껄끄러울 수밖에 없는' 인사가 후보로 선출되었다. 당의 조직을 장악하고 있던 주류세력으로서는 '이게 누구 당인데'라는 반감이 솟을 수 있는 상황이었다.

경선 이후 이들 주류세력의 대부분은 지지를 선언하거나 아니면 최소한 대세를 인정하는 쪽으로 돌아섰다. 그러나 이들 중 상당수는 여전히 흔쾌히 받아들일 수 없다는 입장을 유지했다. 후보교체를 공공연히 거론하는 사람들도 있었다. 한마디로 걱정이 되지 않을 수 없는 상황이었다. 게다가 경선 이후에는 싸움의 장(場)이 당 안으로 들어오게 되어 있었다. 즉 동네사람이 다 참여하던 판에서 이제 집안사람끼리 둘러앉는 판으로 바뀌는 것인데, 그렇게 되면 이들의 입지도 상대적으로 강해지게 되어 있었다.

우리 사회 기득권 집단의 입장도 큰 문제였다. 무슨 이유가 되었건 이들은 노무현이라는 특정 정치인에 대해 적지 않은 거부감을 가지고 있었다. 대부분 정확하지도, 정당하지도 않는 이유 때문이었지만 현실은 어쩔 수 없이 그랬다. 경선이 끝난 다음에 다소나마 약화되었으면 좋으련만 어디를 봐도 그럴 것 같지는 않았다. 이제 여당의 후보가 되어 대통령이 될 가능성이 더 커졌으니 오히려 더 공격적으로 나올 가능성도 있었다. 기득권 집단의 이러한 분위기가 새천년민주당 내 비토세력의 공격과 연계가 되면 여러 가지 곤란한 상황이 벌어질 수도 있었다. 후보가 되는 것보다 후보 지위를 지키는 것이 더 어려울 것이라는 이야기를 할 수밖에 없는 상황이었다.

대통령 선거가 끝난 다음에도 마찬가지였다. 대통령이 되기보다 대통령직을 지키는 것이 더 어려울 수 있다는 생각을 했다. 이제 대통령이 되고 힘도 강해진 만큼 여당 내의 문제야 어떻게든 정리가 될 것이라 판단했다. 그러나 기득권 집단의 강한 거부감은 어쩔 수 없는 일로 느껴졌다. 대통령이 어떠한 정치적 행보를 하고 어떠한 정책적 방향을 선택해도 이들의 태도는 여전할 것으로 보였다. 보수적인 언론이 여론을 주도하고 있고, 국회가 여소야대(與小野大)가 되어 있는 상황이라 더욱 그러했다. 대통령이 되기는 했지만 사면(四面)이 초가(楚歌)였다.

정도(正道)를 걷다

사면초가의 상황에서 정부와 대통령은 일반적으로 이를 해소하기 위한 정무적 고민에 깊이 빠질 수 있다. 대통령의 인기를 높이는 수단을 찾는 데 골몰할 수 있고, 비판적 입장을 보이는 세력들을 회유하거나 통제할 수 있는 방안을 강구할 수도 있다. 필요한 경우 '안정적 국정운영'이란 명분으로 스스로 세운 철학이나 원칙을 포기할 수도 있다.

대통령 선거 이후 적지 않은 사람들이 실제로 이러한 방법을 제의했다. '이제 이겼으니 야당이나 언론과 잘 지내는 것이 좋다'라고 이야기하는 사람도 많았고, 그 반대로 권력기관을 수단으로 하여 '겁을 주라'는 사람도 많았다. 모두들 하나같이 어떻게 해서든 그 불안한 상황을 정리해놓지 않고는 아무것도 할 수 없다고 이야기했다.

그러나 이러한 상황에서도 정부와 대통령은 어떠한 인위적인 조치도 취하지 않았다. '대화와 타협'을 하지 않겠다는 것이 아니라, 주고받고 할 것도 없었다. 지켜야 할 가치를 버릴 수는 없었다. 언론만 하더라도 일부 언론의 과도한 비판이나 공격이 문제인 상태에서 정부나 대통령이 취할 수 있는 일은 없었다. 언론 스스로 고쳐나갈 문제이지

대화와 타협이 필요한 문제가 아니었다는 말이다. 야당도 마찬가지였다. 지역구도 아래 정부와 대통령에 대해 비판적 입장을 강하게 보이면 보일수록 당과 그 소속 국회의원들의 입지가 강화되는 상황에 합리적 토론 자체가 제대로 이루어질 수 없었다.

정부와 대통령의 입장은 오히려 일, 즉 제대로 된 정책을 통해 모든 것을 평가받겠다는 것이었다. 길게 보고 우리 사회가 필요로 하는 일을 하나하나 챙겨가다 보면 언젠가 국민에게 좋은 평가를 받을 수 있게 된다는 생각이었다. 일면 이것이야말로 정부와 대통령에 부여된 가장 중요한 사명이기도 했다. 따라서 참여정부는 처음부터 정책을 하나하나 챙겨가는 일에 몰두하는 모습을 보였다. 참여정부의 정신 그대로 정도(正道)를 걷기로 한 것이다.

정책 중심의 경향은 대통령직인수위원회 구성에서부터 분명해졌다. 그동안 인수위는 통상 대통령 당선자가 소속된 정당의 주요간부들로 구성되었다. 그러나 참여정부는 처음부터 그 접근이 달랐다. 위원 대부분이 당선자에게 정책자문을 해온 학자 출신들로 임명되었다. 특히 실제 참여정부가 추진할 정책을 가다듬었던 각 분과의 간사는 기획조정분과 간사(이병완)를 제외하고는 모두 학자 출신이 맡았다(정무분과 간사 김병준 국민대 교수, 외교통일안보분과 간사 윤영관 서울대 교수, 경제1분과 간사 이정우 경북대 교수, 경제2분과 간사 김대환 인하대 교수, 사회문화여성분과 간사 권기홍 영남대 교수). 이러한 구성에 대해 여당 내에서 적지 않은 불만이 새어 나오기도 했다. 인수위가 지니는 정치적 위상을 생각했을 때 당연한 일이었다. 그러나 당시 노무현 당선자는 이 점에 있어 처음부터 확고한 생각을 가지고 있었다.

아무튼 이들 학자 출신 위원들은 주로 정무적 활동에 치중했던 종래 인수위의 위원들과 달리 거의 모든 활동을 정책을 가다듬는 작업에 집중했다. 기존 주요정책을 하나하나 검토하는 한편, 시민단체 관계자나 전문가 등이 참여하는 토론을 수없이 열었다. 그 결과 다듬어진 것이 한반도 평화체제 구축, 부패 없는 사회·봉사하는 행정, 지방분권과 국가균형발전, 참여와 통합의 정치개혁, 자유롭고 공정한 시장질서 확립, 동북아 경제중심 국가 건설, 과학기술 중심사회 구축, 미래를 열어가는 농어촌, 참여복지와 삶의 질 향상, 국민통합과 양성평등의 구현, 교육개혁과 지식문화강국 실현, 사회통합적 노사관계 구축을 포함하는 12대 국정과제였다.

이들 12대 국정과제를 구체화시키기 위해 정부 출범 이후에는 곧바로 정부혁신지방분권위원회, 국가균형발전위원회, 동북아경제중심추진위원회(이후 동북아시대위원회로 개편), 교육혁신위원회 등의 국정과제위원회를 대통령 직속으로 설치했다. 이들 위원회를 설치하게 된 데는 여러 가지 이유가 있을 수 있는데, 가장 중요한 것은 국정과제를 성공적으로 추진하기 위한 논의의 장을 활성화하고 통합조정의 메커니즘을 강화한다는 것이었다.

이들 위원회는 대체로 관련부처의 장관과 교수들을 포함한 전문가 그룹, 그리고 시민단체 대표들로 구성되었다. 각 부처가 특정 정책영역을 중심으로 수직적으로 존재하고 있는 데 반해, 국정과제위원회는 이들 부처를 횡적으로 연결하는 수평조직의 성격을 지니고 있었다. 즉 국가균형발전위원회의 경우 교육인적자원부, 산업자원부, 건설교통부, 행정자치부, 과학기술부, 기획예산처 등을 연결하는 구조로 되어 있으며, 정부혁신지방분권위원회는 정부혁신 및 지방분권과 연관된 행정자치부, 중앙인사위원회, 정보통신부, 기획예산처 등의 부처를 연결시키는 구조로 되어 있다.

각 부처는 종(縱)으로 존재하고 국정과제위원회는 특정 국정과제와 관련하여 횡(橫)으로 이들 부처를 연결시키면서 정부는 일종의 매트릭스(matrix) 형태를 띠게 되었다. 국가의 주요과제를 효율적으로 수행하기 위한 통합조정의 메커니즘이 만들어진 것이다.

이러한 매트릭스 조직은 국가정책 수행에 있어 고질적으로 지적되는 부처 할거주의(sectionalism)를 극복하기 위해 보편적으로 사용되는 방법 중 하나다. 그러나 우리의 경우 수직조직인 부처의 힘이 워낙 강해 대부분 제대로 효과를 보지 못한 채 사라지는 경우가 많았다. 이름만 있다가 사라진 수많은 위원회가 상당부분 이에 속한다. 그러나 참여정부의 국정과제위원회들은 매트릭스 조직에 대한 대통령의 적극적인 의지에 힘입어 대부분 제 역할을 해왔다. 그만큼 통합조정의 메커니즘이 강화되었다는 이야기다.

5년의 비바람

국정과제위원회는 크게 두 가지 기능을 수행해왔다. 첫째는 국정과제 수행을 위한 로드맵의 작성이다. 참여정부는 인수위 때부터 로드맵(road-map)을 작성하는 데 큰 노력을 기울였는데 국정과제위원회는 인수위에 이어 이 작업을 계속했다. 이들 국정과제위원회에 의해 행정개혁 로드맵, 인사혁신 로드맵, 공공기관 지방이전 로드맵 등 다양한 내용의 로드맵이 다양한 형태의 이름으로 작성되었다.

　로드맵이란 말 그대로 향후 정부와 정책 운영의 행로를 말한다. 주요 정책을 중심으로 정부 운영의 방향과 목적, 그리고 그 목적 달성을 위한 수단을 명확히 함으로써 정부 운영의 예측가능성을 높이고 다양한 정책주체들의 에너지가 불필요한 곳으로 흐르는 것을 막는 데 그 의의를 두고 있다. 같이 길을 가야 할 사람들이 보다 통합적으로 움직일 수 있도록 사전에 서로의 입장을 조율하는 기능도 있다.

　그러나 참여정부에서 로드맵은 이러한 교과서적 의미 외에 또 다른 현실적 의미를 지니고 있었다. 일종의 등대나 나침판 역할을 하게 한 것인데, 앞서 이야기한 '사면초가'의 상황과 관련하여 중요한 의미를 지녀왔다. 날씨가 궂어져서 비가 쏟아지고 바람이 거세게 불면 어느 순간 길을 잃고 숲 속에서 헤매는 경우가 있다. 앞과 뒤를 구분하지 못한 채 앞으로 간다는 것이 뒤로 가고, 뒤로 간다는 것이 앞으로 가는 일이 발생한다. 로드맵의 작성은 이렇게 어려운 상황에서도 절대로 길을 잃어버려서는 안 된다는 생각이 반영되어 있었다.

　당시 예측된 '내일의 날씨'는 어디를 봐도 좋은 편이 못 되었다. 언론환경을 보나, 우리 사회 기득권 인사들의 분위기를 보나, 아니면 정치권을 보나 5년 내내 날씨가 좋을 가능성은 거의 없어 보였다. 폭풍우에 천둥번개가 5년 내내 이어질 것 같은 분위기였다. 앞서 이야기한 대로 대통령직을 유지하기가 쉽지 않은 상황이었다. 그러니 가야 할 길이 어딘지를 미리 분명히 해야 했다.

　둘째, 국정과제위원회는 이 로드맵이 각 부처에 의해 제대로 집행되고 있는가를 모니터링(monitoring)해왔다. 행여 로드맵상에 잘못된 부분이나 무리한 부분이 있거나, 아니면 집행상 문제가 발생한 경우 이를 교정하기 위한 조정 작업을 해왔다. 우리가 길을 제대로 가고 있는지, 혹시 길 자체가 잘못 그려진 것은 아닌지 등을 상시적으로 고민하고 살피는 일을 해온 것이다. 그리고 이 모든 것은 어느 특정인에 의해 독단적으로 이루어지는 것이 아니라 장관이 위원으로 참여하고 있는 각 부처, 전문가 그룹, 시민단체 등이 협의와 협업을 유지하는 가운데 이루어져 왔다. 여기에서 자세히 설명은 하지 않겠지만 청와대 정책실과 감사원 등의 기능도 모두 이러한 차원, 즉 주요 국정과제를 모니터링하고 재조정하는 일을 하도록 디자인되고 또 재조정되었다.

사람들 중에는 이들 국정과제위원회가 마치 부처 위에서 '군림'하고 있는 것처럼, 아니면 쓸데없는 조직을 만들어 자리나 늘리는 것처럼 이야기하는 경우가 있는데, 대부분은 잘 모르거나 아니면 악의를 가지고 이야기하는 경향이 많다. 정부 출범 초기만 해도 여소야대의 상황에서 국회가 이를 오죽 따져보았겠는가? 수없는 질문을 퍼부었어도 정부 쪽에서 말이 막혔던 적은 없었다. 많지도 않은 예산을 깎고 야단을 쳤지만 야당도 그 기능 자체를 부정할 수는 없었다. 그럼에도 불구하고 오늘에 이르기까지 전문가라는 타이틀을 걸고 '흘러간 노래'를 입에 붙이고 다니는 사람도 있다. 딱한 일이다.

모진 비바람의 이면(裏面)

아니나 다를까, 정부 출범과 함께 곧바로 폭풍우가 몰아쳤다. '코드 인사', '아마추어 정권', '나토 정권', '좌파 정권', '신자유주의 정권'

등 강력한 언어의 마술이 시작되었다. FTA 추진은 좌파임을 속이기 위해 하는 것으로 결국은 하는 척만 할 것이란 이야기가 장안에 파다했고, 경제가 파탄되어 주가가 곤두박질할 것이란 이야기도 심심치 않게 나왔다. 진실은 어차피 아무 관계도 없었다. 정부가 하는 일은 모두 거짓말이고 정략적이며, 국가를 파탄에 빠뜨리는 행위로 매도되었다.

최근 발표된 KBS의 신문논설 분석은 정부가 어떠한 어려움 속에 있었는지를 분명하게 보여준다. 조사에 따르면 조선일보의 경우 전두환, 노태우, 김영삼 대통령 시절 대통령을 언급한 사설이 50건 미만이었지만, 노무현 대통령 때는 아직 임기가 1년 남은 시점에 276건이나 된다. 동아일보도 비슷한 추세다. 사설의 내용은 더 말할 필요도 없다. 전두환 대통령에 대해서는 긍정적인 것이 80~90%에 이를 정도로 압도적으로 많았으나, 노무현 대통령에 대해서는 90% 정도가 비판적인 것이었다고 한다. 얼마나 모진 비바람인가?

그러나 이 비바람 속에서도 참여정부는 지난 4년여 동안 대부분의 로드맵 과제를 완수하거나 제대로 궤도에 올려놓았다. 자치경찰 문제나 교육자치 문제와 같이 뜻대로 다 이루지 못한 과제도 있고, 지역주의 완화를 위한 선거제도 개편과 같이 수행되지 못한 과제도 있다. 굳이 남의 탓으로 돌릴 일은 아니지만 여소야대라는 정치적 상황에 의해 어쩔 수 없이 접을 수밖에 없었던 과제도 있다. 그러나 하나하나 살펴보면 대부분 그 실적이 가시권에 들어오고 있음을 알게 된다. 누구도 할 수 없다고 생각했던 행정중심복합도시 건설, 공공기관 지방 이전, 선거혁명, 방폐장 부지 선정, 권력기관 개혁, 고용안전망 확충, 에너지자원 확보, 과학기술투자 확대, 기업도시 건설 등, 수많은 과제가 성공적으로 마무리되었거나 마무리 단계에 있다. 비판세력들이 뭐라고 이야기하든 업적은 조만간 업적 그 자체로 말하게 된다. 정부도 곧 이 모든 것을 정리해서 내놓을 생각이다.

대단히 역설적인 이야기지만 어찌 보면 모진 환경이 있었기에 가능했던 일이 아닌가 생각되기도 한다. 훗날 쏟아질 비판을 염두에 두고 더욱 정책 중심의 국정 운영 체제를 다듬어나갔고, 국정과제위원회를 구성하고 이를 통해 로드맵을 작성하고, 국정과제위원회는 물론 청와대 정책실과 감사원까지 이를 모니터링하는 구조를 갖춰온 것이 오늘에까지 이르렀다. 어려운 만큼 더욱 더 정도(正道)만을 생각한 것이다.

아직도 많은 사람이 참여정부의 업적을 왜곡시키고 폄하한다. 이러한 왜곡과 폄하를 막기 위해 참여정부는 할 수 있는 일을 다할 것이다. 참여정부를 위해서가 아니라 오해와 편견을 만들고 조작하는 그릇된 시도들이 이 땅에 발을 붙일 수 없도록 하기 위해서라도 그럴 것이다. 그러나 그 이전에 우리 국민 모두 무엇이 진실인지를 조만간 알게 될 것이다. 업적은 업적 그 자체로서 말하게 되어 있기 때문이다. 분명히 말하건대 역사란 그렇게 만만한 것이 아니다. 진실의 힘은 우리가 아는 것 이상으로 강하다.

'파탄'과 '거덜'의 실상: 마법 풀기

꼬리를 무는 의문들: 성장률과 1인당 국민소득

정부 밖에서 들려오는 이야기가 참여정부가 '역대 정부 중에서 외교안보를 가장 못한 정부'라 한다. '친북·반미로 미국과의 관계는 악화되고 북한의 핵실험으로 국민은 불안에 떨고 있다'고 한다. 그런데 곧바로 의문이 생긴다. 외교를 그렇게 못한 정부에서 어떻게 유엔 사무총장을 냈지? 그것도 이 정부에서 외교부장관을 지낸 사람을? 또 미국하고 그렇게 골이 깊으면 한미 FTA는 어떻게 할 수 있었을까?

또 안보를 가장 못했다고 하는데, 어떻게 북핵 문제가 이 정도라도 풀릴 수가 있었을까? 북핵 문제가 터졌을 때도 참으로 이상했다. '국민이 불안에 떤' 흔적은 별로 없다. 예전 같으면 동네 슈퍼의 라면이 동이 났을 것이다. 너나없이 만나면 전쟁이 일어날 것인가를 이야기하고, 미국 사는 교민들은 행여 전쟁이라도 날까 봐 발을 동동 굴렸을 것이다. 그런데 별일이 없었다. 국민들의 표정도 그저 그랬다. 라면을 사재겠다고 슈퍼에 쫓아가는 사람도 눈에 띄지 않았다.

경제도 거덜이 났다고 한다. 한번 들여다보자. 얼마나 거덜이 났는지.

'거덜'이라면 성장이 멈추거나 아니면 마이너스로 가야 하고 국민소득은 반 토막이 나 있어야 한다. 주가도 바닥을 기고 신용불량자는 최소한 두 배쯤은 불어나 거리를 헤매고 있어야 한다.

그런데 참여정부의 지난 4년의 평균성장률은 4.2%. 문민정부와 국민의 정부 10년간 평균성장률 5.8%보다는 분명히 낮다. 그러나 소득 수준이 높아질수록 성장률이 떨어지는 것을 감안하면 결코 낮은 성장률은 아니다. 게다가 370만 명에 이르는 신용불량자를 넘겨받은 상태였다는 점을 감안하면 더욱 그렇다.

OECD 국가들이나 G7 국가들의 성장률과 비교해도 그렇다. 4% 성장을 했던 2005년의 경우 우리의 성장률은 OECD 30개 국가 중 7위였다. 같은 해 소득 1만 5,000달러 수준인 국가들의 평균성장률은 2.8%였다. 자화자찬 같지만 괜찮은 성적이었다는 말이다. 또 G7 국가들이 1인당 국민소득이 1만 5,000달러 정도였을 때의 평균성장률은 3.2%였다. 지난 4년의 평균성장률 4.2%는 결코 낮은 수준이 아니다.

국민소득은 2006년 말 추정치로 1만 8,000달러가 넘었다. 2002년에 1만 1,499달러였던 것이 4년 만에 이렇게 1.5배 이상 불어났다. 조만간 2만 달러를 돌파할 것으로 보이는데 그렇게 되면 1.7배 이상 성장하는 셈이 된다.

환율 때문에 그렇다는 주장이 있다. 틀린 말은 아니다. 환율이 확실히 영향을 주었다. 2002년의 달러당 1,200원이 2006년에 와서 달러당 930원이 되었으니 환율요인이 20% 이상 작용한 셈이다. 그러나 이를 감안하고서도 여전히 30% 이상이 남는다.

또 환율이 떨어지는 것은 그냥 떨어지는 것이 아니다. 수출이 잘되어

외화가 많이 들어오는 등 우리 경제가 좋은 모습을 보일 때 떨어진다. 미국 쪽의 '쌍둥이 적자(재정적자와 국제수지 적자)'와 이로 인한 달러화 약세도 영향을 미쳤겠지만 우리 쪽 변수의 영향도 무시할 수준은 절대 아니다.

수출, 주가, 그리고 민생

수출은 참여정부에 들어와서 급격한 증가세를 보였다. 지난해인 2006년의 수출은 3,255억 달러로 참여정부 출범 직전인 2002년의 1,625억 달러에 비해 두 배가 되었다. 4년 만에 무려 1,630억 달러가 늘어난 셈인데 이는 문민정부와 국민의 정부 10년간 늘어난 900억 달러를 훨씬 상회하는 수준이다.

주가는 16대 대선이 막 끝난 2002년 말 620포인트 정도를 기록하고 있었다. 그러던 것이 지속적으로 상승하여 2005년 초에 1,000포인트를 돌파했고, 2007년 5월 중에는 1,600포인트를 넘어섰다. 2002년의 629 포인트에서 무려 2.5배 상승했다. 우리 기업의 가치가 2.5배 커졌다는 말이다. 기업투명성 제고와 시장개혁, 그리고 기술혁신을 위한 기업과 정부의 노력, 세계 주식시장의 동반상승을 이끈 유동성 장세 등이 어우러진 결과로 해석된다.

이러한 상승이 오로지 세계 시장의 유동성 장세 때문이라 주장하는 사람들이 있다. 이들은 인도가 10배, 베트남은 4배가 뛰었는데 무슨 소리냐고 소리친다. 그러나 왜 인도와 베트남 같은 저개발국가만 보일 까? 같은 유동성 장세 아래에서도 비슷한 기간 동안 미국은 65%

정도, 아시아태평양지역 국가들은 평균 150% 정도 상승했다(≪매일경
제≫. 2006. 11. 28). 경기회복이 완연하다고 해서 늘 우리와 비교해왔던
일본도 같은 기간에 약 200% 정도 상승했다. 일본의 200%는 경기회복
이고 우리의 250%는 '파탄'이라는 논리는 균형이 맞지 않는다.

어려운 곳이 없는 것은 아니다. 자주 지적되는 청년실업의 문제를
먼저 들 수 있다. 정부로서도 참으로 가슴 아픈 부분이다. 그러나
청년실업 문제를 마치 우리만 있는 특수한 문제인 것처럼 이야기하면
안 된다. 정부 책임이 아니라는 말이 아니다. 그렇게 정치적이거나
감정적으로 접근하면 함께 문제를 해결하기 힘들어지기 때문이다.

어느 나라 없이 노동시장에 신규로 진입하는 데는 상당한 어려움이
따른다. 우리의 경우 산학연계가 잘되어 있지 않고 대학이 사회가
필요한 교육을 잘 시켜내지 못하고 있는 상황이라 더욱 문제가 된다.
그럼에도 불구하고 2005년 기준으로 우리의 청년실업률은 8% 정도다.
미국의 11.3%, 일본의 8.7%, 독일의 15.2%, 그리고 OECD 국가 평균인
13.3%에 비해서는 오히려 낮은 편이다.

그러나 고용의 질까지 생각하면 상당한 문제가 있는 만큼 모두
힘을 합쳐 풀어나갈 필요가 있다. 정부는 현재 산학연계 프로그램을
강화하며 기업과 대학이 윈 - 윈(win-win)할 수 있는 환경을 만들고
있으며, 고용안정센터의 관련 프로그램을 대폭 강화하는 등의 노력을
기울이고 있다.

신용불량자와 영세 자영업자도 확실히 문제가 있다. 어떻게 보면
이는 양극화 문제의 핵심이라 할 수 있다. 아직도 우리 사회에는 신용불
량자가 약 280만 명 정도 존재한다. 이 역시 가슴 아픈 일이다. 그러나

참여정부가 출범한 해인 2003년 말 신용불량자의 수는 370만 명이었고 2004년 4월 380만 명에 이르기도 했다. 참여정부 기간 동안 100만 명이 줄어든 셈이다. 개인채무자회생제도의 운영 등 정부가 최선을 다해 신용회복을 도왔기 때문이다.

이 외에도 영세 자영업자와 농민, 중소기업 종사자 등 많은 사람들이 심화되는 양극화 속에서 경제적인 어려움을 겪고 있다. 특히 영세 자영업자의 문제는 상당히 넓고 깊으며 또 구조적이다. 쉽게 풀 수 없는 문제라는 뜻이다.

한마디로 자영업자가 너무 많다. 미국의 경우 자영업자 수가 경제인 구의 7.4% 정도다. 일본은 10.4%이고, OECD 국가의 평균은 14.4%이 다. 이에 비해 우리는 27.1%이다. 한 대 있어야 할 택시가 두 대 있고, 하나 있어야 할 식당이 두세 개 있다는 이야기다. 말이 자영업자지 반(半)실업의 상태에 있는 경우가 많다.

이런 구도가 어떻게 만들어졌을까? 다들 아는 이야기다. 전두환, 노태우, 김영삼 정부서부터 고착화되기 시작했고, 김영삼 정부가 초래 한 IMF 실업으로 문제가 더욱 어려워졌다. 참여정부는 이 문제를 풀기 위해 할 수 있는 일은 다 하고 있다. 고용안정 서비스를 확대하고 재래시장지원육성특별법을 제정하여 재래시장을 지원하는 등 할 수 있는 일은 다 해왔다. '파탄'과 '거덜'이 아니라 '파탄'과 '거덜'에서 이들을 구해내는 데 최선을 다하고 있다고 보는 것이 옳다. 대단히 어려운 문제인 만큼 비난만 하지 말고 여야 정치권과 언론 등 우리 사회의 모든 주체가 힘을 모아주어야 한다.

외부 관찰자와 내부 관찰자

2007년 초 우리나라를 다녀간 세계적인 석학 자크 아탈리(Jacques Attali)는 한국이 20년쯤 뒤에는 세계 10대 강국이 될 것이라 진단했다. '한국인 스스로는 한국의 현재와 미래에 대해 그리 낙관적이지 않다'는 우리 측 질문자의 말에 아탈리는 명확하게 대답한다. '한국의 경제성장률은 굉장히 높다. 유럽의 많은 나라는 이런 성장률이 있다면 낙원과 같지 않을까 하고 이상적으로 보고 있다. 기술발전도 경이롭다. 비판을 하는 사람들에게 변화의 촉매를 제공한다면 비관주의는 충분히 해결할 수 있다. 한국의 GDP는 향후 20년간 두 배 이상 늘어날 것이다. 그런 나라가 미래에 대해 비관적으로 생각할 필요가 없다.'

투자은행이자 증권회사인 골드만삭스(Goldman Sachs Group)도 최근 2년 연속 세계경제보고서를 내면서 우리의 역량을 높이 평가했다. 2025년에는 한국이 미국, 중국, 일본, 독일, 인도, 영국, 프랑스, 러시아에 이어 세계 9대 경제대국이 될 것이라 예측했다. 아탈리와 거의 같은 전망을 내놓은 것이다. 이어 2050년에는 1인당 GDP, 즉 국내총생산이 8만 1,000달러로 일본과 독일을 누르고 미국에 이어 세계 2위의 부국이 될 것으로 전망했다.

골드만삭스의 보고서는 대충 짚어본 것이 아니라 연평균성장률과 환율변동 등을 과학적으로 엄밀히 검토한 것이라는 데 그 의미가 크다. 특히 성장잠재력지수(GES)라는 개념을 적용했는데, 이에는 인플레이션, 재정적자, 해외 차입, 투자, 대외개방도, 교육 수준, PC 보급률, 부패 정도, 평균수명 등 다양한 변수가 포함되어 있다. 상당히 엄밀한 조사와 계산을 했다는 것이다.

　재미있는 이야기를 하나만 더 하자. 참여정부에 대해 그렇게 호의적이지 않는 학자 한 사람과 우연히 자리를 같이하게 되었는데, '브루킹스 연구소(the Brooking Institution)의 해밀튼 프로젝트(Hamilton Project) 보고서를 보았느냐'고 물어왔다. 왜 그러느냐 물었더니 '좋은 보고서인데 꼭 한번 읽어보라'고 했다. 말로는 권하는 것이었지만 태도는 '좀 배워라'였다.

　할 수 없이 자세히 이야기를 했다. "그렇습니다. 좋은 보고서예요. 그런데 재미있는 건 참여정부가 그 보고서가 나오기 전에 이미 그 보고서 속에 있는 내용들을 추진하고 있었다는 겁니다. 우리의 동반성장 전략과 너무 같아 눈을 의심했어요. 심지어는 '지속가능한 성장(sustainable growth)'과 같은 경우 용어까지 똑같이 사용하더군요. 농담 삼아 우리 것을 가져가서 보았나 했습니다. 그래서 KDI로 하여금 번역을 해서 널리 돌리도록 권했습니다. 참여정부가 했다면 보지 않을 것도 브루킹스 연구소가 했다면 보지 않겠습니까?"

　그렇다. 우리 정부의 보고서는 잘 보지 않는다. 그리고는 대충 생각하고 싶은 대로, 언론이 보도하는 대로, 또 세상에서 이야기하는 대로 정부에 대한 그림을 그린다. 그래서 무엇을 어떻게 하든 '비전도 없는 정부', '실패한 정부', '파탄으로 몰고 간 정부', '거덜 낸 정부'가 된다.

마법 풀기

　조기숙 전 청와대 홍보수석이 『마법에 걸린 나라』라는 책을 썼다.

유감스러운 이야기가 될지 모르겠으나 정말, 어떨 때는 온 나라가 마법에 걸려 있는 것 같다. 유엔 사무총장을 배출한 정부를 외교를 제일 못하는 정부라 하고, 수출이 두 배로 늘고 주가가 두 배 반이 뛰었는데도 경제는 파탄이라 한다. 지속성장을 위한 기반을 강화시켜 놓은 정부를 '거덜 낸 정부'라 하고, 브루킹스보다 몇 년을 앞서 비전을 내놓아도 '비전 없는 정부'라 한다.

정말 마법에 걸린 것 같다. 일반 국민 중 많은 사람이, 또 지식인 중 많은 사람이 마법에 걸렸다. 심지어 국회의원을 포함한 소위 '범여권' 인사라는 사람들까지 마법에 걸린 것 같다. 그래서 툭 하면 '차별화'를 이야기하고, 대통령과 정부가 무슨 용서받지 못할 일을 한 양 얼굴을 돌린다.

지금 해야 할 일은 근거 없이 정부를 욕하는 것도, 차별화를 꾀하는 것도, 얼굴을 돌리는 것도 아니다. 오히려 마법에서, 주술에서 깨어나는 것이다. 무엇을 두고 욕을 하고 무엇을 두고 '차별화'를 이야기하는지, 그 근거가 무엇인지 냉정하게 물어보아야 한다. 그리고 사실에 근거해 판단한 후, 부족한 부분에는 서로 힘을 합쳐야 한다.

이들이 스스로 깨지 못하면 깨어 있는 사람들이 이들을 깨워야 한다. 북을 치고 꽹과리를 쳐서라도 이들을 깨워야 한다. 이 정부를 위해서가 아니라 우리 모두의 역사를 위해서다.

끝으로 꼭 하고 싶은 말 한마디. 조기숙 전 수석이 이야기하듯이 제17대 대통령 선거는 이를 위한 가장 좋은 기회다.

또 하나의 종이비행기

2006년의 기억

2006년 여름. 교육부총리 임명을 받으면서 어려운 일을 겪었다. '황당한 일'이라는 표현이 더 맞을지 모르겠다. 1984년 5월 정책행태 (policy behavior)에 관한 논문으로 델라웨어 대학(Univ. of Delaware)의 사회과학부문 최우수 박사학위 논문상을 받고, 이를 바탕으로 1984년 과 1985년에 각각 정치학회에 관련 논문을 발표했다. 이어 1986년 12월 초 또 다시 행정학회 총회에서 논문을 발표했다. 스스로 입에 담기 민망하기는 하지만 당시 정책행태에 관한 한 가장 활발한 활동을 하는 30대 학자였다.

이 논문들을 바탕으로 적지 않은 연구자가 박사학위 논문이나 기타 연구논문을 썼다. 재직하고 있는 대학의 박사과정에 있던 학교 직원 출신의 대학원생도 이를 바탕으로 논문을 쓰겠다고 하여 허락했다. 당시 50대 학생으로 논문 작성 몇 년 후 지병으로 아깝게 세상을 떠나신 분이다. 1984년 작성된 박사학위 논문과 1985년의 정치학회 논문을 참조하여 이론 부분을 구성하게 했고, 설문조사에 필요한 조사

설계를 도와주고 통계분석을 도와주었다. 나이 드신 분이 힘들게 쓰는 논문이라 줄 수 있는 도움은 다 드렸다.

아무튼 1986년 9월 말 설문조사를 마치고 10월 중순에서야 통계분석을 시작해 논문을 완성한 시점이 1987년 2월 말. 분석 자체를 10월에 시작한 논문이라 심사기한을 훨씬 넘겨서까지 고치고 또 고쳐야 했다. 나의 박사학위 논문으로부터는 2년 반 후, 정치학회 논문으로부터는 1년 반 후, 그리고 마지막 행정학회 논문으로부터는 약 3개월 뒤였다.

그런데 아닌 밤중에 홍두깨라고, 이를 두고 '표절시비'가 일었다. 참으로 어이없는 일이지만 학회지 발행 날짜를 논문의 발표 날짜로 착각한 것이었다. 즉 내가 행정학회에 논문을 발표한 것은 1986년 12월 초, 이것을 학회에서 인쇄하여 학회보로 발행한 것은 그 다음해인 1987년 6월이었다. 당시만 해도 학회지를 1년에 한 번밖에 발행하지 않았기 때문에 어쩔 수 없는 일이었다. 따라서 발표 시기와 학회지 발행 시기에 차이가 날 수밖에 없었다. 아무튼 그 학생의 박사학위 논문이 완성된 것이 1987년 2월, 발표 시기와 학회지 발행 시기 사이에 들어 있었다.

학회지 발행 시기를 논문발표 시기로 착각하다니! 취재를 시작하면서, 또 문제를 제기하면서 논문을 쓴 당사자에게 제대로 한 번 물어봤으면 간단하게 끝날 문제였다. 아니면 학회에 전화 한 통화 해서 물어봐도 금방 확인할 수 있는 문제였다. 학회지에도 '기획논문'이란 안내가 들어 있었다. 어떠한 기획이었는지 확인만 해보아도 간단하게 설명되는 문제였다.

나중에 날짜를 착각한 것이 문제가 되니까 학생의 박사학위 심사용

원고가 수개월 전에 작성되었을 수도 있지 않느냐는 주장이 있었다. 이 또한 기가 막힌 이야기였다. 설문조사가 끝난 시점이 9월 말이고 제대로 분석을 시작한 시점이 10월 중순이 넘었으니 말이 되지 않는 이야기다. 이론 부분이 미리 작성되었을 수도 있다고 하지만 그 부분은 1984년 박사학위 논문을 근간으로 해서 작성된 것이었다. 정히 그렇게 이야기하고 싶으면 최소한 그때 존재했을 법한 심사용 원고를 앞에 내놓고 이야기해야 한다.

이필상 총장의 논문 건에 대해서는 제대로 생각해본 적이 없다. 그러나 학생이 앞에 발표하고 교수가 뒤에 발표했으니 시비가 있을 수도 있다. 그러나 이 건은 다르다. 국회 상임위에서 당당히 이야기했지만, 앞에 발표한 논문을 보고 뒤에 발표된 논문을 표절했다고 이야기할 수는 없는 일이다. 존재하지 않는 논문을 베낄 수 있는 사람이 있는가?

이 황당한 일을 기화로 온갖 의혹이 불거졌다. 연구비 이중수령에다 연구비를 받고 박사학위를 팔아먹었다는 이야기도 나왔다. 참으로 기가 막힌 일이었다. 이후 검찰에 고발이 되고 조사를 받고 하는 고통이 계속되었다. 도대체 무엇이 나왔겠는가? 검찰로부터 무혐의 결정을 통보받고는 신문을 보았다. 보도한 신문도 있었지만 대부분은 묵묵부답. 언론 스스로 감추고 싶었던 사실이거나, 아니면 사실 여부와 옳고 그름을 떠나 이미 관심 밖의 사안이었던 모양이다.

해피엔딩

어려운 일을 겪으면서 크게 억울하다 느낀 적은 없다. 누구를 원망한

적도 없다. 정부 일을 시작하면서부터 무엇이 될지는 모르지만 한번
쯤 반드시 어려움을 겪을 것이라 생각해오던 터였다. 우리 사회의
젊은이들이 희망을 잃지 않도록 하는 일과 대학 경쟁력 강화 등과
관련하여 꼭 하고 싶은 일이 몇 가지 있었는데 그것을 못 하게 된
것이 가슴 아프다면 아픈 일이었다.

그 일을 겪은 후 주변을 둘러보았다. 혼자만 힘든 것이 아니었다.
힘들어하는 분들이 너무 많았다. 아무리 열심히 해도 잘했다는 이야기
한번 듣기 힘든 상황이었고, 아무리 강한 사람이라 하더라도 스스로
위축되고 스스로 자신감을 잃을 수밖에 없는 상황이었다. 전통적 지지
세력도 무너지고 여당은 갈기갈기 찢어지고…… 심지어 정말 제대로
하고 있는가? 하고 물음을 던져오는 분도 적지 않았다.

언젠가 한번 '종이비행기'란 제목으로 짧은 글을 쓴 적이 있다.
정부와 국민 사이에 두꺼운 '왜곡의 유리벽'이 있어 이를 통해 보는
정부와 대통령의 모습이 정상적이지 않다는 이야기였다. 머리에는
뿔이 나고 팔은 길고 다리는 짧은 기이하고도 우스꽝스러운 모습
들…… 그렇지 않다는 사실을 밖으로 알리기 위해 '청와대 브리핑'이
라는 이름의 종이비행기에 진실을 담아 수없이 날려보지만 겨우 몇
장만 넘어갈 뿐, 대부분은 그 높은 유리벽에 걸려 안으로 떨어지고
마는 현실. 그럼에도 불구하고 계속 접어 날리는 종이비행기……

그렇다. 또 하나의 종이비행기를 접어 날리자. 저 높은 유리벽을
넘을 수 있을지 모르지만 또 하나 접어서 날리자. 유리벽 안에서 고생하
는 분들, 끝없는 애정으로 답답한 심정만을 이야기하는 분들, 그리고
점점 자신을 잃어가고 있는 분들에게 작은 위로라도 되지 않겠는가?

그래서 쓰기 시작한 것이 이 책이다.

얼마나 높이 날아올라 갔는지 모르겠다. 높은 벽을 넘고 있는지 모르겠다. 그러나 마침표를 찍는 이 순간 행복하다. 원고를 써 내려간 몇 달간의 긴 여정이 끝나서 그러한 점도 있겠지만 정부와 대통령에 대한 생각들이 조금씩 바로잡혀가는 분위기가 있어 더욱 그러하다. '저 안에 도깨비 아닌 사람이 일하고 있었구나.'

이제 곧 그 유리벽이 무너질 것이다. 유리벽이 무너지는 그날, 이 정부가 성공하는 국가로의 길에 얼마나 충실했는가를 알게 될 것이다. 드라마는 역시 해피엔딩이 재미있다.

참 고 문 헌

기획예산처. 2007. 「한국의 재정」. 서울: 기획예산처.

김경해. 2001. 『위기를 극복하는 회사, 위기로 붕괴되는 기업』. 서울: 효형출판.

김병준. 2002. 『김병준 교수의 지방자치 살리기』. 서울: 한울.

이용수. 1996. 『No라고 말할 수 있는 한국』. 서울: 살림.

정책기획위원회. 2006. 「성찰의 기록」. 서울: 정책기획위원회.

이시욱. 2006. 「한미 FTA를 보는 3가지 시각」. 『한미 FTA, 미래를 위한 선택』. 한미FTA민간대책위원회. 17-35.

Bachrach, Peter and Baratz, Morton. 1970. *Power and Poverty*. Oxford Univ. Press.

The Brookings Institute. 2006. The Hamilton Project: An Economic Strategy to Advance Opportunity, Prosperity, and Growth; KDI 경제정보센터 옮김. 해밀턴 프로젝트: 기회와 번영, 성장을 위한 경제전략.

Fukuyama, Francis. 1996. *Trust: The Social Virtues and the Creation of Prosperity*. New York: Free Press.

McNair, C. J., et al. 1992. 『벤치마킹』. 박영종 옮김. 서울: 21세기 북스; *Benchmarking*.

Moore, James. 1999. *The Death of Competition*. New York: John Wiley & Sons.

Rifkin, Jeremy. 2005. 『노동의 종말』. 이영호 옮김. 서울: 민음사; The End of Work: *The Decline of the Global Labor Force and the Dawn of the Post-Market Era*. New York: Jeremy P. Tarcher. Inc. 1996.

Rifkin, Jeremy. 2001. 『소유의 종말』. 이희재 옮김. 서울: 민음사; *The Age*

of Access. New York: Jeremy P. Tarcher. Inc. 2001.

Rubin, Robert. 2003. In An Uncertain World. New York: Random House.

Thompson, Victor. 1976. *Without Sympathy or Enthusiasm*. Univ. of Alabama Press.

Toffler, Alvin. 2006. *Revolutionary Wealth*. New York: Knopf. Inc.

김 병 준 金炳準 약력

1954년 경북 고령 출생. 대구상고와 영남대 정치외교학과를 졸업했다(정치학석사). 이어 한국외국어대 대학원 정치외교학과와(정치학석사) 미국 델라웨어 대학(Univ. of Delaware) 대학원을 졸업했다(정치학박사, Ph. D). 1984~1986년 강원대 행정학과 교수를 거쳐 지금까지 국민대 행정학 전공 교수로 있다. 참여정부 출범 전, 학교에서는 행정대학원장과 교수협의회 회장 등을 지냈으며, 사회적으로는 전국사립대학교수협의회연합회 공동회장, 제4대 경찰위원회 위원, 경실련 지방자치특위 위원장, 전국시장군수구청장협의회 자문교수 등을 지냈다. 350여 개의 시민단체가 참여한 '자치헌장 제정운동'을 주도하기도 했다.

16대 대통령선거 때는 노무현 후보 정책자문단 단장을 지냈으며, 이후 제16대 대통령직인수위원회 정무분과 간사위원을 지냈다. 이어 정부혁신지방분권위원회 위원장, 청와대 정책실장, 부총리 겸 교육인적자원부 장관을 지냈으며, 현재 대통령 정책특보와 정책기획위원회 위원장을 맡고 있다. 정부 일을 하면서 독도 문제와 일본의 역사교과서 왜곡문제를 다루기 위해 설치된 '바른역사기획단(현 동북아역사재단의 전신)'의 단장과 다보스포럼(Davos Forum) 대통령특사, 체코와 슬로바키아에 파견된 여수 엑스포 유치단 단장 등의 일을 하기도 했다. 주요저서로는 『정보사회와 정치과정』(공저), 『한국지방자치론』, 『김병준 교수의 지방자치 살리기』, *Building Good Governance*(공편) 등이 있다.

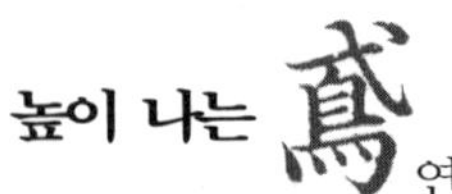
높이 나는 鳶_연

성공하는 국민, 성공하는 국가

ⓒ 김병준, 2007

지은이 • 김병준
펴낸이 • 김종수
펴낸곳 • 도서출판 한울
편 집 • 김경아
초판 1쇄 인쇄 • 2007년 5월 23일
초판 1쇄 발행 • 2007년 5월 30일

주소(본사) • 413-832 파주시 교하읍 문발리 507-2
주소(서울사무소) • 121-801 서울시 마포구 공덕동 105-90 서울빌딩 3층
전 화 • 영업 02-326-0095, 편집 02-336-6183
팩 스 • 02-333-7543
홈페이지 • www.hanulbooks.co.kr
등 록 • 1980년 3월 13일, 제406-2003-051호

Printed in Korea.
ISBN 978-89-460-3744-1 03810

* 책값은 겉표지에 표시되어 있습니다.